ゴーリキーは存在したのか?

ドミートリー・ブイコフ　斎藤徹 訳

作品社

ゴーリキーは存在したのか？

目次

著者緒言

ペテルブルク・テレビは私にゴーリキー生誕百四十年の映画シナリオ執筆を提案した。私はこの課題に喜んで取りかかった。ゴーリキーは、保留条項がついていても、常に好きだったし、十八歳の時、H《エヌ》・A《アー》・ボゴモーロフの根気強い学問的指導の下で遂行された学年レポート『一九二二～一九二四年の短編』以降、彼に取り組んできたのだから。厖大《ぼうだい》な資料――その中には、最近刊行され、当然の評判をとった『偉人の生涯』シリーズのパーヴェル・バシンスキーの書物もある――は私を尻込みさせなかったどころか、むしろ私をあおり立てた。同時代人の評言を含めて、良質なゴーリキー関連文献を集めてみても、それは彼の六十巻全集（芸術作品は一九六八～一九七三、評論作品はようやくペレストロイカ後、刊行されたが、第三シリーズ――書簡――はいまのところ未完結）を超える量でない。ともあれ、かような提案を断るべきでない。提案が歴史家レフ・ルリエから出ているのだから。この人とのコラボレーションはいつも大きな名誉と私には思われた。

映画を我々は作った（制作したのは私の旧友、テレビ監督のダーヴィド・ロイトベルク、編集したのはペテルブルクのすぐれたドキュメンタリストのイリーナ・マリャーノヴァとアンナ・ガンシナである。この機会に謝意を表する）。二〇〇八年四月、映画は五チャンネルで、その後、DVDでも放映され、論争を巻き起こし、ゴーリキーを廃棄処分にするのは時期尚早であることを立証した。現今の寝呆けたさまでは、ほとんどひとり残らずの昏睡状態では、最終的な問題、本源、社会的ユートピアおよび反ユートピアに取り組むことは、やはり意味がある。いいかえれば、眠気をそそる安定状態は、やはり、社会発展の極致ではなく、いかなるコマーシャリズムも人間の欲求を汲みつくすことはできないのだ。ゴーリキーは人心をかき乱しつづけている――存命中、そうしてきたが。すなわち、誤りのない直感で、最も焦眉の問題、最も強力な敵対者を示唆した。彼のテキストの芸術性は、当面、二次的役割となる。ただし、最も厳格な評価においても彼は二十世紀ロシアの作家の上位十人の中に入る。誰がその十人を選ぼうとも。

「サイズ」という言葉は恐ろしく、それに刃向うなんてできないにしても、シナリオは作業途上でほとんど四分の一に縮まった。多くのことが語られぬままになったが、テーマは気合が入っていたので、私はシナリオをそっくり刊行することに決め、問題をあぶり出し、可能な限り、余すところなく意見を述べることにした。私の狙いはひとつだけ――広範囲の読者に、偉大で複雑な作家を取り戻すことである。彼は――誤り、逸脱、迷走があったにせよ――野卑なものを許してはいけないといつも教えてきた。何かしらが、それは正しいと私にささやくのである。

*

提供された映像資料に対して、サンクト・ペテルブルク（五チャンネル）特別プロジェクト部門に謝意を表する。

第一部　放浪者

一

マクシーム・ゴーリキーは何十もの引用句でソヴィエトの会話を豊かにした。さあ、一気にいってみよう。「勇敢な者たちの狂気に我々は歌を歌う」、「人間――それは誇らしくひびく」、「もっと激しく嵐を吹かせろ」、「一匹のノミはノミでない。全部となると黒々して、全部となると跳びはねる」。「人生の鉛色の醜悪」――これはときおり、チェーホフに帰せられることもあるが、中編『幼年時代』でゴーリキーがいったことである。勿論、こうして頻繁に引用されるのは、ゴーリキーの会話文のあざやかさや定義の痛快なせいだけではなく、ソヴィエト神殿に占める彼の特別な位置――中心にある作家、ブハーリンが「社会主義リアリズム」と呼んだ、完璧な文学メソッドの創設者――のせいである。広範囲の労働履歴、ロシア遍歴の膨大な経験――こうしたことすべてに留意することが指示されてきた。「智恵をしぼって」考え出すのは歓迎されなかった。ゴーリキーには、文学者、活動家、政権の友、インテリゲンチアの擁護者の名声がついてまわった。三〇年代にはやった風刺がある。「いまでは我々のすべての名前がゴーリキーだ。飛行機『マクシーム・ゴーリキー』、汽船『マクシーム・ゴーリキー』、マクシーム・ゴーリキー記念公園、それに暮らしもマクシーム・ゴーリキー〔極度に苦しい〕だ」。このことを再三いったのはスチェニチだかラデクだか、あるいはオレーシャだとか。だが、彼のことをよく知っていた画家ユーリー・アンネンコフの断言するところでは、本人がこの風刺をほのめかしたという。ゴーリキーの自嘲性はよく知られていた。彼は一九三三年、リジヤ・セイフッリーナに語った。

私はいまではどこにも招かれ、取り巻かれる——名誉にね。ピオネールのところに行ったら、名誉ピオネールとなった。コルホーズ員のところだと、名誉コルホーズ員だ。昨日、精神病患者を訪ねた。多分、名誉気違いとなる。

こうしたすべての事柄はほんのちょっぴりも残らなかった。ゴーリキー市は元通り、ニージニー・ノヴゴロトに改称されたし、授業計画からは社会主義リアリズムの基本となる作品『母』が除外された。ゴーリキーの作品はめったに再刊されず、売れ行きも思わしくない。早い話が、七〇年代に「ナウカ」出版所の編集になる全集〔三十巻〕は古本屋では千ルーブリで売られている。ちなみに、ゴーリキーの引用句すべての中で、最も使われているものは、結局のところ、ひとつになってしまった——勇敢な者たちの狂気とも、誇らしくひびく人間とも、何の関係もないものに。それは長編『クリム・サムギンの生涯』からのフレーズである。十一歳のボリス・ヴァラーフカ――クリム・サムギンの天敵が氷の穴で溺れたシーンをおぼえていますか？　彼はデブでぱっとしないヴァーリャ・ソモーヴァと一緒に氷の下に落ち込んで溺れたが、この上なく変なことに、彼は見つからなかった。

そして、とりわけクリムをびっくりさせたのは、誰やらの真面目で不審な問いかけだった。

「ほんとに男の子はいたの、もしかしたら、男の子はいなかったのじゃない？」

この問いかけ「ほんとに男の子はいたの？」は、他でもない、今日、一番よく使われているゴーリキーの引用句なのだ。これに、いまはぴったりである。今日、思われている――我々はいまと違った風には決して暮らしたことがなく、こうすることしかできない。何やかやの偉大な勤務だのユートピアまがいのプロジェクトだのは不可避にグラーグ〔強制収容所〕やら店舗の日用品欠如やらに行き着く――と。偉大なロシア文学、ロシア・インテリゲンチア、ロシア革命ってあったの？　つまりは、当のゴーリキーっていたの？

二

多分、ソヴィエトでは、本物の帝国それぞれと同様に、計画の短命なことと、エントロピーの力を自覚していたから、できるだけたくさん記念像を残そうと努めた。ゴーリキーは何回も、多分、レーニンにだけは負けるが、恒久化された。レーニンはほとんど常に演説している。片手を前に突き出したり、ポケットに突っ込んだり、握りこぶしにして横腹につけたりしているが、こうしたものはすべて、演壇から、万やむを得ぬばあいは、装甲車の上から、みたいである。ゴーリキーの、若いのにせよ、老いたのにせよ、すべての記念像は、あたかも、駆け足から立ち止まって、長い旅路のあと、立ちすくんだ姿を表現しているかのようだ——遍歴していた人間が突如、何かしら思いがけないもの、彼の気に入りのいいようだと、「驚くべきもの」に出会ったみたいな。まさしく、きょとんとして立ちすくみ、ゴーリコフスカヤ駅の向かいのペテルブルクの記念像のように、帽子まで脱いで——まるで人間の手のなせる事業に驚き、自分の独自の、すべてを収納可能の巨大な頭脳の中に、すべてを刻みつけようとしているかのような——自身己れの頭脳の雑食性にびっくりし、老年、そのことに悩んだのだが。

十六歳ぐらいから今日まで、私は他人の秘密や思想の受け取り手として生きている。あたかも何やら見えない指が私の額の上に「ここはゴミ捨て場」と記したみたいに。ああ、私はいくらでも知っており、忘れることの何て困難なことか。

これはレオニード・アンドレーエフへの手紙の一節で、冷淡、閉鎖的だという非難への返答である。実際のところ、コントラストが存在する。人々はしばしば彼を無関心だと非難した。彼らの方は熱心に、用意万端、機会さえありさえしたら、己の半生と意見を洗いざらい彼にぶちまけてきたが、彼の方はこうしたすべてを、将来、いつか述べるべく的確に記憶してきた。ちなみに、記憶したものに、唯一の友とみなしたアンドレーエフのものもあった。奇妙なことだが、ゴーリキー――この上なく手厳しい、潔癖なリアリスト、他人の汚い秘密の熟知者、嫌悪すべき、あるいは嘲笑すべき、こまごました事柄をそれぞれの人の中に、的確に見抜く人間――は終生、理想主義者、ロマンチストのレッテルを身に帯びていた。だが、奇妙である――ロマンチストは現実を憎むことになっているのだから。彼は現実を容赦せず、ただ夢をのみ愛する。理想主義者よりも過ぎたる孤独な者はいない。だから、大変多くの人々がゴーリキーを冷淡で、用心深く、誰にも自分の心を明かさない人間だと思ったし、トルストイさえ、彼のことを「性悪、性悪、歩いてはよく見、すべてを自分の見知らぬ神に告げ口している。彼の神は痴愚《ウロード》▼1だ」といった。パーヴェル・バシンスキーによって書かれた、ゴーリキーの最新の伝記には、次のような憶測さえある。ゴーリキーはまったくのところ、観察のために、ここに送り込まれた、異星人であったかもしれず、周囲に生じていたすべてと永遠に異質であったと。これこそ、記念像に彼がたまさかの来訪者として立ち、斥候の目ざとさと、異国人の半信半疑とで、

▼1 урод　神に召命されて、放浪生活をする、ロシア特有の痴愚者。民衆はуродの託宣に耳を傾け、生活の指針にする。

我々を注視している所以《ゆえん》だ。
どこから彼はやってきたのか？

三

ペンネームを使った人々は、それで自分の本性の元々の二重性を強調するといわれる。本名が作り名におおわれて、ほとんど消滅してしまっても、仮面は仮面のままだ。ゴーリキーというペンネームの起こりはまた言及するが、ただし、誇張された二重性が彼の評判の土台となったと、注意しておきたい。二つの顔、二枚舌、二心を、ああもしばしば非難された人間はほとんどいない。コルネイ・チュコーフスキーの論文『ゴーリキーの二つの心』はゴーリキー研究の古典的論文であるが、これはロシアを、血なまぐさい専制的なアジアと、活動的・思索的なヨーロッパとに分割した、ゴーリキー自身の論文『二つの心』への応答である。実際のゴーリキーがどれほど虚構と相違していたかを述べることは困難である。自分の伝記を彼は幾度も叙述したが、毎度、さまざまな細々した事柄、都合のいい歪曲（見破られてしまうのだったが）が伴なうし、彼の出生年すら二つある。思い出されたし――「世界文学」は一九一九年三月十六日、彼の五十歳を祝った。ブロークは加筆した。「日付は単純でなく、音楽的なもの。決して、この日を忘れることはない」

おなじみの彼の伝記――放浪者、浮浪人、雑役労働者、どん底から人間へはい上がった――

もまた、再三疑われた。まだ彼の存命時に、ブーニンは辛辣な回想録の中で、かつての友人にして恩人にけりをつけていた。

「どれほど驚くべきことだとしても、これまで誰にも、ゴーリキーの人生は大部分がさっぱりわかっていないのである。彼の履歴を確実に知っている人があろうか？　みんな繰り返す、『浮浪人、ナロード[2]の海の底から上昇した……』。だが、誰も、ブロックハウス事典に記載されている、かなり重要な文章を知らない。すなわち『ゴーリキー＝ペーシコフ、アレクセイ・マクシーモヴィチ。六九年、完全なブルジョア階層に生まれた。父は大きな汽船事務所の管理人、母は富裕な染色商人の娘』……。その先のことは誰にも正確には知られておらず、ただゴーリキーの自伝にもとづいているが、これは、その独自の文体ひとつからしてもすこぶる疑わしい……」

不信の極みは、その二十年前に書かれた、コルネイ・チュコーフスキーの論文『マクシーム・ゴーリキー』の中にある、

「何といわれようが、私は彼の伝記を信じない。

職人の子？　浮浪人？　ロシアを歩いてめぐった？　信じない。

私見では、ゴーリキーは教区監督局員の息子である。彼はハリコフ大学を卒業し、現在——少なくとも法学士である。今日まで、両親のもとで生活しており、八時に、ミルクにオープンサンドでお茶を飲み、一時にランチ、七時にディナーをとっている。アルコール飲料は控えている。有害だから。

▼2　普通「人民」、「民衆」と訳される。実体は「農民」であり、独特の意味合いを込めて使われるばあいが多いので、原語読みにする。

そして、当然、かような厳格な生活は彼の創作に反映している。かつて『鷹の歌』を書いたとき、彼はまっすぐ、シンメトリーに、全世界を蛇と鷹に分割したが、終生、モノトーンの的確さで、そのほとんどすべての戯曲、短編、中編で、そのようにしており、その志向で行動してきた」

そして、さらに、かような分割――実際、正確で定規通りの――例を十ばかり引用する。

さて、ブロックハウスはブーニンにウソをついており、アレクセイ・マクシーモヴィチ・ペーシコフは旧暦の一八六八年三月十六日の夜中の二時に、ニージニー・ノヴゴロトで生まれた、ということから始めよう。彼の父はマクシーム・サッヴァチェヴィチ・ペーシコフ、母はヴァルヴァーラ・ヴァシーリエヴナ、旧姓カシーリナである。ちなみに、彼と同じ日［三月十六日］に生まれた人には、偉大なロシア啓蒙運動家エカチェリーナ・ダーシコヴァ▼3、チェコの人文主義者ヤン・コメンスキー▼4、詩人メルズリャーコフ▼5（『平らな谷間の中に』の作者）、同じく、イヴァン雷帝の長子イヴァン――言い伝えによれば、かっとなった父に殺された――がいる。この父、イヴァン雷帝は、ご存じの通り、この日に死んだ。ご覧の通り、取り合わせは大変象徴的である。

バシンスキーは自著の中でも、アレクセイ・ペーシコフは、他でもない、カシンスキー一族の瓦解の原因となったという説を紹介している。総じて、納得できるものだ。三歳の彼はコレラにかかり、看病してくれた父にうつした。これはアストラハンで起きた。そこへは、マクシーム・ペーシコフは家族を伴って、コルチン汽船会社により派遣され、そこに事務員として勤

▼3　Дашкова　エカチェリーナ・ロマーノヴナ（1744［別資料1743］～1810）。名門ヴォロンツォーフ家出身の女性啓蒙主義者。エカチェリーナ二世の即位（1762）に貢献した。その後、国外で過ごし、アダム・スミスやフランスの啓蒙主義者と親交、1783年帰国、ペテルブルクの科学アカデミー総裁に就任した。「ロシア語詳解辞典」の編纂・刊行事業を興す。回想録を執筆。

めた。彼の死後、妻は同じアストラハンで、第二子（父にちなんでマクシームと名付けられた）を早産したが、男の児は月足らずの虚弱児として生まれ、ニージニーへ帰る途中で死に、サラトフで葬られた。

汽船。うつろな音、船室。とても沢山の水が窓をよぎって、どこかへ走り過ぎ、泡立っている。私はブリン▼6のような丸い窓のところに座って、見ている。船室には、私のほかに、小さな木棺がテーブルの上にあり、部屋の中央に母と祖母がいる。私は知っているが、木棺には弟のマクシームが横たわっている。父の死んだ日に生まれ、父の死の八時間後に死んだ。この彼のしわざは、彼が並々ならぬ、大変透徹した知恵をもっていた事実を示唆している。（『事実と思索の叙述……』）

ヴァルヴァーラ・ペーシコヴァのニージニー帰還は、他でもない、カシンスキー染色事業の瓦解の原因となった。兄弟は遺産分割がもとで、けんかした。妹にその法規分を譲渡したくなかったから。そのとき、父であるヴァシーリー・カシーリンはヴァルヴァーラを自分のもとに残して、息子らとは別居することになった。この結果、事業は衰弱し、染色職人カシーリンは破産した。勿論、こうしたことすべてにアリョーシャ・ペーシコフは何の咎《とが》もない。咎のあるのは彼でなくて、コレラだ。それも肝心なのはコレラでなく、欲の皮だ――とはいえ、不幸をもたらす力が身に備わっていることに、彼は早くから気づいた。まるで彼と一緒に、世界に不

▼4 ヤン・アモス［ラテン語名　ヨハン・アモス・コメニウス］（1592～1670）。モラヴィア生まれ。近代教育学の創始者。「すべての者にすべてのことを教える方法」を指示した「大教授学」（1632）を著わす。また、言語教授法の改革をめざし、「語学入門」（1631）以下4冊の教科書を作成した。オランダで没。

和、不安が入って来、危険な領域から微風が吹いてきたかのようだった。総じて、孤独、孤立の人々に備わっている、この自分のペチョーリン的特質を、彼は終生相殺するように努め、ほとんど無理やり、えり好みせずに、善行を積んでいたのではなかったか？

一八七一年末、ヴァルヴァーラ・カシーリナは息子を連れて、父のもとに帰った。そして、恐ろしく濃厚な、あふれ出そうな、けだもののような、本質上、まったくの地獄での生活が始まった。このことを、ゴーリキーは一九一三年、多分、彼の最も有名な散文作品――中編『幼年時代』に書いた。

四

「彼の本『幼年時代』を読むと――チゥコーフスキーは書いている――監獄のことを読んでいるみたいだ。そこにはつかみ合い、げんこで歯を殴るさま、殺しが沢山ある。泥棒や殺し屋が彼のゆりかごを取り巻いていた。たしかに、彼が彼らの道を進まなかったのは、彼らのおかげではないが。男の子にしょっちゅう見せられていたのは、ひびの入った頭蓋骨だの、砕かれた頬骨だのだった。彼に見せつけられたのは、とがった鉄のヘアピンを女の頭に突っ込むさま、灼熱した指ぬきを盲人の指に無理やりはめるさま、実の母親をこん棒でぶってかたわにするさま、実の父親にレンガを投げつけ、気違いじみた、汚い罵《のの》りを浴びせるさまだった。最も近い自分の肉親の中に、彼は誇りかにも何人か、刃物使いのけんかの達人、放火犯、押し込み強盗、

▼5　Мерзляков　アレクサンドル・フョードロヴィチ（1778～1830）。詩人、美学者、翻訳家。民謡となった歌謡（「平らな谷間の中に……」、その他）の作者。古典主義の精神による講義、論文あり。

▼6　блин　小麦粉・そば粉・卵・牛乳・イーストなどを混ぜ合わせ、フライパンで焼いた厚手のクレープ（『岩波ロシア語辞典』）。プリンではない。

殺し屋の名を挙げることができただろう。彼の母方のふたりのおじ（ヤーシャおじとミーシャおじ）はふたりとも自分の妻を、ひとりはひとりを、いまひとりはふたりを殴り殺してしまい、ふたりして、彼［少年ゴーリキー］の友ツイガーノクを、斧ならぬ、十字架で！　殺してしまった。ご当人からして、十歳のとき、すでに知っていた。かっとなってナイフをつかんだり、斧を手にして人に襲いかかったりするって何のことかを」▼7

　この先、チュコーフスキーは、この野蛮な生活と子どものゴーリキーの反抗とから、ロシア文学に新時代を画した、いわゆる「ゴーリキー主義」、嵐のロマンチズムのすべてを引き出している。だが、思うに、ここには反抗の根というより、別のもっとはるかに重要なゴーリキーの特質――人間の本性への、永遠の、生得の不信の根がある。ここに矛盾を見る人もいよう。どうして「人間――これはすばらしい！　人間――これは誇らしくひびく！」のかと。何の矛盾もない。ゴーリキーには、残忍でないこと、虐待でないことのすべてがすでに偉業なのだから。彼はマイナスの視点から人間を注視する。すなわち、どんな、この上なくささいなものであれ、善行なり自己啓発なりでも、彼には感動の涙（どんなきっかけでも彼は沢山流した）に値する奇跡に思われ始める。歯に衣《きぬ》着せずにいえば、彼は家父長制的サディストの権力下に成長した。彼の祖父、ヴァシーリー・カシーリン（あるとき、彼を殴打して、ほとんど殺すところだったし、若いとき、祖母を何昼夜も殴打しつづけ、休息して、再び殴打しつづけた）は［サディスト以外の］他の名では呼びようがない。彼の祖母、アクリーナ・イヴァーノヴナ――全ロシア文学中、最も魅力ある女性のひとり（大柄で、丸々して、太って、低音で、団子鼻で、

▼7　チュコーフスキー『ゴーリキーの二つの心』（1924年刊）の冒頭部分からの引用（多少、簡略化したところがある）。なお、本書については、「あとがき――4　チュコーフスキーのゴーリキー論」参照。

お話・歌・迷信の汲めども尽きぬ蓄えがあり、行きずりの誰にでも根っから愛想がよくて、ヴォトカが大好き、物乞いのように温和だった）――彼女の話から、彼女は子どものとき、物乞いをしていたことがわかるが、彼女の話を聞くと、それもよいものなのだ。

「私はこの人――お母さんと秋冬は街を物乞いして歩いたものだが、大天使ガブリイルが剣を振りかざして冬を追い払い、春が地面を抱きしめると、私らは気の向くまま、もっと遠くへ出かける。ムーロムにも、ユーリヴェツにも行ったし、ヴォルガもさかのぼり、ひっそりしたオカ（川）ぞいも歩いた。春、そして夏、地面を歩くのは気持ちがいい。地面はやさしく、草は柔らかだ。至聖の聖母が花をまき散らし、そこは喜びにあふれ、心がひらひらする！　お母さんは青い目をとざし、高い空に向かって歌い出す。お母さんの声は強くなかったけど、よくひびいた。そして、あたりのものはみんなまどろみ、動きもせずに、この人の声をきいているみたい。物乞いをすることはよいことだった！　私が九歳を過ぎると、お母さんは私に物乞いをさせるのに気がとがめ、恥ずかしくなって、バラフナーに落ち着いた。当人は通りを行き戻りして、家から家に物乞いし、休日には教会のパーペルチ▼8で物乞いした。私は家にいて、レース編みを学んだ。懸命に学んだ。早くお母さんを助けたくってね。うまくいかないと涙が出たものだ。二年ちょっとで仕事がわかり、町中の評判となった。上等な仕事が必要となると、さっそく私どものところへ頼みに来る。さあ、アクーリャ、編み棒を持って！　私はうれしかった。私には祭日だった！」

▼8　正教寺院の入口の前の高台広場。屋根のあるものもある。ここで信者は儀礼の開始を待ち、乞食はくつろぐ。

ゴーリキーが『幼年時代』に書いた、この物語全体には、恐るべきシンメトリーがある。とどのつまり、家庭全体を恐怖で支配しつづけた、祖父のカシーリンは発狂し、物乞いするようになるのだ。祖母はこのことを予言していた。

「私の言葉をおぼえておくんだ。主《しゅ》はこの人間のせいで、私どもにひどい罰を下される！罰を下される……」

彼女は間違わなかった。十年ばかりして、祖母はすでに永眠していたが、祖父の方は乞食となり、気が狂って、町の通りを歩いて、窓下であわれっぽく物乞いするのだった。

「善良な料理人たちよ、ピロシキの一かけらを、ピロシキを下さい！　ああ、お前らは……」

以前のもので彼に残ったのはただ、この苦い、長々しい、心を動揺させる言葉だけだった。

「ああ、お前らは……」

祖父カシーリンに対する当然の読者の恐怖にもかかわらず、切なくて、涙をそそる、このエピソードを、ローザノフ［一九一九年没］はメレシコーフスキー宛ての死の直前の手紙の中で、ひそかに引用することになる。「トゥヴォロジョーク▼9がほしい。ピロジョーク▼10がほしい……」

▼9　トゥヴォローク（творог）の愛称。コテージチーズ。
▼10　ピローク（пирог）の愛称。ロシア風パイ。

と。彼は同じように物乞いの懇願を込めて、ゴーリキーに援助を願おうとし、こうした晩年、しばしば彼のことを思った。ゴーリキーは助けてくれる、だが、手遅れだ。恐らく、幼年時代に始源があるのは、彼の反抗よりも、むしろ、人々への痛切なあわれみだ。彼はこの無力の状態を数多く見てきたので、頼みを拒絶することはできなかった。非常にしばしばニーチェ的だといわれた、彼の弱者への嫌悪も、勿論、力の崇拝によるのではなく、ハイネが「心中の歯痛」と呼んだものによる。ゴーリキーは若年のときに自殺（うまくはいかなかった――幸いに）の準備をしながら、その直前の手記に記した、「私の自殺を、心中の歯痛を考え出したハインリヒ・ハイネのせいにしてほしい」と。彼はあわれみをひどく味わい、自分の心の、はぎ取られ、やけどした皮（「心の皮」――これはしばしば、彼の作品で出会う言葉）について大変しばしば語り、そのありとあらゆる現象において、苦痛を、加えて、受苦者を憎悪せざるを得ないほどだった。浮浪人は彼に畏敬の念を起こさせた。決して何事にも泣き言をいわないからである。そして、祖母も泣き言をいわない。彼女はいつもすべてよろしいのだ。それは「ああ、お前らは……」と絶えず叫び声を上げる祖父ではない……。

　ゴーリキーは六歳で、教会の聖詠経▼11により、祖父の手ほどきで読み書きを習得した（祖父は「孫には、ありがたいことに、馬並みの記憶力がある」とわかって狂喜した）。この後、ほどなく、母親が彼に非教会文字［現行文字］を教え込んだ。彼女はときたま彼に教え、まれにしか彼にかかずらわなかったが、こうした教育熱のまちまちなのは、そのときのものすごさによって補われた。彼は何キロメートル分もの詩をところかまわずおぼえさせられた――彼は相変わ

▼11　**псалтырь**　旧約の詩篇全巻が入っている。正教の経典は福音経（四福音書が入っている）、使徒経（使徒行伝と使徒の手紙が入っている）、および、この聖詠経が一組になる。なお、福音経にも使徒経にも、黙示録は入っていないことに注意（高橋保行『ギリシャ正教』講談社学術文庫）。

らずの記憶力のおかげでおぼえ込んだが、反抗はした。彼はいつも詩を歪曲しようとした。ここに、改作、パロディー、正典嘲笑への絶えざるゴーリキーの情熱が由来する。彼はクナービンスコエ小学校で、一八七八年六月十八日に受け取った、自分の賞状を自己流の署名で台無しにした。HCK《エヌエスカー》［ニージニー・ノヴゴロト郊外村クナービンスコエ］を「わがブタ並みのクナービンスコエ」［ナーシェ・スヴィンスコエ・クナービンスコエ］と解釈したのだ。実際、利口な少年だった。学校では、彼にはバシルイクというあだ名があった。学校で、彼は、祖父がしばしば話してくれた、盗賊マクシーム・バシルイクの物語を、同級生たちに何回も話したからだ。

クナービンスコエ小学校から、彼はほどなく去り、同時にニージニーの郊外村クナービノ（母と義父と暮らしていた）からも出ていかねばならなかった。母は彼が七歳のとき再婚し、彼を引き取ったが、好いてはいなかった。アレクセイが好きになれないと告白したのである。というのは、本当に愛していた最初の夫の死の原因は息子にあると考えたから。マクシーモフ［第二の夫］はヴァルヴァーラ・カシーリナより年下だったが、彼女を殴り、ほどなく結核にしてしまった。あるとき、アレクセイは、義父がひざまずいている母を足蹴りするのを目にして、ナイフ——父の残した唯一の品——を手にして、義父にとびかかった。彼を切り殺し、同時に自分ものどをかき切って、自害しようとしたのだ。母は彼を抑えたが、彼を家にこのまま置くことはもはやできなかった。彼は祖父のもとに帰った。そこへは、幼い息子ニコライを連れて、ヴァルヴァーラ・カシーリナも移ってきた。マクシーモフが居住を断られ、町を出ていったからだ。ところが、一八七九年八月五日、ゴーリキーの母は結核で亡くなり、カシーリン老人は、

『幼年時代』の善良なる読者を必ずやびっくりさせる言葉を、みなしごにいった。「さあ、（アレクセイ、お前はわしの首にかかったメダルではない。お前の居場所はない。お前は世間に出ていけ……」

「そして、私は世間に出ていった」というフレーズで、この中編は終わっている。このフィナーレから明白に予想されるのは、『世間で』▼12では、アリョーシャを、何かしら、家庭よりもいっそう恐ろしいものが待ち構えていたということだが、たしかに、そういうことがいくらかは起きた。十六歳まで、一八八四年まで、こうした生活――彼があとになって記すことになる「つまらない、無意味・無益な労働」だらけの――がつづくことになる。多分、どんな仕事も――喜びのあふれた、気持ちの高まる、協同作業的、創造的なものを除いては――彼は憎悪した。たとえば、農民の仕事は彼にひどい嫌悪の情を起こさせた。それは費やされる努力と常に乖離《かいり》していたから。自分の大事な仕事にかかわるすべてには、巨人さながらの労働能力を持った彼は、何であれ、強制的な仕事を軽蔑し、そうしたものには、ナロードの生活の歌い手たちとは根本的に異なって、何の意義も詩情も見出さなかった。

五

すでに一八七九年、彼は当時のニージニーの中央通り、ボリシャーヤ・ポクロフスカヤ通りのポルフーノフ靴店の「小僧」に出された。ポルフーノフは、彼の記憶では、生気のない目と

▼12　自伝三部作の第二作。従来『人々の中で』と直訳されている。

緑色の歯の小男で、お決まりのフレーズ「小僧はじっと動かずにドアのそばに立っていなければならぬ。彫像のようにな！」を口にした。彼は店だけでなく、家庭でも、ポルフーノフ家の仕事をしたが、冬、片手に熱いシチー[13]でやけどをし、その後、気がついたら、病院にいた。そこで一週間寝て、夏は家で過ごしてから——家では祖母と祖父のいさかいがますます頻繁になっていた——、製図士で、建築請負士のセルゲーエフの徒弟となった。実は、彼は製図する機会はなかった。彼はそこでは使い走りをしたり、サモワールを磨いたり、薪割りをしたり、住まい全部のフロアーや階段を洗ったりした。セルゲーエフ家での生活は耐えられぬほど退屈だったし、やはり、みんな、殴り合ったり、いい合ったりした。だが、『幼年時代』ほどには荒っぽくも華々しくもなく、見栄えのしない、町人風のものだった。これぞ、中編『世間で』が題材の豊富なのにもかかわらず、みんなに『幼年時代』ほどの印象を与えず、その成功の半分も得られなかった所以《ゆえん》である。そこには非常に多数の退屈な人間やあきあきさせる仕事がある。なるたけ早めに、この陰鬱な時期を通過するよう努めよう。一八八〇年春まで、(ア)リョーシャ・ペーシコフはセルゲーエフ家にいたが、その後、逃げ出し、汽船「ドーブルイ(＝善良な)」号のビュッフェで働き始めた。汽船はその名に反して、囚人を乗せた平底船を引いて、ヴォルガをたどり——カマ、トボール、シベリアまで運んだ。こうした平底船のひとつで、シベリアの流刑地へコロレンコは赴いた——丁度《ちょうど》そのとき八〇年の夏に。だが、アレクセイは当時、彼のことは何も知らず、十年たってはじめて、彼——すでに評判の高いジャーナリスト、今風にいうと、人権擁護運動家——のところに最初の作品を携えて現われたのだった。

▼13 キャベツ、ホウレンソウ、スイバなどのスープ(シチューとは違う)。

汽船のコック、ミハイル・アキーモヴィチ・スムールイはロシア文学において、すこぶる重要な人物となった。彼がいなかったら、作家ゴーリキーは存在しなかっただろうから。というのは、彼はビュッフェの小僧っ子に、どんな分量のどんな本も咀嚼《そしやく》する、好みどころでない、情熱を植え付けたのだから。彼はペーシコフに声を出して読ませた。こうしてアレクセイは『タラス・ブーリバ』を知るようになり、終生、その虜《とりこ》となった。だが、秋には汽船の運航は終わり、十一月ヴォルガは氷結し、ペーシコフはイコン画工房の女主人に徒弟として託された。この女は、彼の記憶では、柔和な、少々酒飲みの老婆だった。そこでは彼はイコン画工ばかりか、イコンや典礼書をあきなう店の番頭まで務めた。主な客筋は古式派▼14の商人だった。ゴーリキーは回想している。まだ十三歳未満で番頭職をなかなかうまくやってのけたが、買い手を惑わし、ぺこぺこお辞儀をすることはまったくできなかったと。ただし、ここで彼は多くの有益な知恵をわがものにした。店では農民から古式画法のイコンを買い取って、その後、富裕な古式派の信者に数百ルーブリで売却した。鑑定人は自己流の暗号システムを作り上げ、売り手をたぶらかす一方、番頭には品物の真の値打ちをそれとなく知らせようとした。彼が「偽物」だといえば、品物は本物で、百ルーブリほどの値打ちがあり、「憂鬱と悲しみ」という言葉は十ルーブリ、大主教ニコン▼15を「トラのニコン」と罵れば、二十五ルーブリだった。「罪」は買えだ。猛烈な誓いを伴う、こうしたシーンを観察するのは、ゴーリキーを信仰からそむけさせることにならなかったどころか、反対に信仰に向かわせたらしく思われる。すなわち、主は人間のような奇跡を、その醜悪および神聖の全領域において創造される！　別の奇跡は番頭のミー

▼14　старообрядцы　ニコンの改革に反対して、従来の典礼を遵守した正教徒の分派。分離派ともいう。

▼15　Никон（1605～81）。モスクワ総主教（在位1652～56）。典礼の改革（ニコンの改革）を断行、反対者を弾圧、教会分裂を招いた。しかし「ニコンの改革」は強制的に実施された。彼はさらに帝権に対する教権の優位を主張したため、皇帝の不興を買い、失脚した。

シカで、二時間で十フント〔約四キログラム強〕のハムをビールで流し込む能力の持ち主だった。かような遊びも、ミーシカを使って賭けをした、がっしりした商人どももも、アリョーシャ・ペーシコフは大嫌いだった。満腹しない番頭の話（ゴーリキーは中編物に挿入する前に、友人たちに再三繰り返して聞かせた）から、ブーニンの短編『ザハール・ヴォロビヨーフ』[16]が出来上がったというのはあり得ないことでない。賭けで、ヴォトカを柄杓呑みし、そのために死んだ富裕な百姓の話だ。いくつかの細部——たとえば、時計の針を動かす——には、文字通り、符合するところがある。

古式派は、はじめは、ゴーリキーは非常に気に入ったが、しかし、年がたつにつれ、彼は古式派に冷淡になった。迷信にどこまでも固執するのを憎んだのである。

この慣習による信仰は我々の生活の最大の、悲しむべき、有害な現象である——彼は『私の大学』の中で書いている——この信仰の領域では、石の壁の陰のように、新たなものはすべてゆっくり、ゆがんで成長し、貧弱なものに出来上がる。この暗い信仰は愛の光があまりにも乏しく、侮辱、無視、そして、妬み——憎悪と常に親しい——が極端に多い。この信仰の光は燐光の退廃した輝きだ。

ここに彼の神探し——新しい信仰、まだ存在していないが、創造することのできる、新しい神の探求が由来する。ニージニーで非常に早く生まれた、この信仰はロシアのコスミスト[17]、ニ

▼16　1912年2月カプリで執筆された。ブーニン（1870～1953）は1909～12年にかけてカプリのゴーリキーを訪問、とりわけ1912年にはゴーリキーの別荘に長期滞在した。
▼17　（ロシア）コスミズム（90ページ註参照）の信奉者。

コライ・フョードロフ▼18の教説と何やら類縁がある。人間は肉体の不死とすべての死者の復活という、神の主要な遺訓を実現するべく生まれたと、彼は信じていた。ゴーリキーも同じだった。神はまだいない。だが、主要な奇跡としての人間性から出立しながら、人間に似せて、神を創造することは可能だ。興味深い、独自の論理的思想の進展――ゴーリキーは終生、倦むことなく人間の本性の最良のモデルを追い求めながら、人間の教会を創造していった。古式派において、彼を何よりも引き付けたのは、反融和主義、正教会への憎悪だったが、ニコン派による抑圧と引き換えに、彼らは自分たちの抑圧を提起した。そして、これはペーシコフをまったく満足させなかった。加えて、古式派周辺には、あまりに多くのウソが語られていた。

六

ペーシコフのニージニー滞在の時期には、ひとつのエピソードがあった。彼はそのことにすべての自伝物で沈黙しているが、批評家アルカージー・ゴルンフェリト（不幸な、不具の小人で、遺憾ながら、主として、『第四の散文』に書かれた、マンデリシュタームとのスキャンダルによって、文学史入りした）には話している。ゴルンフェリトは才能のある人物で、卓越した翻訳家であったが、いずれにせよ、彼の証言は信用できる。さて、彼が哲学者のアーロン・シテルンベルクに語ったところによると、十三、四歳の少年のとき、ゴーリキーはヤーコフ・スヴェルドロフ――有力なボリシェヴィーキで、のちのЦИК《ツエーイーカー》［中央執行委員会］議長――の

▼18　ニコライ・フョードロヴィチ・フョードロフ（1828～1903）宗教思想家・ユートピアン。死者（祖先）全員の復活、および、現代科学による死の克服の「計画」を提唱。遺著『共同事業の哲学』（2巻）。

父のところに顔を出した。スヴェルドロフの父は版画工房をニージニーで営んでいた。女主人の依頼により、彼のところに少年ペーシコフはしばらく住んでいたが、不意に版画職人がいったのである、「お前は偉い作家になるぞ」と。彼はすでに当時、文学の職を夢見ていたが、誰にもそんなことは話していなかったから、老人の予言力は彼をびっくりさせた。のちに彼は、この能力は全ユダヤ人の有するものだとした。多分、有名なゴーリキーのユダヤ人びいき、ほんのちょっとであれ、反ユダヤ主義に対する彼の憎悪、ユダヤ人の明確な目的意識性および民族の団結（ロシア人にはまるでない）に対する彼の強い敬意、等々の由来するところである。ちなみに、ゴーリキーとスヴェルドロフ家との知己に関する公式の説では、全ロシア産業博覧会の時期、一八九六年としている。のちにゴーリキーはスヴェルドロフの兄——ジノーヴィー——の教父となり、彼に自分の名字を与えた。

イコン画工房から彼は製図士・建築請負人のセルゲーエフのところに戻ったが——古式派的環境のあとでは、彼には楽しくさえ思われた。だが、三年続けて、現場監督として、ニジェゴーロドの市《いち》の醜悪なテントを、はじめは組み立て、その後解体するのを監督するのは、彼の見方では、まったく無意味だった。ときには彼は収入の補いに、港へ沖仲仕として働きに出かけ、そこで大変豊かな、本人の認めるところだと、ブレット・ハート▼19のことを思う気分にさせる環境となじみになった（この人物を彼が知悉《ちしつ》することのできたのも、やはり、選り好みしない、若者の読書時期だった）。そこで彼の教育にとりかかったのは、元は学生、いまは泥棒にして詩人のバーシキンだった。ちなみに、彼は有名な小唄「私はきれい、きれい、私の装いはだめ、

▼19　Harte　フランシス・ブレット（1836～1902）。アメリカの作家、詩人。ニューヨーク生まれ。16歳で自立、1854年カリフォルニアに移住。同地を背景に新ロマンチズム小説を書いた。

誰も娘をめとらないのはそのため」の作者だ。何の証拠も示さずに、少なくとも、そう、ゴーリキーは断言している。市のバラックに落ち着こうとした試みに失敗したあと、彼はカザンに赴き、そこの大学に入る決心をした。こう考える点で彼に自信を付けさせたのは中学生のエヴレイノフで、彼は再三いった、「あなたは学問に従事するために創られた！」

　カザンに彼は一八八四年の夏に来ていた。大学のことは考えるべきでなかった。ちょうど、このとき、一八八四年に新しい大学規約により、大学は独立性を失い、その指導部は選出が中止され、任命されることになったのだから。総じて、アレクサンドル三世は権限の上下制を強化した。まだ一八八一年に内務大臣ロリース－メーリコフはイグナチエフ伯爵から手紙を受け取った。曰く――すべてのテロリストは大学で勉強した。テロの温床に終止符を打つべきだ……。急激に――十五パーセントまで――国費で勉強している最貧学生の定員が縮小された。これはポベドノースツェフ▼20の政策そのものの結果で、これを彼の教え子のアレクサンドル三世が大変熱心に受け入れた。我々には、そんなに教育のある青年はいらない。とりわけ、貧乏人の中からは。彼らは社会的動乱をはらんでいる！　前もって、容易に推測できることだが、動乱をはらんでいるのは、大学教育の作為的制限だった。学生たちは暴動を起こし、一八九九年から一連の学生ストライキが始まり、とどのつまり、除籍された学生カルポヴィチが一九〇一年、国民教育大臣ボゴレポフを暗殺した。これは禁止条項の行き着くところを最も如実に示すものである。要するに、大学は見込みがなく、ゴーリキーはヴァシーリー・セミョーノフの経営するパン屋に就職した。セミョーノフは面白い人物で、ゴーリキーは雑録『主人』や短編

▼20　Победоносцев　コンスタンチン・ペトローヴィチ（1827～1907）。1860～65年、モスクワ大学教授（民法）。アレクサンドル二世の皇太子の師傅《しふ》。1880～1905年、宗務院総裁。アレクサンドル三世に影響を与え、その反動性の理論的指導者となり、ナロードニキと分離派を弾圧。1905年の革命で失脚。

『コノヴァーロフ』で、彼を詳しく活写した。写真も残されているが、それでは、セミョーノフは太っていて、人が好さそうである。ゴーリキーの性格描写から明らかだが、彼は全体としては、けだものではなく、より正確には、作者は彼の中にある二つの心を指摘しているが、同じものは自分の中にも、総じて、ロシアのナロードの中にもあると、作者は知っていた。セミョーノフの片方の目は緑色、もう片方は灰色だったが、当のセミョーノフは気分によって、けだものとなったり、善人となったりした。そして、ゴーリキー（大声ゆえにグロハーロと呼ばれた）には、ときには用心深く敵意をあらわにしたり、ときには励まして、親愛を見せたりした。

七

パン工場でペーシコフが生き残ったのは、多分、もっぱら、並はずれたからだの強靭《きょうじん》さのおかげだった。この仕事は彼の回想によれば、この上なく体力を消耗するたぐいのものだった。

私の仕事は四、五袋の粉を練り粉に変え、それをパン用に形作ることだった。練り粉はよく練る必要があり、それは手で行なわれた。焼いた、計り売りの大型パンをジェレンコフの店に、私は早朝、六〜七時に届けた。そのあと、大きなかごにブールカ、ローザン[▼21]、サイカ・ポトゥコフカ[▼22]——二プード［三十三キログラム弱］、二プード半［四十一キログラム

▼21　端を中に折り曲げた白パン。
▼22　蹄形の堅い小型白パン。

弱」あり——を詰め込み、それを郊外のアルスコエ原のロジーノフスキー専門学校、神学大学に届けた。私には水浴に出かける時間が足りず、ほとんど本も読めず、とんでもない——プロパガンダに従事するなんて！

毎朝、ペーシコフはアンドレイ・ジェレンコフのパン店にパンを届けた。ジェレンコフはナロードニキで、市最良の非合法本ライブラリーの所有者であり、学生が昼夜を問わず、彼の店に現われた。ちなみに、その後、彼は自分のナロードニキ運動のために「公民権喪失者」となり、シベリアの流刑地で暮らし、ゴーリキーに庇護を要請した。死の半年前、ゴーリキーの奔走により、彼は年金を得ることができた。

ナロードニキたちはペーシコフを尊敬し、歓喜して、天才と呼び、こうしたことはすべて彼を大変愉快にさせたが、特別なナロードなど彼は目にしなかったから、これらの温和な、あごひげを伸ばした人々が彼に浴びせた、ヒステリックな畏敬の念などわからず、ジェレンコフのライブラリー——中には雑誌の綴じ込みであったり、手書きであったりした——を注意深く学習した。当時、彼は詩を書き始めた。セミョーノフのパン工場で、彼は最も魅力のある、自分の作品の主人公のひとりと知己になった。パン職人、浮浪人、歌手、慢性アルコール中毒者のコノヴァーロフである。多分、西欧は、ロシア人をほぼ、ゴーリキーが描いたコノヴァーロフのような人間として、この先、なお長いこと想起することだろう。この一八九六年の短編には、多数の国民的ステレオタイプが決定的に固定されたが、ゴーリキーが率直に、表現豊かに描くことができたので――コノヴァーロフは記憶にとどまった。

おれには憂鬱が襲うんだよ。それもなあ、そのときは生きていることのできない、まるでできない憂鬱なんだ。何だか、この世におれひとりみたいな、おれのほかには、どこにも何一つ、生きているものがいないみたいな。そのときは、すべてがおれには嫌になる。ご本人自体、重荷になる。そして、すべての人間も。連中が死んじゃっても、おれはふんともいわん。間違いなく、おれには病気がある。そのせいで、おれは飲み始めた……

飲んだくれの、歌好きの、憂いがちの、図体のでかい、疲れ知らずの、人のよいコノヴァーロフは、瞬く間に、ためておいたカネを飲んでしまい、わけのわからぬ自分の憂いに追い立てられて、自分をあわれみ、愛していた人々から離れてしまう。まったくのところ、ゴーリキー風の浮浪人――誇りが高く、怒りっぽく、実際に自分を生活の場から叩き出してしまう――とは似ても似つかない。だが、彼は貪欲者の農民とも、何よりも利益に心を砕いている退屈な職人とも、似ていない。コノヴァーロフは芸術家だ。このタイプはゴーリキーの身辺にはじめて現われたもので、カザン以前はどこでも、このタイプとは遭遇しなかったし、かような古典的な純粋さでは、さほどしばしばは、このタイプには出会えないのである。無論、彼はゴーリキーによりぎりぎりまで考え抜かれ、グロテスクにまでなっているが、それでも一目でそれとわかるもので、肝心な点では、作者は特別に正確を期している。すなわち、この人物もまた、自分は人生において不要であるということに、あらかじめ合意しているかのようであると。ただし、これは浮浪人のように、彼をいきり立たせなかった。彼はこのことに完全に穏やかに甘んじているのだ。

私の出会ったのは、もっぱら――いつもすべてに罪を負わせ、すべてに不平をいい、自分自身の無罪の執拗な根拠をくつがえす、多くの明白な事実から頑固に自分自身をそらしていた――人々ばかりだった。彼らは自分のしくじりを、物言わぬ運命、悪い人間のせいにした……。コノヴァーロフは運命のせいにせず、人のことはいわなかった。個人の生活のすべての破綻にとがのあるのは当の本人のみであるのだった。そして、彼は「境遇と状況の犠牲」なのだと、私が根気強く彼に示そうとすればするほど、彼は執拗に自分の悲しい宿命には自分自身に罪があるのだと、私を説き伏せようとするのだった……。それは他に類のないことだったが、しかし、それは私を激怒させた。

激怒したわけは、ゴーリキーがはじめてトルストイ的な農民カラターエフ的タイプと、ドストエフスキーのペンキ職人ニコールカ[23]――救われることを望まず、苦しむことを望む――と出会ったのは、コノヴァーロフという人物においてであったからである。要するに、はじめて彼は、この本物のロシア人――かくも多く、ロシア文学が言及してきた――に出くわしたのだ。そして、この文学すべてにおいて、はじめて、ゴーリキーはコノヴァーロフに感動するのを断

▼23　ドストエフスキー『罪と罰』の登場人物。ラスコーリニコフの犯した金貸しの老婆殺しの嫌疑をかけられ、罪を認める。分離派教徒。
▼24　邦訳はない。あらすじは拙訳のコロレンコ『わが同時代人の歴史　第三巻』（文芸社）第一部第十章、章末注を見られたし。

固拒否して、あらゆる手段で相手の奴隷的、家畜的従順がどこまで及んでいるのか、意地悪く示そうと決心した。彼のコノヴァーロフは監獄で首つり自殺した――放浪罪で逮捕され、故郷のニージニーに送りつけられて。いったい、何のために彼の生活全体はあったのか――作者はまるで理解できなかった。ここに、ゴーリキーとロシア文学との相違点がはっきり現われた。『コノヴァーロフ』から、彼の二巻物の作品集の初巻が始まっているのも当然だった。ところで、このコノヴァーロフは理想的な主人公とはならなかったものの、理想的な読者として、ゴーリキーの記憶にとどまった。ペーシコフがレシェートニコフの『ポドリープナヤ村民』▼24を彼に読んでやったとき、彼は泣いた。そして、百姓のピーラとスイソイカの身になって、苦悩したのだった。とはいえ、とうに指摘されていた。読むことか――それとも、生きることか……。

八

一八八七年二月十六日、祖母のアクリーナが亡くなった。二週間臥《ふ》したのちである。パーペルチで倒れ、背中にけがをしたのだ。祖父は彼女の墓の上で泣いたが、彼女に三月遅れ、五月一日に死んだ。十二月十二日には、三ルーブリで四発入りのトゥーラ製のピストル▼25を、市で買って、アレクセイ・ペーシコフ自身が自殺を決行した。

実は、この自殺は失敗に終わった。解剖図で人体の胸腔部の構造を学習したのに、それでも彼はしくじり、弾は心臓には触れず、肺を貫通した。だが、人間がかようなことを決心して、

▼25　19世紀末には、高い性能のピストル（コルト、ブラウニング、モーゼル）が出現し、ロシアに輸入され、軍隊で正規に用いられた。しかし、こうした高級品は国内で生産されなかった。さて、トゥーラは見栄えのする安価な金物作りで知られた町だった。（青年ゴーリキーが購入した）3ルーブリのピストルがいかなる代物であったかは、推して知るべしである。

発砲し、その際、重傷を負ったばあい、単なる自殺の試みのことでなく、これまでの生活、これまでの自己との決定的な離別のことを語ることができる——企図の成功の度合いは別にして。実際、この瞬間から、十九歳のペーシコフには、何かしらが断然終わってしまった。恐らく、一八八七年十二月以前は、彼は真剣に志向した。すなわち、世間に順応しないとしても——そこまでは彼は寛容にならなかった——、少なくとも、かような、その仕組み——不正、残酷であり、嫌悪すべきだが、不可避な——と妥協することを。もしも彼がこれほどまでにこうしたすべてに自分がなじまないと感じたら、自分を排除しなければならない。ちなみに死［＝自殺決行］直前の手記の中で、彼は依頼した——自分のからだをひらいて、どんな悪魔がその中にひそんでいるのか、見てほしいと。幸い、無事に済んで、それに悪魔はどこにも隠れていなかった。ただしペーシコフはしくじった自殺のあと別の人間になり、自分を排除しないで、世界を改造しようと決心したのである。昏睡状態の中で、彼は大斎期の奉神礼の第四コンダック▼26「今勤行の時は顯れたり、審判は門の側にあり」▼27を耳にするが、ガンで死にかかっている、隣の教師の言葉「妥協して、不可能を望まないようにすべし」を耳にすると、彼の中に「理解できず、いらだたせるものすべて——簡略化した解答も含めて——に抵抗したい願望」が強くなるのだった。一九一二年にカプリ島で書かれた、明らかに、ロシアにおける自殺の伝染（当時、このことについて、多くのことが書かれ、とりわけ青年層の間に広まった自殺の原因が追求された）に対する解答だった、短編『マカールの人生の一事件』は、全体として、すべて事実のままだ——ペーシコフを診察した教授ストゥジェンツキーの姓を含めて。『マカール』の創ら

▼26　кондак　［正教用語］小讃詞（祭日の由来や聖者の事績などを含む短い讃歌）。
▼27　以下「故に起ちて齋し、傷感の涙と衿恤とを捧げて呼ばん、我等は海の砂より多く罪を行へり、求む、萬有の造成主よ、赦し給へ、我等が不朽の榮冠を受けん爲なり」とつづく——ニコライ大聖堂神父の教示による——。

れたのは、何かしら、この事件と訣別するがためではなく、反対に――これをもっと典型的にしようとするためだった。私は自分のことをいっているのではない、私は、本来、誰のことをもいっているのだ、と。ついでにいうと、未来のゴーリキーの、とりあえずはペーシコフの生と死とへの態度の大意は、この短編に大変わかりやすく示されている。ストゥジェンツキーが負傷者は二日と生きていまいというと、この当の負傷者はベッドのそばに置いてある抱水クロラール［催眠・鎮痛剤］のびんをとって、飲み下し始める。死ぬのならもっと早く、教授も含めて、みんなへの面当てに死のうと。「面当て」――これはゴーリキーの自殺のすこぶる的確な動機である。人々は、私のように、人間らしく生きようとしない――私を抜きにして生きている。どうして、この世――教授がまだ生きている患者のかたわらで、医局員たちのために、死の予測を口にする――にとどまれよう!?　だが、抱水クロラールのあと、彼は蘇生させられ、三日目には、彼はもはや、この世への面当てに死にたくはなくなり、この世に逆らって生きたくなるのだった。死の接近は重要な検証であり、それはペーシコフの考え――正しいのは彼であって、この世ではない――を決定的に強めた。彼はこのことをそんなふうに確信した。病院での自分の健康回復にかかった全二週間、彼は人間らしい言葉を待っていた。誰からも、ジェレンコフのパン屋で働いていた、かわいらしい売り子のナースチャからさえ、それはなかった。彼女はやってきて、話し出した――昨日、女友だち仲間と（そりすべりのために作られた）雪の山の上から滑り、愉快だったと。だが、そのあと、突如、善良な老門番のタタール人が現われた。自殺者を雪の中に見つけ、救ってくれた人物だ。そして、その唯一の人間らしい言葉が、この世の悪党と退屈を押しのけた。そのあとは、彼のところに三人の労働者――パン職人が二人の仲間を連れて現われ、ありがたいことに、何もことさら、思想的なことを彼らはいわず、全身全力、穏やかで気のおけない風に見えるようにしているのだった。だが、これだけで、彼がほとんど号泣するのには十分だった。そのあと、彼らのうちのひとりが咎《とが》めるようにつぶやいた。

「勿論……なあ、（やつは）いった……たしか、いった……なのに、おれは？」

笑い、泣き、喜びに息をはずませ、二つの別々の手を握りしめ、何も目にせず、そして、自分は長い、我慢強い人生のための健康を回復したと感じながら、マカールは黙っていた。窓の外では雪が過去を葬りながら、ずっしりと落ちていた。

九

こうして、彼は生まれ変わった――長い、依怙地な人生に向かって。このあと、しばらく彼はセミョーノフのところで働き、クレンデリ［バター入りの8字型パン］製造工員の小さなストライキに参加した――だが、彼らは主人とあっさり和解した。これはペーシコフには不満だった。ほどなく彼はジェレンコフのパン店に戻り、そこで、ナロードニキのミハイル・ロマーシと知己になり、ナロードニキの、部分的にはトルストイの宣教の、影響のもと、クラスノヴィードヴォに出発した。ロマーシは鉄道労働者出身でヤクーツクの流刑地に住んだことがあり、寡黙と生真面目さでペーシコフを魅了した。ペーシコフがしかるべき居場所を見つけられず、無聊をかこち、労働者層も学生層も凌駕してしまい、しかるべき話し手が見つからないのに気づくと、ロマーシは、すでに一年も店とライブラリーを営んでいる村に生活するよう、ペーシコフを誘った。ペーシコフがクラスノヴィードヴォから受けた印象は、農村に対する、長年にわたる、その後の彼の態度を決定した。農民層を彼はまるきり好かず、彼らを信用せず、とりわけ、見知らぬ人々に向ける憎悪の目には仰天するのだった。はじめてのクラスノヴィードヴォ滞在日、彼は考えている、「どのように、ここで生活すべきなのだろう?」。ロマーシは彼に金言「ナロードを好きにはなれない」を述べた最初の人だった。好きになるとは、へりくだり、許し、見境もなく歓喜することだが、歓喜することなど何もない――これはさめたナロードニキのロマーシには、他の人々よりも物事がよく見えるということだ。百姓には自由はいらない――彼ら自身がいうのだ、「旦那方がいるときの方が暮らしはよかった。百姓は土地にしばりつけられていない」。ゴーリキーは『私の大学』に記していることのすべての正確さを強調し、特別に脚注を書いている。すなわち、百姓たちの名はよくおぼえていないが――しかし、正確さは保証している――百姓は農奴制度をなつかしがっていると。

百姓はツァーリ主義者だ。彼にはわかる。旦那が多いのはよくない。ひとりの方がまし。

彼は待ち望んでいる。ツァーリが彼に自由の意味を公布するときがやってくるのを。そのとき、とれるものは何でもとれる。その日をみんな望み、それぞれ恐れ、それぞれ用心怠りなく暮らしている。まるまるすべての分割の決定する日を見逃さないよう、そして、自分で自分をこわがっている。沢山のものがほしい。とれるものはあるが、どうしてとる？みんな、同じものを手に入れようと狙っている。

のちに、一九二二年に書かれた論文『ロシアの農民について』の中で、ゴーリキーはこの農民階級について、いっそう辛辣な事柄を述べている。この論説はロシアでは二〇〇七年になってはじめて、雑誌「ロシア生活」で公表されることになる。それまでは、ベルリン版のまま、スペツフラン〔特別保管所〕に残されることになる。

ペーシコフに心からの共感を引き起こしている唯一の百姓は漁師のイゾートである。だが、彼は仲間に、ただ単に、何の理由もなく殺された。仲間に似ていないがために。この無意味な殺人がペーシコフのクラスノヴィードヴォの休日をも、そして、彼の自伝三部作すべてをも終わらせる。ロマーシの店が放火される――幸い、失敗したが。クラスノヴィードヴォからペーシコフは旅立った。恐らく、ロマーシとの離別の原因の一つはペーシコフがジェレンコフの妹のマーリヤに恋をしたこと、ところが彼女ははっきりロマーシを選び、実際、彼に嫁いでしまったことである。

一八八八年以来、ペーシコフのロシア放浪――ほんのちょっとの間、定住生活より楽しいにすぎないのに、彼にははるかに多く気にいっていた――が始まった。放浪は総じて彼の性格の中にあるもので、結局のところ、家庭を営まなかった。はじめのころの彼の相棒は魅力的なウソつきのバーリノフ――真理は人間にいらないどころか、自分で好き勝手に選んでいいと信じ切っている放浪者だった。恐らく、ここのところにゴーリキーのリアリズムの源泉がある。それは身辺雑事の日常描写とは何ら共通するところがない。世界は描写するのではなく、創造すべきなのだ。

彼に腹を立ててもムダだった。彼の目にしていた真理は現実の外にあるのだから。あるとき、仕事を探しに行く途中、私と彼は草原の中の谷間のはじにすわっていたが、彼は私にきっぱりと、そしてやさしく吹きこんだ。

「真理は心次第で選ぶ必要があるんだ！　ほら、谷間の向こうに、家畜の群れが草を食《は》み、イヌが走りまわり、牧人が歩いている。さて、どうなる？　おれとお前は、心のために、このことから何をものにする？　おい、単純に見ろ。悪い人間は真理だ。善いヤツはどこにいる？　善いヤツはまだ創造されていなかった。そうなんだ！」

十

この文章で『私の大学』〔ちなみに――題名は複数形〕は終わっている。そして、恐らく、これが、そこで彼の学んだ肝心なことである。自伝三部作の年代的つづきは、多分、シリーズ『ロシアを行く』となるだろう。ジャック・ロンドンの放浪者小説を強く思い出させるが、しかし、勿論、もっと巨匠的であり、とりわけ、はるかに感動的である。ゴーリキーが二十歳から二十一歳までに次々と就いた職業のことは、主として、そこからわかる。彼はカスピではカバンクルーバイの漁業会社のアルテリで働き、そこで『マリヴァ』を創出した。モズドクをへてツァリーツィン、現在のヴォルゴグラートに着き、ヴォルシスカヤ駅で計量係として、そのあと、ドブリンカ駅で番人として働いた。当時、大鉄道事業家アダドゥーロフがインテリゲンチア――流刑者であれ、不穏思想の持ち主であれ――を鉄道での仕事に就かせるべく、先頭に立って呼びかけていた。鉄道には、盗みが信じられないくらい蔓延しており、まともな人間が必要だった――せめて密告のためにも。アダドゥーロフは、インテリゲンチアが密告をし始めると、まじめに信じた。ゴーリキーはドブリンカに腰をおろし、現地の勤務者の中から、何人かの興味津々の人々と知己になった。だが、長くは居つかなかった。現地の上司を、皮肉まじりながら、訴えたからである。ボリソグレープスクに、彼は以下の嘆願書を送った。

私は前通り、よい生活をしており、勤務（番人）仲間と知己になり、自分の勤めも完璧に把握し、厳密に果たしております。駅長は私に満足しており、私への好意と信頼のあかしとして、私に毎朝、台所の汚水を運び出させてくれます。回答をお願いします。私の責務の中に、駅長の台所から汚水を運び出すことが入っているのですか？

その結果、彼はドブリンカからボリソグレープスクに異動となり、そこでは彼は袋と防水布の番をし、そのあと、計量係として、ツァリーツィンから十二ヴェルスター［約十二キロメートル強］離れたクルターヤ駅に移された。

こうしたことの起きたのは一八八八年の末だが、まさしく、ここから彼ははじめてモスクワへ行った。いかに奇妙であれ、レフ・トルストイゆえである。クルターヤ勤務のとき、彼は電信士の中の数人の思想を同じくする人々と、農場コロニーを建設することを思い立った。この目的のための土地はトルストイにお願いすることに決めた。彼には沢山の土地があり、まさか、若いトルストイ主義者たちに与えないなんて！

「そこで、我々はあなたの援助に訴えることを決めました。あなたには沢山の土地があり、耕作されていないときいています。我々はあなたに、その土地の一切れを下さるよう、お願いします。それから、純粋に物質的な援助以外に、精神的援助を、あなたの助言と示唆を期待します。また、次の本――『告白』、『わが信仰』、その他の、販売を許可されていない本を下さるのを断らないことも」

ペーシコフはトゥーラへ向かった――連結台に乗ったり、歩いたりして。ヤースナヤ・ポリャーナにはトルストイはいなかった。ソフィヤ・アンドレーエヴナ［トルストイ夫人］は浮浪人にコーヒーをふるまい、夫はトロイツェ・セルゲーエフスキー修道院へ赴いたと伝えた。また も歩いて（修道院へ向かった）。驚くほど多数、当時のロシア・インテリゲンチアが放浪していた。あたかも、歩いて自分をへとへとにさせ、苦しい思いを吹き払いたいと思ってのようだった。恐らく、これは知的発酵と呼ばれるものだろう。

十一

ヤースナヤ・ポリャーナでトルストイに会えなくて、ペーシコフは近くなのを幸い、モスクワに立ち寄り、そこの木賃宿生活を観察した。それは『番人』の中に描かれている。これはゴーリキーの奇妙で恐ろしい短編の中のひとつで、たまたまつづけて現われた、ロシアのエロスの二つの顔の話である。第一のは野蛮ながら、喜ばしい――ドブリンカ駅でのもの、第二のは汚れて、サディスティックな――モスクワでのものである。ペーシコフのモスクワの初印象は、総じて喜ばしいものではなかった。ヒトローフ市場▼28がさして陽気な場所ではなかったからだ。だが、仲間作りは、何やら特別にうまくいった。

▼28　Хитров рынок　ヒトローフカ（Хитровка）――ヤウスキー並木通りとソリャンカヤ通りの間、モスクワの中心地区にあった――のこと。19世紀の60年代から季節労働者の「労働市場」となり、周囲の路地に木賃宿、食堂、喫茶店がいっぱい建てられ、モスクワの「どん底」の常連が住みついた。その数、5500人（1911年の調査）、1万人に近い年もあった。1923年、ヒトローフカは取り壊され、「市場」の跡には、30年代に小学校が建てられた。

『番人』の前半で、作者はドブリンカを回想している。駅長のアフリカン・ペトローフスキー、郡警察副署長のマースロフ、石鹼製造工のスチェパーヒン、ポーランド歩兵のレースカ、駅のカザック女連に売春婦連――みんな酩酊し、酔っぱらいの狂宴を繰り広げ（ゴーリキーはうまく付け加えているが、こうしたことはすべて、勿論、美の崇拝によるもので、ペトローフスキーはすばらしく歌い、スチェパーヒンはダンスをする）、郡警察副署長の料理女は機関手にほれ込んでいて、レピョーシカ▼29の中に自分の生理の血を混ぜて入れる。相手がこのレピョーシカを食べて、自分にほれ込むようにと……。だが、駅でのこうしたすべてのダンス、酩酊、オカルト状態も、モスクワの木賃宿での落ちぶれた人々の醸し出すものに比べると、とたんに色あせてしまう。酒場でペーシコフは浮浪人のグラトコフと知り合い、別の、浮浪人連中のオカルト状態に入り込んだ。これもまた性的狂宴、ただし、木賃宿でだ。

鼻柱の折れた、真っ裸の女が入ってきた。彼女は踊るような足取りで歩いていた。そのたるんだからだはガタガタし、胸は小さな袋のように腹に垂れ下がり、腹は油の袋のように、紫色の傷跡、腫瘍のまま、青い静脈瘤のまま、太い脚に垂れていた。そして、そのとき、ペトローフスキーの「修道士生活」の放埒ぶりを思い出すと、健康な人間どもの肉体の狂乱が、人間の外観をとどめた、腐敗の狂気と比べて、何と無邪気なものかと、私は感じた。

かしこには、何やら、美の偶像崇拝があった。かしこには、半ばけだものじみた人間ど

▼29　小麦粉（パン種を入れたり、入れなかったりする）を練って、円盤のかたちに焼いたもの。

もが、力の余りから、この力の余りを罪と罰と考えて、祈っていた——もしかしたら、自由へのぼんやりした期待の中で暴れ、肉体の満たされぬ渇きの中で「魂を滅ぼし」はしまいかと恐れながら。

ここでは——無力が、暗い絶望にまで、本能（死により荒廃した生活の広野を絶えず勝ち誇っておおい、この世の美のすべての刺激となっている）の、この上ない醜悪で復讐的な嘲笑にまで、落ち込んでしまった。ここでは、生活の根源そのものを醜悪にも切り取り、病的な想像の膿《うみ》により、生活の奇しくも美しい源泉に毒を入れている。

だが——かしこ、上の方はどんな生活があるのだろうか？　そこから人々がかくも恐ろしく低いところへ落ちてくるのだが。

はだかの酔った女が墓を象徴しているところに、饗宴の本質がある。女の上に——墓の中さながら——何が起きているのか、まるきり自覚していない、酔った落ちぶれ学生が置かれている。この並行——女と墓——は、当時のゴーリキーには、いかに奇妙であろうと、現実的なのだ。彼は何度も自分の青年期の禁欲をほのめかしている。いかなる状況で、そして、誰を相手にペーシコフは童貞を失ったのかをいうことは困難である（かなり感傷的、高邁な調子で、短編『ある秋の日』に描かれているという説がある。そこでは、主人公はボートの陰で、売春婦と一夜を過ごすのである）。だが、すべての知人——その中には、ニージニーで、彼を、軽い精神錯乱のあと、診断している精神科医も入っている——に、彼は肉体的愛への自分の根っからの拒否を語っている。これに対して、精神科医が彼に道理にかなった忠告をしている。「禁欲は他人にまかせなさい。あなたは健康な若者だ。女が恋愛遊戯にもっと激しくなるようにさせなさい」。ともあれ、カザン時代のゴーリキーは、精神的親近さに裏付けられていない、どんな肉体関係にも嫌悪を抱いた。パン焼き職人が、粉の入った袋の上で、いつもの娘と遊びふざけるとき、この女は最近では十三番目（多分、彼はパン工房を訪れる女だけを数えているのだろう）であることを彼は忘れないが、ペーシコフはドアの外に追い出されてしまう、そして、彼はパン職人のうなり声や娘のうめき声に耳を傾けながら、思う、「まさか、自分も同じようには？」

私は信じた――女へのかかわりは肉体的結合行為――私はまるまる粗野で動物並みの簡単なかたちで知っていた――にかぎられないと。この行為は私にほとんど嫌悪をもたらした。私は力が強く、十分肉感的な若者であり、たやすく刺激される想像力の持ち主であったにもかかわらず。

かように彼は短編『初恋のこと』に書いている。この抑制はやはり超人的なもので、周囲にある人間的なものの拒否である。そして当のニージニー――彼がついに相思相愛に出会うことができた――以前は、ゴーリキーはセックスには、何か嫌でたまらないもの――克服されねばならないもののように対するのである。

十二

モスクワから彼は家畜車両に乗ってニージニーへ向かった。すでに文学を生業《なりわい》とする確固たる意志を持って。ニージニーで彼を待っていたのは最初の職業上の成功、家庭、そして、最初の名声だった。一八八九年型のゴーリキーとは何者であったか。そのことを何より明白に物語るのは、二つの彼の作品からの引用文で、一見したところでは、たがいにかかわりはない。第一のものは『コロレンコ時代』からのものである。

ニージニーにはカローニンが住んでいた。私はときおり、彼のもとに立ち寄った。病気のニコライ・エリピフィードロヴィチは私の強い同情心をよびおこした。

「もしかしたら、そうだ」、この上なく濃いタバコの煙の流れを鼻から吹き出しながら、彼はいったが、微笑しながら、いい終えるのだった。

「もしかしたら、そうでない……」

彼の言葉は私の重苦しい疑惑をよびおこした。私には思われたのである――この半ば苦悩している人物は、何か異なった、もっとはっきりしたことをいう権利を持っていたのにと。

これだ！　ここには彼が異様なほど、まるまるそのまま現われており、この自分の特質と、のちに戦った。苦悩し、多くのことを見た人々は「はっきりと」ものをいう権利があるということである。自分の生活体験のすべてを、ゴーリキーは文学の素材としてのみならず、はっきりものをいう権利の根拠として利用している。このばあい、人々は異様なほど彼には物足らず、何よりも、当のご本人が物足らないのだ。自分を分析するのは彼には恐ろしく、そこには何やら、ふれない方がよいものがある。彼がこのことにふれているのは、三十年後の短編『哲学の害のこと』である。

私の話してきたすべてはまだ――私ではなく、何やら、私がやみくもに迷い込んだものである。私の経験した印象、出来事のさまざまな混沌の中に、私は自己を見出さねばならない。だが、私は、それをすることができず、また、それがこわかった。私は誰で何者なのか？　この問いは私をひどく混乱させた。私は人生に敵意を持った。それが私に自殺を企てさせるという唾棄すべき愚劣さを吹き込んだから。私には人々のことがわからなかった。彼らの生活は私には是認しがたい、愚かで、汚れたものに思われた。私の中には、なぜだか、存在の暗い隅々のすべて、生活の秘密のすべての深みをのぞき込まざるを得ない人間の鋭敏な好奇心がうごめいていた。そして、ときとして、好奇心から、犯罪を起こしかねないと感じた……。私には思われた――私が自分を見つけると、私が思いを寄せる婦人の前に、嫌悪すべき、そして、何やら奇妙な感情や思索の、濃厚で強固な網の目にからまれた人間が現われると……

まさしく、この中に、恐らく、彼のすべてがある。彼は人間の中をのぞいてみるが、そこには土台も支柱も見つからず、奈落の底へ落ち込んでしまう。人間を墜落から持ちこたえさせてくれるようなものは、何ひとつ見えない。こうした奈落の底や墜落を彼は見あきるほど見てきたのだからなおさら。こうしたものから、何ひとつ救ってくれるものはないという考えは、この上ない深刻なリアリズムよりもいっそう恐ろしい。だからこそ、初期のゴーリキーはロマンチックな英雄譚やら、民族的、日常生活的スケッチやらを大変好んでいるが、しかし、心理描写は全面的に避けている。そこ――『どん底』、『世間で』で、彼が何を目にしたにせよ、語るのは恐ろしいのだ。後期の短編『カラモーラ』は、全部がそのまま、いつも自分の中に倫理的基盤を見つけようと努めるが、それを見出さない保安部密偵［スパイ］の話である。彼の心の中には卑劣な行為に反抗するものはないし、彼が悪事におののくことなどまったくあり得ない。そして、いっそう大きな醜悪な行為に向かい、それによって、ますます強く自分の沈着さに感嘆するというわけである。恐らく、これは彼の作品の中で最も自伝的なものである。ゴーリキーは驚くべき自由な人間である――貴族、あるいはインテリゲンチアの偏見の何ひとつ、彼の良心は煩わされていないという意味で。ここから、恐るべきものの描写における、かつてない自由と、芸術的節度の限界の侵犯とが出てくる。彼は文学に、以前はなかった材料を持ち込むことができた。だが、この内的限界の欠如は彼を終生苦しめた。もしかしたら、教育コロニー

［いわゆる強制収容所］の是認（のちに、非常にしばしば彼のせいにされた）は、こうした障壁の欠如の結果であったかもしれない。彼はせめて外的な障壁を求めようとし、他の人々が自由を求めるように、不自由に身を投じた。ここから放浪主義——同じく限界の追求が出てくる。時代だから、終生とどまることができず、自分より強い人間を求めたが、見つからなかった。時代の修正を施した、純粋のバイロン主義——当時のロシアにおける真のバイロン主義者は、放浪者でしかあり得なかった。興味深いことに、わが国の歴史の諸時期にわたって、「余計者」のタイプは社会的に下降し、貴族から雑階級へ、雑階級から放浪者へと移行しているが、それは、明らかに、ますます、より大きな自由を探し求めてである。もしかしたら、貴族が主たる活動階級であることをやめると、それだけで——そのときに表舞台に登場してくる他の階級に、独自の余計者が現われてくるのかもしれない。それは、疑問を持つ人々が存在しなければならない、健全な社会の変わらぬ特性である。ゴーリキーはプロレタリアのペチョーリンであり、いまや、ロシアの運命を社会の下層が決めるのだということの証拠である。こういうことだ——貴族のペチョーリン、オネーギン、ベーリトフ、そして、ルージンからは、雑階級人のバザーロフ、ヴォールギン[▼30]、そして、モロトフ[▼31]、彼らからは、ゴーリキー——自分の居場所が見つからない主人公たる自分自身——へと、ロシア文学の主要路線は発展してきた。貧困——ロシアの政治、イデオロギー、および、生活の——に安んじていない、強い人間のテーマである。だが、その人間が社会的に下降すればするほど——補塡《ほてん》の法則に従って——ますます高く自己を評価するようになる。ペチョーリンは自分を憎悪するが、ゴーリキーは自分を超人とみなす。

▼30 **Волгин**　チェルヌイシェーフスキーの小説『プロローグ　60年代初頭の物語』（未完）に登場する、ペテルブルクの29歳のジャーナリスト。作品が未完のため、その人物像ははっきりしない。

これもまた文学史の好奇心をそそる紆余曲折である……が、我々は道草を食ってしまった。

十三

ロマーシの紹介により、ペーシコフはヴラジーミル・コロレンコのもとに現われた。これは彼らの履歴のすでに二度目の交叉だった。一度目、我々はおぼえているが、コロレンコを流刑地に運んでいた汽船「ドーブルイ」号で、彼らは出会うことがあり得た。二度目、ペーシコフは、ほかならぬ、この流刑地でコロレンコと知己になった、ロマーシの紹介状を持って、彼のところへ行った。▼32 コロレンコは最も精神の健康なロシア作家のひとりだった。少なくともチゥコーフスキーの描写の中では、そのように現われ、そして、ゴーリキーもコロレンコのことを、自分の生涯において、最初の正常な人間として想起している。

「その一字一句で、その全存在で、我々を、我々の精神生活、我々の文学をも否定してしまうような作家を考え出さねばならないとしたら——チゥコーフスキーは書いている——それはヴラジーミル・コロレンコだったろう。彼の本は、絶望、死、混沌、この我々の世界の嫌悪すべきものを、生活から、我々の魂から絶滅、根絶させてくれ、——そして、牧歌、幼年期、パパもママも柔和さをも、我々に取り戻してくれるために創られたかのようだった。数多くの人生の恐怖を目にしながら、コロレンコはひとつの人生の恐怖すらまったく目に止めない」

この人物のところへやってきたゴーリキーは、人生の惨事、自分の平穏な存在への恐怖のほ

▼31　Молотов　ニコライ・ゲラシーモヴィチ・ポミャローフスキー（1835～63）の連作「小市民の幸福」、「モロトフ」（1861）の主人公。前者については、岡沢秀虎『ロシヤ十九世紀文学史下巻』（57～73ページ）参照。

▼32　コロレンコ『わが同時代人の歴史』第四巻（第一部のみ）参照。とりわけ、十一、十二章に、ロマーシの人物像が見事に描かれている。

か、さらに、この恐ろしい世界の無条件の廃絶の夢を、心の中に宿してきた。彼は自分の最初の文学的試作——厖大な散文叙事詩『老いたカシの歌』をコロレンコのところに持ってくる。びっくりするが、数多《あまた》のことを経験した人々が書きたいという思いにとらわれるのは、個人的に体験したことではなくて、ものをいうカシやワシやカワラヒワやキツツキやらのことだ。寓話やお伽話を作ることは、多分、チュッチェフのいう「苦悩の気恥ずかしさ」であり、もしかしたら、恐ろしいものには、彼は人生であきあきしたからかもしれない。コロレンコは叙事詩を酷評した。ただし、柔和に、好意的に。

彼の柔和な言葉は、荒っぽくO《オー》を強調するヴォルガなまりとは著しく異なってはいたが、しかし、彼にはヴォルガの水先案内人と奇妙に似通ったところがあった。それは人生を、曲がりくねる河床上の進路のようにみなす、おおらかな落ち着きだった。

「あなたはしばしば乱暴な言葉を使うことをいとわない。多分、それがあなたには力強いと思われるからでしょうか？　それはよくあることだ」

原稿の表紙には、鋭い筆勢で、鉛筆で書かれていた。

「『歌』で、あなたの能力を判断するのはむずかしいが、多分、ある。何か、あなたの体験したことを書いて、私に示されたし」

私はもう詩も散文も書くまいと決心した。事実、ニージニーの生活の全時間——ほとんど二年間——何も書かなかった。ときおり、ひどく書きたく思ったが。

大きな悔恨のまま己の叡智を、私はすべてを清める炎の犠牲にした。（『コロレンコ時代』）

事実、彼は二年間も何も書かなかった。ジュコーフスカヤ通り、現在のミーニン通りの離れに部屋を借りて暮らした。この離れを、彼は元教師のチューキン、元流刑者のソーモフと分け合って住んだ。当時の若いインテリゲンチア――主として流刑者で、ニージニーには大勢いた――の間の気分は戦意喪失だった。小事の理論▼33が支配していた。アジテーションでなく、クルトゥール・トゥレーゲル［文化の担い手］が前提とされた。同じ精神で、コロレンコも発言していた。専制政治はロシアを滅ぼすが、それに代わるものはない。ゴーリキーはインテリゲンチアを罵り、連中を不定見、一方、クルトゥール・トゥレーゲルを素朴とみなした。当人は当時、ビール倉庫で働き、バヴァリア・クヴァスの箱売りをし、注文先に配った。

二十年後、自分の最も力強い短編のひとつ『ストラースチ－モルダースチ』で、彼の語った出来事は、この時期のものである。この短編は、彼が当時いかなる気分で暮らしていたかを、明白に理解させてくれる。もっとも、彼はそれと違った気分で暮らしたことはなかった。そして、彼のすべての問題は、主たる問題――偉大かつ恐るべき短編『ケムスコイ家のお母さん』からの「人間の無意味な苦悩は誰に必要なのか」に帰着させることができる。『ストラースチ－モルダースチ』は、酔っぱらいの梅毒病みで、十五歳で、旦那の子を宿し、売春婦となった女の物語である。彼女は暗い地下室に、八歳の足なえの男の子と暮らしている。子どもはこの地下室からほとんど一度も出たことがない。眼の大きな、きれいな、陽気な少年で、とことん

▼33　アレクサンドル二世暗殺（1881年3月1日）以降、政府の弾圧と運動目的の喪失によるナロードニキ運動の退潮を背景に、80年代半ば「ネジェーリャ（週）」誌に、あらゆる暴力による改革（大事）を否定し、日常の文化活動（小事）によるナロードの生活向上を尽くすべきだという主張があらわれた（提唱者はアブラーモフ）、これを「小事の理論」という。

までやせ、主に甲虫やワラジムシに芸を仕込んでいる。醜くなった顔、その二十二歳の母親――醜くなった顔、崩れた鼻の持ち主――は、語り手に、息子に対する、その心遣い――ブールカや新たな甲虫を持ってきた――に返礼を申し出さえし、恩人が気持ち悪くならないよう、顔をプラトーク▼34でおおうことを約束する。この短編の題名は伊達《だて》に付けられたものではない（それは酔っぱらい女が息子に歌う子守歌である。「ストラースチ－モルダースチがやってくる。不幸を持ってくる。ああ、災いだ、ああ、災いだ、どこへ隠れたらいい、どこへ？」）。この作品はロシア文学にれっきとした伝統――とりわけ、リュドーミラ・ペトルシェーフスカヤに顕著な――を生んだ。彼女もまた、恐ろしい暗い片隅や獣性を感傷性と結び付けて描くのを好んだ。この短編には感傷性がたっぷりあり、それはとりわけ、獣的な生活――その描写ではゴーリキーは常に巨匠だった――と結びついて、強力に働くのである。さてさて、人生がかようなテーマを彼に投げ与えたのやら、それとも、当人がこの上なく暗い片隅をのぞき込みたいという、変わることなき志向により、こうしたものを見つけたのやら？　だが、クルトゥール・トゥレーゲルや既出の理論とは、勿論、こうしたことすべては全然結びつかない。問題はもっぱら、何と結びついているのかであり、こうしたものがなくなるためには、人間をどうしたらよいのか？　この問題には、彼は二十年後、この短編を書いたときにも答えることができなかった。

▼34　**платок**　（ほぼ）四角の布で、生地はウール・絹・亜麻・木綿など。サイズは様々――頭部や肩をおおうだけの小さなものから、全身を包むものまである。少女・成人女性の頭部の装飾であるが、防寒用などに男女とも首に巻く。プラトークは恐らく18世紀にロシアに入り、従来の頭部装飾の類を駆逐し、19世紀には帽子類と併用された。同世紀後半、農村部の頭部装飾の中心となった。頭部のプラトークの結び方は多種多様。

十四

ソーモフ、チューキン、ペーシコフ――当人は仲間のせいで――は絶えざる警察の監視下にあった。一八八九年秋、カザンで地下印刷所が摘発されたが、そこの仕事にソーモフはかかわっていたのだ。ゴーリキーはのちになって、彼を「あまり正常ではないが、青年層の間に影響力を持った人物」と特徴づけた。ソーモフはうまくニージニーを退去した――ニージニーにいたら、彼は間違いなく逮捕されただろう――。だが、ジュコーフスカヤ通りの離れに捜索の手が入った。ペーシコフは生意気なことを憲兵にいいすぎ、生涯はじめて逮捕された。彼についてはカザンに照会が送られたが、そこからは、彼がパン屋のジェレンコフとかかわりがある旨、通知があった。だが、重要な情報はなかった。将軍ポズナンスキーがすこぶる好意的に彼を尋問し、彼の詩を高く買い、鳴禽類について彼と話をした。

将軍はどっしりして、ボタンの取れた、グレーのジャケットに、飾り筋のついている、グレーの着古したズボンをはいていた。にごった目は悲しげに、ぐったりしたようにものを見た。彼は放っておかれ、みすぼらしく、だが、気の毒にも思われた。純血種の犬――老齢のため、おっくうで、ほえるのにあきてしまった――を思い出させたから。A《アー》・Φ《エフ》・コーニの演説本から知ったが、彼の娘は才能のあるピアニストであり、夫子自身はモルヒネ中毒患者だった。彼は土地の人間、コロレンコ、そして、知事のバラーノフをペテルブルクへ密告した。知事本人も密告するのが好きだったが。(『コロレンコ時代』)

ペーシコフは十月十二日に逮捕されたが、奇妙な諸事情の重なり合いにより、十一月七日釈放された。あくる日、元流刑者のクラルクのところでのパーティーで、ペーシコフは非合法活動家のサブナーエフから「監獄は革命家にとって不可欠の学校である」と聞き、それに対して、本人の回想によれば、無遠慮な言葉で応じた。誰やらが彼に代わって、いかなる学校が彼に不可欠であり、いかなるものがそうでないと、決めてしまわれたくなかったのだ。

倉庫で働くのはペーシコフにはやがて嫌になり、ヴォトカ工場の事務所に落ち着こうとしたが、そこで管理人の犬が彼にとびかかったので、彼は即座に犬を殴り殺してしまった。当然、彼は追い出された。彼は軍役にすら就こうと志願した。だが、沖仲士の仕事の結果の、足の静脈拡大の理由で合格しなかった。それと、貫通痕のある肺も、医師は可としなかった。地理探検隊に地形測量者として入って、中央アジアに赴こうとしたが、政治的不穏分子なので、加われなかった。一八九〇年中、彼は弁護士ラーニンのところで書記として働いたが、激しく病的にのめり込んでドイツ人とフランス人の哲学書を――段取りも目的もなしに――読みふけった。哲学を彼に教えたのは、ニジェゴーロトの変人のひとり、ゴーリキー的人物である、ニコライ・ヴァシーリエフなる、気の狂った化学者だった。

彼はほとんどすべての才能あるロシア人同様、奇妙なくせの持ち主だった。ライ麦パン片にキニーネをたっぷりふりかけて食べ、うまそうに舌つづみを打って、キニーネは大変おいしい調味料だと、私に断言した。肝心なことは［キニーネが］有益で、「種の本能」の凶暴さを馴化《じゅんか》させるそうだ。彼は総じて、何やらかなり危険な実験を自分に行なった。ブロムカリを服用し、そのあとすぐアヘンを飲んだ。医者――気むずかしそうな老人――はいった、「馬一匹がこれでくたばってしまう、多分、馬二匹だって」（『哲学の害のこと』）

哲学本の読書により、ゴーリキーはほとんど精神病になるところだった。禁欲、飢餓、無秩序な読書のせいで、彼は、のちになって、同じ短編の中で、大変あざやかに描いている状態にまで、自分を追い込んでしまった。

城壁のそばの、遊歩道のベンチに、麦わら帽、黄色い手袋の女が腰かけていた。私が彼女に近寄って、「神はいない」というと、彼女はびっくり仰天、立腹して、「何だって？私？」と叫ぶや、すぐさま翼のある人間に変わり、飛び去った。そのあとすぐさま、地面全体に、葉のない、太い木々が成長し、その枝や幹から油性の黄色い粘液が落ちて来、私は刑事犯として、二十三年間ヒキガエルになり、ヴォスネセンスカヤ教会の朗々たる大鐘を絶えず、昼も夜も打ちならすべき旨、判決を受けるのだった。

すべてが可能。ただし、かような何でもできる世界で生きるのは不可能だ。

同様なボッシュ的悪夢をロシア文学は恐らく知らなかった。その中の肝心なことは、秩序と意味の完全な欠如である。同様な幻覚に閉口して、ゴーリキーは一八九一年の早春、再びロシアを放浪すべく出立した。グリャージェ－ツァリーツィン鉄道のフィロノーヴォ駅に到着すると、彼は南へ――ドンへ、ウクライナへ、クリミアへ向かった。

十五

ヘルソン県ニコラーエフ近郊のカンドゥイビノで、六月十五日、彼はあやうく死ぬところだった。女の体罰に干渉し、ご本人は殴打され、半ば死にかけた。この事件はつづきがあり、総じて、ゴーリキーにとって、主義・信念にかかわるものとなった。

村の通りを、白い粘土壁の小屋の間を、野卑な唸り声を上げながら、奇妙な行列が動いていた。荷馬車の前部に、小柄の、すっかりハダカの女、ほとんど少女が、両手を縄でつながれていた。彼女は何やら奇妙に、横向きに進んでいった。その足は震え、折り曲げられ、その乱れた、濃いグレーの髪の頭は上に向けられ、幾分そりかえり、目は大きく開けられ、ぼんやりした――人間らしいものは何一つない――まなざしで遠くを見ていた。そのからだ全体に、青や紫の斑点があり、左の、弾力性のある、少女の胸は切られて、その中から血が滴っていた。きっと、女の腹部は長いこと薪《まき》で打たれたか、あるいはブーツをはいた足で踏みつけられたのだろう――腹部は恐ろしく腫れ上がり、ひどく青くなっていた。

荷馬車には、背の高い百姓――白いルバーハ[35]を着、黒い仔ヤギ革の帽子をかぶった――が立っていた。片手に彼は手綱を、もう片手にムチを持ち、整然と馬の背に一回、小柄な女――それでなくても、すでに人間のからだを成さないまでに打たれた――のからだに一回とムチを振るっていた。男どもは歩いていって、荷馬車の中に立っている者に、何やら嫌らしいことを叫んでいた。ヤツは連中の方に振り返り、口を大きく開いて、あざ笑った。

私の描いたのは、私の捏造した、真実をゆがめた描写ではない――否、遺憾ながら、これは捏造ではない。これは「引きまわし」と呼ばれるものだ。かように夫どもは姦通の妻を罰する。(『引きまわし』)

この先のことは、ゴーリキーはさまざまに語っている。一九二七年十一月、ソレントでニコライ・アセーエフにより書きとめられた説によると、ペーシコフは自分の体力に自信がなくて――荒れ狂った群衆はよそ者のいうことなど聞くわけがない――、坊さんのところへ駆けつけた。農民も坊さんのいうことは聞くと思って。坊さんは答えて「妻は自分の夫をこわがるようになる」と説明した。すると、ペーシコフはヤツの顔面を張ったらしい。坊さんはわめき出し、百姓が駆けつけた。「おれたちの坊さんを打ってるぞ!」、そして、不実の妻を痛めつけるのを

▼35　рубаха　首まわりに襟があり、直接胸開きになっている、ロシア伝来の衣類。男子の上着および肌着、女子・子どもの肌着に用いられる。男物・女物・子ども物、それぞれ、多種多様ある。当時は「ルバーハ」と呼ばれ、子ども用のものは「小さいルバーハ」の意味で「ルバーシカ」と呼ばれた。(ベロヴィンスキー『18世紀〜20世紀初頭ロシアの生活と歴史百科事典』には「ルバーハ」の項のみあり、「ルバーシカ」の項はない)。

しばし中止して、ペーシコフを痛めつけた。この折、ゴーリキーは、坊主は村では全員に憎まれていたことを強調した。だが、坊さんをよそ者が殴るというのは許せない侮辱事だった。彼は藪の泥の中にほうり投げられたが、そのあと、通りがかりの手風琴流しが拾い上げ、病院に運んでくれた。別の説では、四十五年（四十三年?）たって一九三四年、当のカンドゥイビノの農民によるものだが――ペーシコフは体罰に干渉して殴られたのだった。ともあれ、一九三五年には、この古い実録を再刊し、カンドゥイビノ村の新しい生活の輝かしい情景を、それに添付することが決定された。「農民新聞」の特派員タチヤーナ・ノーヴィコヴァはカンドゥイビノ村に赴いた。ゴーリキーは、彼があやうく殺されかけた村の地図――泉、居酒屋、教会――を正確に記憶していた。教会は、いまは十字架や鐘楼はなく、「クラブ」の標識がついている。居酒屋は廃墟になってしまった。老人たちを集めると、彼らは繰り返しいった。うん、カンドゥイビノではあんなことがあった、それも一度ならず。女の名前はゴルプイナ・ガイチエンコ、その夫はシリヴェストル。「ヤツは女を殴り、わしらは荷馬車のあとを走っていった」と、コンスタンチン・カリチャは思い出すのだった。「わしらは百姓が女房を殴るのが面白かった。そのあと、目にした――丘に、口ひげを生やした、白いルバーハ、麦わら帽の、ロシア風の小男を。おぼえている。小かごを持ち、杖を手に握っていた。小男は小かごを地面に投げた……」。そして、口をはさみに走ってきた。だが、ペーシコフでさえ、このときはゴルプイナ・ガイチェンコを救い出すことはできず、他の者たちに助けを求めることは彼の手の及ぶことではなかった。カンドゥイビノでは、このように気晴らしするのがまれではなかった。

すばらしい現代では完全に根絶された家庭内暴力問題の、騒然たる全国的討議のあと、カンドゥイビノ村は華々しくペーシコエ村に改称された（同意されようが、ゴーリコエ［悲惨な（村）］は文脈上、聞こえがよくない。それに彼はここに歩いてきた［ペーシコム］のだし）。ゴーリキーがカンドゥイビノにやってきて、名誉の殴打が添えられたなら、馬鹿げたことは神秘化されたのに、ゴーリキーはニコラーエフには病気ということで、やってこなかった。「農民新聞」は『追いまわし』を再刊し、それと対比になるもの――見聞記を添えた。いわく――若い女、濃い亜麻色の巻き毛の、ほとんど少女がトラクターに乗って、車道を進んでいる。誰も彼女を打ちはしない。ご当人ときたら、誰もお構いなく轢いてしまえるのだから――。今日、この村へ出かけて、そこではどうなっているか、あれこれ、聞きたい気持ちになるかもしれない。ちなみに、村は昔通りカンドゥイビノと呼ばれ、ニコラーエフ州ノヴォオデッサ地区に位置している。間違いなく、そこには「農民新聞」の通信員たちの来訪をおぼえている古老がいる。

ニコラーエフ病院でのゴーリキーの隣人はチェルカッシの原型となったが、彼は「チェルカッシ風の」主題だけでなく、追いはぎ、人殺しの話をしてくれた。この話から、チェーホフにより高く評価された小説『ステップで』が出来上がった。病院で横になったあと、元気になると、ゴーリキーは、ニコラーエフからオチャコフに赴き、ドニエプルの溺れ谷で塩の採掘に従事した。仕事は最悪、人々はお互い同士もよそ者もすべて嫌悪し、ペーシコフに取っ手のタテに割れた一輪手押し車をつかませた。それは彼の手のひらから皮をはぎとった。そこで彼はじめてわかったが、『私の大学』で大変嬉々として描かれたアルテリ[36]労働は呪わしいものかもしれず、労働者には団結はあまりよいものでなく、労働が重くなればなるほど、それが徒刑的になればなるほど、団結は減少していくのだった。オチャコフから彼はベッサラビヤへ行き、ブドウの収穫に出くわした。この仕事は、彼には他のものよりも気に入った。ドナウに着いたあと、彼はアッケルマンを経てオデッサに戻り、沖仲仕となって港に落ち着いた。そこで彼はツゥルキーゼ某と知己になった。のちの短編『わが道連れ』の主人公だが、そこではシャクロ・プターゼの名前で描かれている。このグルジア公爵は彼から金を巻き上げた友人を追いかけてオデッサに着いたが、友人は見つからず、有り金を使い果たし、食べつくし、チフリスに帰ることができなかった。ペーシコフは自分の道連れになるよう呼びかけた。恐らく、この短編は初期のゴーリキーの最も魅力ある作品のひとつである――他でもない、当の道連れの人物も魅力があるから。だが、しょっちゅう演技し、裏切ろうとしている、この詐欺師まがいの道楽者のたぐいに対するゴーリキーの態度は変わっていった。青年期、彼はまったく善良だったが、一九一九年には彼は以下のように書いている。

シャクロのような道連れが、大勢、いろいろな道を私と歩いたが、ときおり、私の道から私をつき転がした。私は連中に不平をいわないし、自分を責めもしない。だが、どこかへ運んで行かねばならない人間が私に肩車されているときは、いつだって、私は力と好奇心がある限り、ヤツを運んでやったが、シャクロを運んでやりながら、思い浮かんだ。こ

▼36　**артель**　多様な形態があるが、ここでは、頭《かしら》の下、共同生活をしながら労働する、農村の出稼ぎ労働者の協同組合。農奴解放後、様々に発達した。

れは私の道連れだ。私は彼を捨てることができるのに、しかし、私は彼から立ち去れない——何となれば、彼の名はレギオン［多数］だから。これは終生の道連れ、彼は墓場まで私のあとをついてくる……

かてて加えて、理解するのはむずかしい。ご当人がこういう道連れどもを選んだのか、それとも連中の方が、彼に力と庇護を求められると知って、彼にとびついてきたのか？　きっと、両方の要素が一緒に働いたのだろうし、ただ単に、ゴーリキー本人にも、そばに弱い人間のいることが必要だった——いわば、引き立て役として、自尊心のために——のだろう。支えてやるが、本人はわかっており、軽蔑していて、自己評価が高まるのだ。ここから、彼の途切れることのない、飢えている人々やら、新人たちやら、初めて出会った人々やらへの助力活動が発しているが——、それは、永遠に自分を疑い、自分に倫理的基盤を見出せない（このことを何度も認めている）から、彼はかような、自分自身の人間性の証拠を必要としていたのだ。

道中、ゴーリキーとツゥルキーゼはしょっちゅういい争っていた。ペーシコフは公爵に、愛他主義のすぐれていることを、ツゥルキーゼはカフカース貴族主義のすぐれていることを納得させようとした。ペーシコフの稼いだものはすべてツゥルキーゼが食べてしまい、これっぽちの良心のうずきも感じなかった。しかも、ツゥルキーゼはゴーリキーをあざ笑い、パン一切れでも稼ぎに行こうというどんな説得に対しても、つっけんどんに答えるのだった、「私は労働することができないのだ！」

彼は私を奴隷にし、私は彼に屈従し、彼を観察し、その顔面のわずかな動き一つ一つに反応し、この他者の人格の強奪過程で、彼がどこに、何に注目しているのか、想像しようと努めた。私は彼に食べさせ、美しい場所のことを話したが、あるとき、バフチサライのことを話し、プーシキンのことを語り、その詩を引用した。彼には、こうしたことはすべて何の印象も与えなかった。(『わが道連れ』)

いかに奇妙であれ、ペーシコフとツゥルキーゼのこの先の関係図、他ならぬ彼、プターゼは、ロシア-グルジア間の軋轢の歴史を、大変的確に再現している。当初は、それは私心なき友愛であったが、そのあと、カフカース側からの非難および軽蔑、迫害・占領についての会話、直接の嘲笑、そして、ロシアがカフカースで従事しようと努めたクルトゥール・トゥレーゲル[文化の担い手]活動そのものの完全な不受容となった。勿論、ロシア――とりわけ現代の――もまたプリャーニク▼37でないが、やはりグルジア的性格の特質――とりわけ労働に対する態度の面――は、ゴーリキーが大変的確に気づいたところである。「私、わかる――お前、おとなしい。お前、働く。私を無理強いしない。考える――どうして？　つまり、ヤツ、羊のように愚か……」

ツゥルキーゼが立腹したのも当然である。彼はこの短編を一九〇三年にグルジア語の翻訳で読んだが、新聞「ツノビス・プルツェリ」(「知識ニュース」)に反駁書簡を持参した。ちなみ

▼37　スパイス入りの糖蜜菓子。

に、事件はゴーリキーの短編にきわめて正確に述べられていたので、公爵がたちどころに自分だとわかったほどである。だが、いくつかの評価は同意しなかった。核心には彼は反駁しなかった。彼の名誉を棄損した友人の放浪者を見捨てるのは、彼にとっては完全に正しいことだったから。彼は起伏のあるチフリスの路地のひとつにペーシコフをおいてきぼりにし、ご当人はどこかの屋敷にもぐりこみ、かげもかたちもなくなった。ペーシコフはドゥカン［居酒屋］に立ち寄り、酔っぱらったキント▼38と殴り合い、留置場入りとなり、彼がチフリスで唯一知っていた人物——自分のツァリーツィン時代の知人で元流刑者のナチャーロフ——の保証によって、はじめて釈放された。こうして、彼のグルジア時代——粗暴かつ幸福な——が始まった。

十六

ペーシコフはザカフカース鉄道に勤め、ヴェリースキー地区に部屋を借り、幸多きグルジア——ボルジョミ、パトゥーミ、テラーヴィ——をさまよい、スフミ—ノヴォロシイスク間道路の建設に加わり、ほとんど絶えまなく詩を書いた。総じて、彼の全職業遍歴は疑問を喚起する。本当に——下層出の人々が当時のロシアにおいて、多少ともそれ相当な生活にたどりつくのは、実際、こうも困難であったのだろうか？　本当に——下から上への移動は、かくも絶望的状態であったのか？　いや、違う。まさしく、こういうことは、すべて、かなりうまくいった。というのも、才能ある天才児なら、誰でも、かのコロレンコのような大家の好意ある目を期待す

▼38　кинто　グルジアの商人、おしなべて、定職についていない、いかさま師のたぐい。ドゥカン［居酒屋］にたむろしている。ツゥルキーゼ（貴族！）も性格・行動面ではキントに等しい。

ることができたからだった。ナロードに対する罪悪感に取りつかれたインテリゲンチアは、そのひとりひとりを注意深く察知して、仕事につけさせたり、勉学に赴かせたり、金銭援助をしたり……した。トルストイは農民作家のリャプーノフとセミョーノフを援助し、チェーホフは雑階級の人々の何十もの原稿を雑誌に載せてやり、自ら原稿を訂正したし、ゴーリキー本人もこうしたことを大規模に行なった。しかし、何ら才能のない人々だって、家畜並みの生活環境の中で、いつまでも無意味な生活をすべく運命づけられているのでは全然なかった。ナロード出の人間も社会の階梯の次の段へ昇り、自分の仕事を開始し、都会に落ち着くことが完全にできるのだった。ゴーリキーの問題点は、彼が自分の役割のどれひとつにもとどまることを欲しなかったことである。何かある時点で、恐怖にとらわれて、彼は自問するのだった、「これは人生か!? これが終生つづくのか？」——そして、自分にとって使命づけられた生活をついに始めるまでは、先へ進んでいくのだった。

チフリスで彼は流刑定住者のカリュジヌイ——周知のように、他ならぬ政治流刑者が彼の知己の主要層だった——と知り合いになったが、他ならぬこのカリュジヌイが彼のユニークな語り手の才能をはじめて評価したのだった。カリュジヌイは彼にジプシーの伝承譚を記録するよう勧めた。この伝承はゴーリキーが友人仲間に好んで語ったものだった。そして短編『マカール・チュドラー』がペンネーム「マクシーム・ゴーリキー」で、一八九二年九月十二日の新聞「カフカース」に登場した。こうしてロシア文学に、銀の時代の散文作家のうち一番奇妙な作家が加わった——きわめて多くの苦痛と醜悪を目にしたので、そういうものを文学に引きずっていくのは、当初、想定外のことと、当人には思われたのだが。

海から湿った冷たい風が吹き、岸に打ち寄せる波のしぶきと岸ぞいの灌木のさやぎとの、もの思いがちなメロディーをステップに吹き散らす。ときおり、その突発が、縮んでしわになった、黄色い葉を運んで行って、たき火へ投げ込み、炎を燃え立たせる。秋の夜の、我々を取り囲んだ暗闇が震え、そして、こわごわ退くと、一瞬、開いて見せるのだった——左手に果てしないステップを、右手に限りない海を……

新しい名前で彼のおおやけにした最初の文章はこのようなものだった。彼はあたかもゼロからすべてを始めようと思った——彼の文学生活は実生活と何ら共通するところがないようにと。名前は単に父の追憶のみでなく、むしろ、すべてにおけるマクシマリズムの示唆である。さて、ゴーリキーは悪しきロマンチズムへの譲歩であるが、どうしようもない。苦痛を彼は十分目にして来たのだからだ。

次の五年間は絶えざる仕事にみち、彼はロシアの最も有名な作家となった。

十七

明らかなことだが、生まれつきの巨大な作家の才能を持ちながら、パンを焼いたり、建築の現場監督をしたりすることを余儀なくされた人々は、自分の天職以外、あらゆる仕事を憎悪するだろうし、だからこそ、自分の無数の職業を叙述するばあい、機械仕掛けさながら、絶え間なく繰り返す。退屈だ……うんざりだ……どうしようもない……。彼がこうした職業のうちにひとつでも好みを見つけたなら、彼の能力をもってすれば、三年もしたら貧困から脱却することなど、平気の平左だったことだろう。だが、強いられた、ましていわんや、機械作業的な労働には、ゴーリキーはひどい嫌悪を抱いていたので、数多の職業を体験したものの、それらを全部拒否した。高い意味により神聖化されていない、決まりきった仕事をかくも憎悪したような作家はロシア文学にはほとんどいなかった。恐らく、この意味でゴーリキーの直系はただヴァルラーム・シャラーモフ[39]——肉体労働を人間への災厄と呼んだ——だけである。もっとも、二人にはもう一つ似たところがある。二人とも、自分の苦悩のことを沢山語った。ちなみに、人間はふつう、そうしたものを隠し、黙っていようと努める。自分は苦しめられたと認めるのは屈辱的だからだ。通常、かような事柄を認めるのは、自分の言葉に特別の重さを添えたいと思うときにかぎられる。そら、私はこのことを体験したが、あなたがたは体験しなかった。つまり、私にはこの問題はよくわかる。反論すべからず、私の立証は論破できない……。

ゴーリキーは自分の厖大な人生経験を強調してやまなかった。もっとも、実は、同様な経験は、多くのロシアの散文作家にもあった——たとえば、クプリーン、アンドレーエフ、ソログープにもあったが、ただし、彼らはああも仔細にそのことを記憶してはいなかった。誰もが頭の中に何千という人名、事件、クセ……を蓄えていられるものではない。ソログープが自分の

▼39 ヴァルラーム・チーホノヴィチ・シャラーモフ（1907-82） ソ連の作家。不当に弾圧された。記録・哲学的作品（『コルイマ物語』1979、ソ連では主として1988-89年に公刊）、および、詩（作品集『火打金』1961、『運命への道』1967、『モスクワの雲』1972）において、スターリン時代の強制収容所における過酷な日課の超人間的試練の苦難に満ちた体験を表現した。回想録がある。

ギムナージヤ学監生活の叙述に取りかかったならば、アンドレーエフが自分についての真実をローザノフ的な至福の無恥をもって語ったなら、――ああ、いかなる『私の大学』が茫然自失の人類に見《まみ》えたことだろうか！　だが、チュッチェフ的にいうと、苦悩の気恥ずかしさがある。初期のゴーリキーは自分の恐るべき体験を、いささか多弁な、マーク・トウェイン（ちなみに、同じくあらゆる人間を目にしていた）並みの精神のアイロニーで、まだやわらげているのだが、後期の彼は読者に対してますますかたくなになり、ますます粗暴で、恐ろしい、生理的に嫌悪すべき事柄を語ることになる――何のために？

彼自身がこの現象を最も自伝的な戯曲『老人』――その主人公は、苦悩は彼に周囲の人々の不断の敬意を受ける権利を与えていると、真摯に思っている――であばいた。付け加えると、苦悩は実際のもので、思考されたものではなく、単に主人公はそれをメダルのように身につけているにすぎない。ゴーリキーはチェーホフ風にいえば、ひとしずくずつ、自分から老人を絞り出したのであるが、成功とはいえなかった。というのは、自分の恐るべき体験は、あらゆる体験以前におのずと出来上がった、自分の理論の最終的証明として彼に必要であったからだった。彼はまるでニーチェを絵解きして、彼の命題に自分の証明を添えたみたいだった。人間は克服されねばならないと。新しい人間が到来すべし、彼を文明が陶冶すべし――文明の驚異的な力をゴーリキーは信じた――、非創造的労働の災厄は壊滅すべし、人間は神を創造すべしと。ニーチェには困難だった――ニーチェには恐るべき労働歴もなく、ロシア・インテリゲンチアがすこぶる高く評価した、下層の出でもなかった。ゴーリキーは愛する神の足もとに、その思想の証明のために、自分の運命を供えたのだ——そして、大方のところ、見事に成功した。彼の遍歴はニーチェの命題の大部分のすばらしい例証となっている。ここに由来するのが、何が何であれ、喜々とした、勝ち誇った、彼の初期の散文の情感——克服の情感であり、彼の過分な成功はこのおかげだった。

多くの人々がのちに書いた——ゴーリキーは近代の教説を援用し、異国的テーマへの関心、インテリゲンチアのナロード愛、さらにボリシェヴィズムさえ利用したと（ただし、彼のデビュー当時、いかなるボリシェヴィズムの影も形もなかった）。とりわけ暴露に熱心だったのはボリース・コンスタンチーノヴィチ・ザイツェフだった。彼はさして才能のない作家で、ゴーリキーのおかげを大いに蒙ったのに、ひどく中傷的な、細々した、偏った実録でお返しした——彼と並べると、ブーニンの回想録も良質のきわみに思われるほどだ。すなわち、胡乱《うろん》な連中にゴーリキーは取り巻かれており、彼の才能も大したものではなく、彼の成功はすべて流行のおかげである……と。ところが、ゴーリキーの人気は当然である。その『実録と短編』二巻（一八九八年に登場し、世紀の終わりまで十回増刷された）は今日も夢中になって読まれている。読者（とりわけロシアの）をだますことはできない。ゴーリキーの登場したのはトルストイ、チェーホフ、メレシコーフスキー、ローザノフの生存していたときで、その背景はあまり有利なものでなかった。それにもかかわらず、二十世紀の前夜とその初年はゴーリキーを中心として過ぎたのである。まず何よりも彼は興味津々、つぼを押さえて書いた。主題に生気がなく、事件のないロシアの散文の前では、これはまさしく革命である。そこでは以前は事件が起きたとしても、生気がない。解雇されたり、離婚したり、純潔を失ったりの日常茶飯事、そして、それだけのこと。トゥルゲーネフのバザーロフ――この最も強力な人物さえ、何ひとつやらない。一度、決闘で撃ちそこない、それから死んでゆく。ゴーリキーのばあい、しょっちゅう、何かが起こっている。殺人、殴打、逮捕、宿命的な情欲、嫁・舅《しゅうと》の不倫、父と子の殴り合い、破産、自殺、火事、偽造……、すべて粗暴だが、肝心なことは鮮明なことだ。鮮明――恐らく、彼の初期散文を語るばあいのキー・ワードである。すべて、オレオグラフィヤかルボークの一歩手前である。▼40 自分の主題を彼はぞんざいに組み立て、上品な趣向などまったく考慮しないが、しかし主題を展開させると、この上なく堅い木塊から突如、芸術が出現する（それほど高い品質ではないにせよ）。水彩画の繊細さはないが、効果はまずまずだ。

ところで、短編『セマーガが捕まったわけ』は、彼の最良のものでも、さして知られたものでもないかもしれない。泥棒が居酒屋にいると、男の子が駆けてきて、手入れのことを警告する。泥棒は吹雪の夜に出て行き、雪の路地をぶらついたり、内庭、納屋ぞいを歩いたりして、ほぼ逮捕を免れるのだが、しかし、そのとき、弱い泣き声を耳にする。赤ん坊の捨て子だった。どうしたらいい？　セマーガは赤ん坊を取り上げて、温めようとするが、ほうり出す。が、後悔して、再び取り上げ、あわれなのと忌々《いまいま》しいのとで泣く――そして、駐在所に抱えて行く。どうしようもなくて。そこでセマーガは捕まる。この上手に書かれた短編は、もうひとつの細部がなかったら、まったくのわざとらしいものとなったろう。赤ん坊は他ならぬ駐在所で死んでしまうのだ。すなわち、セマーガの献身的行為は無意味になる。そして、この成り行きは大

▼40　オレオグラフィヤ（油絵風石版画）、とりわけルボーク（木版画）は絵草紙風な民衆画だが、今日風にいえば、劇画・コミックのたぐい。

作家の印だ。彼が慰めを拒否し、感動的な結末を退けているのでは例によってない。実は、ここには慰めが存在している——ただし、より高いやり方の。無意味の献身的行為こそ、倍する献身的行為であり、セマーガは感傷的なコソ泥から悲劇的、記念碑的、さしつかえなければ——ニーチェ的人物となったのである。

ゴーリキーとニーチェの教説および文体との関係については多くのことが書かれた。そのことは十分明白であり、ゴーリキーひげすら、しばしばフリードリヒひげと比べられている。じかの模倣は存在する。だが、ロシアにおけるニーチェの栄光のみでゴーリキーの人気は説明できない。それに、ここではニーチェにさほど好意的ではなかった。力・健康・反キリスト主義の宣告はインテリゲンチアに常に警戒されていたから。それだけではない。ニーチェが積極的に読まれ、翻訳され始めたのは、ロシアでは、前々世紀［十九世紀］の九〇年代であり、そのときにはゴーリキーの世界観は出来上がっていた。人間の本性に不満であること、超人を思い焦がれることは、ひとりニーチェのみが体験したことではなく、こうしたことに向かうには、ヨーロッパよりもロシアの方が多くの基盤があった。最初の完訳のニーチェはロシアでは一九〇〇年に出たが、そのときにはゴーリキーの名はすでに轟いていた。勿論、『ツァラトゥストラ』を彼は、すでに言及したニコライ・ヴァシーリエフ［第十四節。気の狂った化学者］の翻案で知っていた。だが、この書物の最初の翻訳、それも抄訳がロシアで出たのは、一八九七年である。だから、ニーチェをこと細かく知ることなく、ゴーリキーは文学に、成功を請け合える肝心なものをもたらした。彼は未来を請け合ったのだ。十九世紀末には、ロシア人は身から出たさびでひどく参り、うんざりしていた――解決されていない問題や、いま生活しているようには生活したくない気持ちや、異なった生活のできないことやらに。ゴーリキーはユートピア的企画を提案した。新しい人間を請け合ったのだ。好きなように嘲笑って結構――彼は自分のニーチェ主義者を、木賃宿で、オデッサの港で、居酒屋で見出した。誰が未来のことを証言したって構わないではないか？　重要なのは、それ［未来］があるということだ。運命の伝統的なもろもろ――強いられた労働、農民のうんざりさせる生存力、町での絶え間ない屈辱、さらに貴族の空虚な退化さえ――を拒否した人間がいるのだ。

ゴーリキーの実録『落ちぶれた人々』――戯曲『どん底』の最初の試作――には、元教師のフィリップ、元林務官のシムツォフ（彼にゴーリキーは自分の名前――アレクセイ・マクシーモヴィチ――を贈った）、元看守のルカ・マルチヤーノフ、元機械工のソーンツェフ、元輔祭のタラース、元百姓のチャーパ、元金持、ほとんど貴族のアリスチト・クヴァルダ（彼は財産があり、印刷所、使用人案内所があり、騎兵大尉をしていたが、その直後、どん底へ転がり込んだ）さえも集められていた。これらの人々はすべて、生活に順応していた人々と明白に対比されている。ゴーリキーの作品で彼らがしゃべっているようには、どん底の人々は決してしゃべらないにせよ、彼らのアイロニーにみちた独白は、どちらかというとディケンズ（総じて、木賃宿の描写ではゴーリキーは何度も彼から学んだ）がらみであるにせよ、結論は明白である。実は、運命づけられているのは「落ちぶれた人々」でなくて、この嫌悪すべき社会秩序から決して脱却したいと思わない者たちである。落ちぶれた人々には未来があり、限界にいる者たちには勝利があり、そして、作者が自分をメチェオール［流星］（これは理解できる――規則性のない彗星のように、いたるところにぶらついているから）という人物に描出して、彼らの仲間入りしているのは、もっともなことである。

若者は何やら髪長で、いささか間抜けな、頰骨の高い顔面に、上を向いた鼻が目立っていた。彼はベルトのない、青い作業着を着、頭には麦わら帽子の残余が突き出していた。足ははだし。

「ほら、おれは今すぐ、お前の歯をぶち抜いてやろう」、マルチヤーノフは申し出た。

「おれのほうは石をとって、お前さんの頭をぶん殴ります」、丁重に若者は言明した。

マルチヤーノフはクヴァルダが中に入らなかったら、彼をぶちのめしていただろう。

「ほうっておけ……。こいつはな、何やら、おれたちみんなと同類だ、多分」

そう、無論、同類だ――他でもない、同じく未来の人間だからだ（ゴーリキーは断言したが、実際にカザンのザドーネ・モークラヤという特徴のある名前の通りにあるクヴァルダの木賃宿で、一八八五年の六月から十月まで、すなわち十七歳のとき、生活した）。この宿仲間に混じった方が、職人仲間の間よりも、彼にはよかった。とどのつまりは、キリスト教の宣教が勝利を占め、勝利を占めつづけるのは一番あとではない。それは最後の者たちは最初なのだと述べているからである。あなたがたはここでは最後であるが、必ずやってくる新しい世界には、あなたがたは一番に入る。いや、すでに入っている。他でもない、あなたがたは商人イウダ・ペトゥンニコフや酒場の亭主ヴァヴィーロフとは異なり、自由であり、幸せであるから。まさしく、かような説教をゴーリキーは行なった。ロシアには、これを支持しようと待っている人々はほとんどいなかった、とはいえない。すでに有名な大家として、論文『私はどのようにして書き方を学んだか』の中で、ゴーリキーはまったく率直に自説を述べた。

浮浪人の中には奇妙な人間がいたし、私には、彼らについて多くのことがよくはわからなかったが、私に好感を持たせたのは、彼らが生活に不平をいわず、一方「住民」の平穏無事の生活のことは嘲笑的、冷笑的に話したが、しかし、隠れた羨望の気持ちからでなく、何かしら、誇りから、意識——彼らの暮らしはよくないが、自分らとしては『よく』暮らしている者たちよりもよいという——からだった。

ただし、忘れないようにしよう——これは一九二八年の認識で、そのときはゴーリキーには、自分の一貫した、デモクラチックな、ルンペン的ですらある共感を強調する必要があったということを。一九一〇年——彼の生活様式は完全にブルジョア的であり、文名は確乎とし、世界観はマルクス主義からほど遠かった——においてにせよ、彼は以下のように書いた。これは新進作家、事務員のパーヴェル・マクシーモフに宛てた手紙の一部である。

ロシアの浮浪人は私の語り得た以上に恐ろしい現象であり、この人間は、何よりもまず、自分のまったくの絶望によって、自分自身を否定し、人生から追放することによって恐ろしい……

一九一〇年の物差しでは恐ろしく、一九二八年の物差しでは良い。他でもない、人生は悪くもなければ、良くもなるものだから。破壊すべき恐ろしい世界。浮浪人は、勿論、マルクス主義者ではない。だが、ニーチェからマルクスまでは、そんなに離れていない。マルクス主義により武装されたニーチェ主義者――これがロシアの革命家の理想であり、ゴーリキーのほとんどすべての人気のある主人公はまったくかようなものだ。ただし、成熟までの彼の道程《みちのり》はなお遠い。だが、すでに短編『ステップで』に、浮浪人の自由の裏返しが暴かれている――ありとあらゆるものへの恐るべき無関心、生命の無視、良心の沈黙。「私には、彼に起きたことに罪はない。あなたには、私に起きたことに罪はないのと同様……。何人も何事にも罪はない。他でもない、我々はみんな、一様に家畜だから」。本当のことをいえば、かかる自己意識にとって、停滞した一八九二年、すでに崩壊の危機に瀕しているが、なおも重苦しい安定のとき、人々にはすべて言い分があった。

十八

実は、彼の成功には、銀の時代にとって特徴的な、いまひとつの面があった。私のいっているのはゴーリキー的な強烈なエロチズムで、第二集の短編のほとんどどれにも存在している。注意しておこう――底辺の人間を彼は自然主義抜きに、うっとりとさえして描いたが、底辺にかぎることはなかった。彼の作品には、町人も裕福な農民も商人もいる。総じて、平民がいっぱいおり、そして、ほとんどの短編に、男の運命を狂わせる美女がいる。初期のゴーリキーの最も有名な作品は『マリヴァ』であるが、それはすべての人の記憶に残るカスピのカルメンで、父親と息子をけしかけ、浮浪人のセリョージャにはひそかに好意を寄せている。チェーホフは濡れ場の露骨さでゴーリキーを非難した。トルストイは心理の虚偽で――。だが、チェーホフは抑制の基準であったし、トルストイは自分で目にしなかったり、目にしたくなかったりしたことをすべて、しばしば虚偽と呼んだ。マリヴァは、トルストイ自身がひどく嫌悪した女のタイプで、彼女は歳のいった愛人のヴァシーリーが打ちすえる（すなわち、愛する）とき、愉快なのだ。男どもをけしかけるのが好きだし、彼女にはいつも奇怪な幻想がある。

ときには、ボートに乗って、海に出たい。とおーく！　もう決して人間を目にしないように。ときには、どいつも夢中にさせて、コマみたいに自分の周りを回らせたい！　そいつを見つめ、笑ってやりたい！　そいつらがあわれになったり――みんなよりずっと自分自身が――、連中をみんな、打ちのめしてやりたかったり……。そのあと、自分を……恐ろしい死で……。あたしは憂鬱にも愉快にもなる……。人間はみんな、何かしら鈍感。ときおり思われる、バラックに放火したら大騒ぎになったのに！

まさしく、そうなったろう。トルストイには、かような女が好きになれなかったのは明らかである。彼はツァーリ・ロシアの法規に照らして、こういう女は存在しなかったと公言した。彼が、たとえば、ブーニンの『騎兵少尉エラーギンの事件』のヒロインのこと、そして二十世紀のロシア文学に、サド・マゾ的物語ともども広く描かれた、その他の上手《うわて》の女のことを知ったとしたら、何といっただろうか、考えてみるのは恐ろしい。トルストイの女たちは平穏と生活を担い、保つのに、ゴーリキーの女たちはしばしば混乱と破滅をもたらす――だが、このことから彼女たちの魅力は少なくはならない。いずれにせよ、他ならぬ、ゴーリキーのマリヴァは、六〇年代のソヴィエト版・男の運命を狂わせるヒロイン――同じく、何が欲しいのかわからないのだが、周囲の日常茶飯事が彼女を決定的に落ち着かせなかった――の先駆となった。新時代の宣言のひとつとなったのは、ヴラジーミル・ブラウンにより制作された、一九五六年の映画『マリヴァ』であった。主演を演じたのは二十八歳のリガの美女ジドラ・リテンベルクス――のちに、六〇年代の中心的映画スターのエヴゲーニー・ウルバンスキーの妻――であった。他ならぬ『マリヴァ』の直後、彼は彼女に、いわば、落ちこんでしまった。ゴーリキー以前、このタイプはロシア文学には存在しなかった。何やら類似したものがドストエフスキーの女たちにちらつくが、しかし、彼女たちはヒステリック、病的である。片や、マリヴァは挑発するかのように健康だ。彼女たちはこのあと多数現われる――『サムギン』のチュレプニョーヴァとソートヴァ、『番人』のレースカ、『フォマー・ゴルジェーエフ』のサーシャ。彼女たちに共通する特徴は、浮浪人のセリョーシカが的確に判定している――「心がからだに合わない」

これらの成功の条件すべてにもう一つ、並はずれて重要なものを追加しよう。ゴーリキーはロシア文学の作家としてまれなほど勤勉で活動的だった。例として、『オルローフ夫婦』、『マリヴァ』、『落ちぶれた人々』、『コノヴァーロフ』、『ヴァーレンカ・オレソーヴァ』、『私がひげをそり落とされたわけ』――全二十作の古典的短編――は一八九六年秋から一八九七年秋までに書かれたが、それは絶えまない新聞雑誌からのその日その日の依頼事――クリスマス週間の物語、時評、加えて時事詩、そして、たくさんの手紙を入れていないし、こうしたものはすべて結核の身でなされたのだ。作家ゴーリキーの多産性は読者ゴーリキーの貪欲さ（一夜一冊読破した）にのみ比較できる。彼は週に一作、短編か実録を書いたが、それはすべて相当な分量で、粒ぞろいの、見事な内容を持っていた。チェーホフが当時、彼に宛てて書いたのももっともなことである。「あなたは私があなたの短編にどんな意見を持っているか、たずねておられる。疑いのない才能、しかも真の、大きな才能だ。私が書いたのではないということが、私をねたましい気持ちにさえさせた。あなたは芸術家、賢い人間だ。あなたは見事に感じ取るし、表現力に富んでいる。つまり、事物を描き出すとき、それを目の当たりにし、手で触って見られる！　これは本物の芸術だ」。チェーホフからこれほどまじめな称賛を期待できるのはほんの少数の者だった。

ゴーリキーの文体の特徴はクプリーンのユーモラスなパロディーの中に最も的確に現われている。当のゴーリキーは控えめな人間という評判にもかかわらず、怒りっぽい人間だったが、このパロディーには大笑いした。それは『仲間』という名がついていた。

町の公衆便所の陰に、我々三人、私、マリヴァ、そして、チェルカッシが寝ころがっていた。のっぽの、やせぎすの、すっかり鼻の穴の大きい――チェルカッシは強い猛禽に似ていた。マリヴァは美しかった。実は、鼻の欠けているのが、彼女の、目のくらむような皮膚が白く見えた。古着のぼろの穴を通して、彼女の以前の過失を雄弁にほのめかしており、また、周囲三十五サージェン［七十五メートル弱］にわたって、彼女の衣類から発する、強い魚の臭気から彼女の職業は疑問の余地がなかった。彼女は商人ジェレビャーキンの工場で、魚のはらわた抜きに従事していたのだ。だが、それにもかかわらず、彼女は美しく見えた。

「みんな、下らん！」、しゃがれ声でチェルカッシはいった。「死ぬことも下らんし、生きることも下らん」

マリヴァがくすくす笑い、お愛想に、手のひらでチェルカッシの腰を強くたたいた。

「こら……。尻軽女！」、チェルカッシは大様につぶやいた。「もっといおう。イサアキエフスキー大聖堂か、ピョートル大帝の銅像によじ登って、すべてに唾をひっかけたい。ほら、いっている。トルストイ、トルストイ……って。ドストエフスキーにも夢中。おれにいわせれば、連中は町人だ」

ところで、ゴーリキーは一九〇五年の論文『町人雑記』のために非難された。実際のところ、あまり成功したものでなかった。ゴーリキー・レーニンの雑誌「新生活」に発表された、この連載物の第三回には、以下のようにきっぱりといわれている。

我々の文学はすべて、人生への消極的なかかわりについての執拗な教説、消極性の弁明である。そして、それは自然のことだ。町人文学は、町人芸術家が天才である場合でさえ、別のものでありえない。偶像崇拝者らが私にわめき散らすのを予期している——「何だって？　トルストイ？　ドストエフスキー？」

私は偉大な芸術家の批評に取りかかるつもりはない。ただ、町人をあばくだけなのだ。彼らよりも悪質な人生の敵を私は知らない。彼らは迫害者と受苦者を和解させようとしており、迫害者の近くにいて、世間の苦難に自分が無関心であることから、自分を言い逃れようとする。彼らの大部分は暴力に加担しており、少数の者も——間接的にそうしている。忍耐、和解、許し、正当化の宣教によって……

多分、ここでの著者の次々の論難は、実際は、血気から書かれたものだった。他でもない、トルストイの教説すら、無抵抗で汲みつくすことはできず、ただ暴力を否定しているのであり、ドストエフスキーに関しては、まったく別様に解釈できる。しかし、パロディーに戻ろう。それはゴーリキーへのクプリーンの崇拝の念——いずれにせよ、『決闘』を捧げた——にもかかわらず、彼に対する増大するいらだちを表わしている。

「おれはひとりの商人を切り殺した」、チェルカッシはぼんやりつづけた。「太ったヤツだった。デブだ。さて、おれはヤツのはらわたを取り除いた、そこはいろんな腸、内臓があった……。脂だけでも一プード半〔二十五キログラム弱〕あった。商人を切開するなら、いつも腹から始めるんだ。ヤツの魂は軽くて、すぐに外へ出て行ってしまう。そのあと、おれはヤツの墓へ行った。そして、大変な憎悪におれはとらわれた。『ろくでなし、てめえはろくでなしだ!』——おれは思った。そして、ヤツの墓に唾を吐いた」

「すべて許されている」、マリヴァがいった。

「アーメン——チェルカッシは神妙に是認した——そうツァラトゥストラはいった」

「倒れているのを蹴とばせ——おれは思って、立ち上がり、もういっぺん唾を吐いて、木賃宿へ歩いて行った」

このパロディーはまた、より後期のゴーリキー——もはや浮浪人ではない——への歓迎である。ゴーリキーの一九〇一年の中編『三人』で、イリヤー・ルニョーフは高利貸しを殺すが、その場面は非常に粗暴、自然主義的である。——そして、そのあと、もういっぺん、彼の墓に唾を吐く。

「罰当たりめ、てめえのおかげで、おれは自分の一生を台無しにした！……老いぼれの悪魔め！　どう生きていくんだ？……。いつまでも、おれはてめえにぶつかって、すっかり汚れてしまった……」

彼は大声で、力の限り叫びたかったが、やっとのことで、この気違いじみた欲求を抑えることができた。彼は木に当たってはじき返された。帽子が彼の頭から落ちた。それを持ち上げようとからだをかがめながら、彼は両替屋兼故買人の彫像から目を離すことができなかった。彼は吐き気がし、気分が悪くて、顔は充血し、目は緊張で痛かった。大変な努力で、彼は石から目をそらし、柵のところへ近寄り、手で細い金属棒をつかみ、憎悪に震えて、墓に唾を吐いた……。そこから離れながら、彼は地面を両足で大変強く踏んだ。まるで地面が痛がるようにと思っているみたいに……

無論、心理的には、これはあまり説得的でないし、ひどい嫌悪以外の何ものも、かような主人公は喚起することはできない。——だが、明らかに、その通りはその通りだ。

とはいえ、上品な趣向の観点からは、ほとんどすべての偉大な文学は余分、かつ、過剰である。

第二部　亡命者

一

十九世紀の九〇年代および一九〇〇年代前半期は、ロシアではゴーリキーの旗印の下に過ぎた。このことに彼の敵対者も反論しないだろう。かような存命中の栄光はプーシキンやトルストイさえ知らなかった。もっとも、彼らを文字通りの意味で読んだのは全ロシアではなく、読者層は薄かった。ゴーリキーの栄光の原因の一つ——ほとんど誰からも言及されないが、実は恐らく中心的な——は大衆読者層の出現だ。いまや文学を消費するのはもはや貴族、雑階級人、インテリゲンチアばかりでなく、何百万もの大衆だった。ピーサレフの夢想した、思索するプロレタリアートが誕生したのだ。ゴーリキーの栄光はロシアにおける高級紙および大衆紙の出現と同時に起きた。一八六〇年から一九〇〇年末までに、それらの数は倍以上増加した。本の出版は急速に進展した。大衆読者には大衆作家が求められた——ゴーリキーがのちに戯曲『どん底』でこけにした者ばかりでなく、貴族の色恋ざたの安っぽい読み物の作者ばかりではなくて、町の下層の体験を知って脚色する人物も。下層の読者に興味があるのは他人の美しい生活だけだとか、あらゆる人間に最も興味のあるのは外から見られた当人であるとか、ああだこうだ、いわれる。ゴーリキーはこうした需要に応えた。彼は新しい読者の、最初のお気に入り作家となった。

ソヴィエト時代、定期的に刊行された彼の回想集で、きまって出くわす言葉がある。「ゴーリキーの短編は私を感動させた」、「私は終生、ゴーリキーの名を記憶した」、「私は感嘆と畏怖を味わった」……。何やら特別なものがあったわけではない。だが、考慮しなければならない。ゴーリキーの読者は読み書きができたばかり、『私の大学』の登場人物の漁師イゾートのように、言葉の誕生の奇跡を知ったばかり、まだまだ言葉を組み立てるのをやっと習ったばかり、その彼が、いきなり、彼のこと、彼が日々自分の周辺で見ていることを、こうした言葉ではっきりとわかりやすく語りかけられたのだ。農村ロシアは、それでもどうにかこうにかして、己の日常生活の記述者を見出していた。初めは地主の中から、のちにはナロードニキの中から。町の、下層の、地下室の、労働生活のことは、ゴーリキーがはじめて語り出した。村を彼は好かず、彼の目には百姓は貪欲者、けだものじみた極度に保守的な阿呆に映った。彼の居場所は街であり、彼の主な読者もそこに生活していた。だから、プロレタリア古典作家に関するソヴィエトの公式見解はすべてが正しいのである。

一八九二年夏、スフミ—ノヴォロシイスク間道路建設場で働き、バクーの石油採掘所（ここでの仕事は彼には体験したものすべての中で最も過酷に思われた）で機械工のフョードル・アファナーシエフと一緒になって、ゴーリキーはチフリスに戻り、イヴォーアルセナーヤ通りの地下室に暮らし始めた。住まいは五人で住んだ。ペーシコフ当人、アファナーシエフ、土地測量士のサメト、神学生のヴィラーノフ、大学生のヴァルタニヤンツである。共同生活を始めた。そのあと、鉄道労働者のボガトゥイロヴィチが加わった。彼とはゴーリキーは執拗に論争した。ボガトゥイロヴィチは人生には何らよいものはないと断言した。「私はいう、あると。ただし、隠れており、阿呆にはどいつも手でつかめない」

この年月のゴーリキーのプロパガンダ活動には諸説ある。ソヴィエトの文学研究は当然ながら、彼が武装闘争のプロパガンディストになるのを見越しているが、当人は手紙や回想で、抽象的なテーマによる仲間内の議論にのみふれている。いかなるマルクス主義者でも彼は当時近く、近いところにもいなかった。のちのスターリンの女婿で、九〇年代のバクーおよびチフリスの機関士――セルゲイ・アッリルーエフの回想によると、ゴーリキーは労働者に、工場で彼らを殊更憤慨させている事柄、許しがたい迫害の事実、等々を書き留めておくよう進言している。特徴的な細部だが、彼が当時考えていたのは、書き留められた言葉は立証、あるいはそれ以上、判決の力を持っており、不正を記録するのは、そのこと自体、不正を弱化させるということだった。彼は当時散文をほとんど書かず、その代わり、ノートを詩でいっぱいにした。主として、バイロンを模倣した。セルゲイ・ヴァルタニヤンツの回想によると、彼は隣人に『マンフレッド』と『カイン』を読んでやるのが好きだった。

ところで、このヴァルタニヤンツはチフリス時代のペーシコフの鮮明な描写を我々に残してくれた。彼はペーシコフの力強い姿や、やや粗野な態度や物腰を回想している（付け加えると、やや粗野なのは、チフリスの下層階級を背景にしてさえも、わざとらしく作為的である）。それでいて、彼は当時も驚くべき語り手だった。ききほれてしまうのだ。コントラスト――ロマンチックな常套句だらけのおおげさな詩と、皮肉な語り手がこの上なく粗野、嫌らしい細部をわざと強調する語り物との――にはびっくりさせられた。のちに、他ならぬ、このコントラストを演じることがゴーリキーのトレードマークとなる。彼が当時作っていた詩のことを幾分か理解させてくれるのは、怪物的――誰も反論しなかろう――叙事詩『娘と死』である。彼がこれをはじめて刊行できたのは、何と四半世紀過ぎてからだが、それも検閲を慮《おもんぱか》ってではなく、朗々たるゴーリキーの名の権威が支えなかったら、かような珍物はどこにも出現できっこなかっただろうからである。チフリス時代の唯一保存された叙事詩『娘と死』には面白いことが起きた。ゴーリキーはなぜか、この作品には、総じて自分の詩作品に対すると同様、愛着を寄せていた（彼の詩を「出来が悪い」と正直に答えたことで、彼はホダセーヴィチ▼1を決して容赦しなかった）。この作品をのちに彼は一九三一年にゴルキ▼2の別荘に彼を訪問したスターリンとヴォロシーロフに読んで聞かせたが、フセヴォロート・イヴァーノフ▼3の回想によると、ゴーリキーはこの訪問のことをひどく辱められた人間のトーンで語ったという。首脳らは酔っぱらっていたが、叙事詩の第一ページのスターリンの鉛筆の決裁があからさまに嘲笑的にひびいていた。ちなみに、この言葉は引用頻度でゴーリキーの名文句にほんのちょっと後れをとる。スターリンは見開きに記した、「このものはゲーテの『ファウスト』（愛は死に勝つ）より強大だ」。決

▼1　第三部、第四部に詳しく言及されている。
▼2　モスクワ近郊の村。レーニン終焉の地。
▼3　作家（1895-1963）。「セラピオン兄弟」の一員。第三部第八節参照。

裁をして、日付を記した。ゴーリキーに恥をかかせたのは「もの」という言葉だけでなく（それにしても、愛の劇的叙事詩を読んで聞かせる相手に、何という人物を見つけたものだ！）、ゲーテとの比較だった。その『ファウスト』にペーシコフの稚拙な作品は何のかかわりも持たないけれど、それを背景にしては、まるでピグミー並みに見えてしまう。「ものはゲーテの『ファウスト』より強し」はしっかりソヴィエト民話の仲間入りをし、日常であれ、審美的であれ、強い感動の起きるたびに言及された。もっとも、この叙事詩にこだわるのは、それがゴーリキー本人に例外的に貴重だったからばかりでなく、彼のバイロン風奇跡劇の典型が他にないからである。

二

ソヴィエトの文学研究では、戦士ゴーリキー、革命家ゴーリキー伝説があまりにも強固だったので、その闘争の対象がおのずと縮小されてしまった。当然ながら、作家は社会的不正の考えと闘った。ところが一方、一筋縄ではいかない人物だ。あらゆるバイロン主義者同様、彼は社会的秩序そのものが不満だった。「あなたがたの医学が死を克服できないのなら、それは悪しき医学だ」、彼はスペランスキー教授にいったものである。彼に近しいのはロシア・コスミズム[4]の思想、とりわけ、フョードロフの思想——破滅に瀕している不死、死者の復活[5]——だった。人間の死すべきことは存在の空しさを想起させる。マリーヤ・ブドベルクにより書きとめ

▼4　русский космизм　19世紀中葉のロシアに出現した神秘的宗教思想。近代の宇宙論の成果を取り入れ、とりわけ死者の復活を主張する。
▼5　大変魅力的な女性。第三部第十一節（ただし、このエピソードは第四部第十四節）参照。

られた告白によると、臨終のうわごとで、彼は「主なる神と論争した。ああ、何と論争したことか！」。社会的関係の不正のせいにするなんて――ゴーリキーは若い頃から、この上なく高い秩序を目指す反抗者だった。宇宙の完全な改造を即刻やれ！　死の支配している世界は、死がすべての人間をまさに同じものにすることで、恐ろしい。「私は何もわからない！――暴君は人々を殴打、放逐するが、くたばると、ヤツも同じ歌で葬るなんて！　義人が死ぬ、あるいは泥棒が。――同一のあわれみを込めて、悲しいコーラスが歌う、「聖なる永眠を！」。阿呆、家畜、卑劣漢を私は自分の手で殺す。だが、すべての人間のために執拗に歌われる、『聖なる永眠を！』」（『娘と死』）

すべての者が死ぬ運命にあるとは、何という世界だろう？　悪人はよかろう、だが善人は?!　ところで、こうした死のことをしつこく反復する点で、ゴーリキーは明白にデカダンに近い。我々はデカダンスの重要な源泉のひとつをいつも忘れている――すなわち、それが成長したのは決して破滅の陶酔からでなく、破滅との抗争からだったということを。黄金の十九世紀の末期の人間は自分の強大さにびっくりする。人間は距離を征服、重力を克服、神そのものを果敢にも否定する――人間が死を克服できないなんて!?　死へのかかわりの問題こそ、世紀のはざまの世界芸術の核心であり、フョードロフの狂気のユートピアが発生し、アルザマースの死の恐怖▼6からレフ・トルストイは終生、逃走しようとしたし、この脅迫的な考えからこそブロークの反乱とすべての絶望が生じた――「日々平穏、課題は解決――みんな死ぬ」。ゴーリキーは

▼6　1869年9月2日、ペンザ県の領地購入のため、馬車を急がせていたトルストイは、深夜2時、アルザマースに着き、たまたま出会った宿屋に泊ったが、寝入った彼を悪夢が襲った。その中で彼は「死」を身辺に感じ、その声を聞いた……。この「アルザマースの恐怖」（死の恐怖）は以降トルストイに取りついて離れなかった。

こうしたことに絶対的に妥協するのを望まない——勿論、「同意しないため、世界にやってきた」！　肝心なことは、こうした不同意に多くの意義があるかということではなく、どれほどそうしたものは美学的な豊かさを生むかということである。豊かさを生む、まったくだ。世界の創造そのものに抗して、人間の本性すべてに抗しての蜂起の上に、従来の神を新たな手作りのものに取り換えたいという願望の上に、ゴーリキーの文学全体のみならず、何百人もの彼の才能ある追随者の創造が立脚している。プロレタリア革命は、この蜂起全体の局所的ケースであり、不死への道である。

ところで、興味津々なのは、自作のお伽話をゴーリキーがのちに、一九一五年の『ロシアのお伽話』シリーズであくどく茶化したことだ。ご判断願いたいが、それはここに引用する死神の小唄に非常に類似している。「いたるところに脂ぎった死体の臭気を死は世界の上にこぼした。生は死の鋭い爪のある足にとらえられている——ワシの爪にとらわれたヒツジのように」。これはデカダンのスメルチャーシキンの作品であるが、その中にゴーリキー固有の特徴が沢山あり、それは彼の精神史だといってよい——流行詩人となったが、その後、それは自分の進むべき道でないとわかって、商売に戻った人物の物語だから。ある意味では、彼の詩壇史はかようにに見えるのだった。ただし、彼は三〇年代まで詩を作ったり、その詩を真剣に扱ったりすることをやめなかったが、このお伽話[7]にソログープ——総じて、何にでも手当たり次第、立腹した——は立腹した。彼はゴーリキーに決闘さえ挑んだので、彼［ソログープ］を手紙で慰撫に努めざるを得なかった——これはあなたやあなたの奥さんのことをいったのではない、すべて

▼7『ロシアのお伽話』第三話。墓銘詩書きの男（ザキヴァーキン）は詩作で成功するが、実は妻の愛人に操られていることがわかって、生き方を変えるという話。

の人間についていったのだ……と。彼［ゴーリキー］は自分のことについて何か書く決心がつかなかった。ソログープは内心を吐露すべき相手ではない！

一八九二年九月末、漁業用スクーナーで、ペーシコフはカスピ経由でニージニーに向かい、再びラーニン弁護士の書記職に就いた。そこでは彼はもう真剣に文学の仕事に取りかかった。その文体の的確さ、仕上がりにびっくりさせられる。我々にまで伝わった、このニジェゴーロドでの最初の作品は『事実と思索——その相互作用により私の心の最良の部分が効かなくなった——の叙述』なる題名のものであるが、これはすでに大成したゴーリキー、少なくとも「初期」（明確な年代上の境界はなく、『どん底』までの、すなわち、完全な世界的名声までのものすべてを初期とみなすとしよう）と呼ばれるゴーリキーである。

初期のゴーリキーはロマンチックであり、後期は何か特別に苦渋に満ちているなどと、ほざく人々がいる。どんなロマンチックな作品をゴーリキーは九〇年代に書いたというのか？　そう『老婆イゼルギリ』（このあとでふれる）、そう、鷹やミズナギドリの歌[▼8]、いいだろう——実は、それでおしまい。他のは、実生活の題材のこの上なく粗野なリアリスチックな散文だ。実は、浮浪人をロマンチックに描いた。だが、同様に彼は成熟期にも手当たり次第、人物をロマンチックに描いたし、彼のすべての肯定的人物は大胆かつ完璧、ダンコの特質を持つ。全体として『事実と思索の叙述』は、これこそ最も真のゴーリキーである。その皮肉、下層の粗野な語彙を背景に、独特の滑稽な効果を生む、文語的で、わざと凝り過ぎた用語、その憎悪と復讐心。彼は一度もこの『叙述』を刊行しなかったが、終生、これを保管していた（これは一九四

▼8　Буревестник「ウミツバメ」と訳されてきたが、「ミズナギドリ」が妥当。原語は単数（一羽）、固有名詞扱い。なお原語を直訳すると「嵐を告げる者」となる。

〇年の『ゴーリキー講座』で扱われた)。

刊行を見込んでいない、多くの自伝同様――たとえばブルガーコフの『秘密の友へ』を参照しよう――『叙述』は後期の短編『初恋のこと』のヒロイン、オーリガ・カミンスカヤのために書かれた。ゴーリキーは彼女とはまだ一八八九年に知り合ったが、当時、二人のプラトニックなロマンスはすみやかに終わった。カミンスカヤが夫から去りたくなかったからである。その代わり、一八九二年には、流刑者カミンスキー(ゴーリキーは後年彼のことを侮蔑的に、弱くて退屈、恵まれた店主に似ているといった)の妻はゴーリキーの叙情詩の贈り先および散文の読者となった。カミンスカヤはゴーリキーより十歳年上だった。ニージニーでのこの短いロマンスのあと、彼女は夫とパリへ去り、夫はそこに留まったが、カミンスカヤはロシアへ去り、チフリスに現われた。彼女はペーシコフがそこにいると知ったので、彼を呼び寄せると、彼は自分の二年間の遍歴譚を物語ったあと、つまりは恋の病は癒えなかったと告白した。カミンスカヤはニージニーに去るよう彼にすすめ、自分は考えてみるとしたが、その後、彼のあとすぐに出立することを約束した。そのようになった。一八九三年、彼女は娘を引き取ると、最終的に夫と別れ、ゴーリキーのもとに移った。こうして、彼にははじめて家族らしきものができた。彼に特別象徴的に思われたのは――結局のところ、その真偽はわからない――、カミンスカヤなる母親、助産婦が赤子なるペーシコフを引き取ったということである。ちなみに、ボレスラフ・コルサーク――ゴーリキーの愛人の第二の夫(第一のは発狂した)には、短編『初恋のこと』の中で、完全にニーチェ的な文章が捧げられている。

彼女の夫は涙、感傷的な泣き声、あわれな言葉を沢山出したので、彼女はこのべとべとする流れを横断して、私の側に泳いでくる決心がつかなかった。「彼はひどく頼りないのに、あなたは強い！」、目に涙を浮かべて、彼女はいった。「彼はいうの、『お前がおれから離れていくなら、おれは太陽のない花のように滅んでしまう』と」

私は大笑いした――短い足、女みたいな太腿、丸い、スイカみたいな、花の腹を思い出して。彼の頬ひげの中にはハエが棲んでいたが、そこには連中の餌があった。多分、そこではじめて私は自分を弱者の敵だと感じた。のちに、もっと由々しき場合に、私は大変しばしば観察する破目になった――強者は弱者に取り囲まれると、何と悲劇的に頼りないものであることか、破滅の運命にある、不毛の存在を支えるために、心と頭のこの上なく貴重なエネルギーを何と多く消費するものであることか、を。

三

弱者を彼は好かなかった。それはその通りだ。この率直な判定――彼にはめったにない――を記憶しておこう。というのは、ほかでもない、弱者の擁護や支援に彼は多くの注意を払うことになるからである。ただし、それは正真正銘の弱者ではなく、不正で醜悪な社会制度によってしいたげられ、打ちのめされた人々のことである。実のところ、ゴーリキーには弱い主人公は少ないし、その魙れた人物すら、あわれみよりも、ねたましい気持ちを起こさせる。弱さへの同じような裁定は彼の有名な短編『カインとアルテム』においてなされている。そこでは浮浪人がときおりユダヤ人を守ってやるが、あとで突如、この高貴な使命を拒否する。自分を守ることのできない人間を守るなんて、何の意味がある!? ゴーリキーはすぐれてヒューマニスティックな作家ながら、しかし、愛他主義は彼の中に見つからない。ダンコのように、全人類のため、人類にあまねく及ぶ幸福のため身を滅ぼす——それは他ならぬ偉大な目的である。だが、他人の幸福のために自分の幸福を拒否する——そいつは御免こうむる。何らかの理由で困っている強者のために危険をおかすのは意味があるが——弱者を救済するのは無意味だ。

こうして彼はカミンスカヤとニージニーで暮らし始めたが、平穏無事とはならなかった。月二ルーブリで借りることのできたのは、のんだくれの坊主の家の浴室——それだけだったが、坊さんはのべつまくなしペーシコフに神学論を吹っかけ、同時にのんべえにしようとした。仕事をするには——ペーシコフは夜間執筆した——、からだにすべての衣類、その上にさらに毛布を巻きつけねばならなかった。こうしてゴーリキーにリューマチが現われ、それは一生なおらなかった。総じて、『初恋のこと』はかなり復讐的な短編である。これは一九二二年に書かれたが、そのときは、ゴーリキーは総じて、最後の幻想と縁を切っていた。三十年の隔たりにより、彼が元の愛人に大変辛辣に当たっているのは納得できる。彼には思われるのだった——

彼女には生活のすべての知恵は助産教科書が代用しているとも、彼女はあまりにも大食らいで（「食欲旺盛の胃袋」協会を組織した）、ソバがゆ入り胃詰め料理を堪能したとも、彼女の中には皮肉屋が映っているとも。ところが一方、彼女の叡智こそ、彼の生活の核心であったのだ。

「あなたはあまりに沢山哲学をやり過ぎる」、彼女は私にさとした。「人生は、実際のところ、単純で粗野よ。何か特別なものをそこに求めることで、人生を複雑にする必要などないし、人生の粗野を和らげるのを学ぶだけで十分。それ以上は――何も得られない」

そして、何に虚偽があるのか？　ゴーリキーの文明弁護のすべて、彼の人生美化の夢想すべては、実は、もっぱらこのことに帰着する。彼が夢み、かくも多く提起した根本的改造は実現しなかった。それゆえ、二十世紀の最初の十年間にこそ、彼のすべての期待――文明への、生活の粗野を和らげることへの、直せないものの美化への――がある。だが、彼は婦人（それもまだ愛している）の、かような平俗さを看過できなかった。ちなみに、ブーニンの「リーカ」――彼女の形象で彼はヴァルヴァーラ・パーシチェンコへの愛を回想した――と、ゴーリキーの短編『初恋のこと』との間に、この類似が認められよう。ブーニンは冷酷、薄情、無慈悲、あらゆるロマンチックなもやもやに無縁の作家だった。一方、ゴーリキーの方は臨終までずっとセンチメンタル、ロマンチックで、美化、粉飾に向かう傾きのままだったと思われている。だが『アルセーニエフの生涯』の激しく絶望的な最終部とゴーリキーの嘲笑うような短編との間の差異の何と極端なこと！　ここに、総じて主たる差異があり、当初から、女のありようでなく、女への心の向けように違いがある。題材は類似したものに思われよう——より成熟した、経験豊かな婦人への青年の恋、不幸な恋（初恋はほとんど常に不幸なものだ。さもないと、それは、お許し願いたいが、退屈、平板だ）。ブーニンはおのれのリーカをどこまでもずっと崇拝し、嫉妬から気がおかしくなり、激しく彼女をいとおしむ——彼女の趣味の俗悪さ、愚かさ、さらにろくろく読み書きもできないことすらも、はっきり知りながら。ゴーリキーは初恋の女の美しさ、優雅さ、賢さを余すところなく書き留めている——だが、ひどく恨みがましく、そして、ひどく傲慢な疑念を込めて、彼女のことを語っているので、当時の彼の恋はすんなりとは信じられないほどである。彼が彼女を欲したのは自明だし、彼女の快活さ、優雅さ、ある種の粋《シック》にすら、うっとりしたことは明白だ。だが、恋を口にせず、情熱がそこにただよわない。結局のところ、彼は冷静な、そして、何かしら、あり得ないものの探求に何よりも腐心する人間である。人間的なものはすべて、決定的に彼を満足させない。彼が愛することのできるのは、いまは存在しないもののみ、彼よりも高く存在するだろうもののみ（ちなみに、彼を非常に高くギッピウス[9]——すべてのかかわりで自身、あらゆる点から見て同様だった——が評価するのはこのためである）。ここから鉄のような女への彼の偏愛、崇拝と服従へのひそかな志向が出てくる。だが、ほんのすぐさま、予見してしまう——彼より強い者にはほんのわずかしか出会わないと。それで、真に彼が恋したのは生涯たったの二回きりだった。勿論、カミンスカヤは入らぬ。彼女とは一八九四年に別れた。多分、彼らの関係の転機となったのは、書き下ろされ

学的問題の提起がある。長編『悪魔の人形』(1911)、評論集『文学日記』(1908)、ペンネーム「アントン・クライニー」。作品集『最後の詩』(1918)、亡命（1920）以降に書かれた作品には、革命に対する激しい拒絶がある。

たばかりの『老婆イゼルギリ』を聞きながら、彼女が眠り込んだ瞬間だった。実をいうと、彼女の気持ちはよくわかる。

四

『老婆』は初期のゴーリキーの最も人気のある作品のひとつだが、しかし、この名声は、大衆にはいつもあまり良くない趣味があることをまさしく示すものである。構成は『マカール・チュドラー』のばあいと同じだ。海、そして、海のほとりで原始の物語が語られる。実は、そこには、二つの話に語り手の履歴が付加されている。短編は一気に一夜で（別の発言だと、一昼夜で）書かれた。作品にはロマンチックな高揚感があり、万事順調ながら、いささか悪趣味である。総じていえば、この作品でゴーリキーは自分の初期のバイロニズムを克服する――傲慢なラッラを難じ、代わって、人類のために自分の心臓を供与した、若者ダンコを称揚した――。ところが短編の核心部分は、ここではなくて、二つの伝承譚の間にある。自分の生涯を語る老婆の告白である。そして、まさしくかような構成により、元は指物師、沖仲仕、染色工、浮浪人、パン職人、船曳き人夫、建築士、番人、ルポルタージュ記者、等々に、並はずれた文学的手練のあることが立証される。現実は――現実のロマンチックな表象よりも常に豊かで複雑であり、まさしくも老婆の運命に二つの異なった物語が見事に組み込まれている――ダンコの精神にある自己犠牲とラッラの精神にあるエゴイズムとが。ここに短編の対位法も短編の意義も

▼9　Гиппиус　ジナイーダ・ニコラーエヴナ（1869～1945）　ロシアの作家。象徴主義の主唱者。叙情詩集（1804、1910）には、悲劇的孤立性、外世界との分離。個人の意志の自己肯定のモチーフがある。短編、作品集『真紅の剣』（1906）、『月のアリ』（1911）には、倫理的・哲

ある——どんな期待も実現されず、合理的な構図も構築されないという点に。ただダンコとラッラの結合にのみ、真の女、真の人生がある。ゴーリキーは自分にもこの結合があることを知っており愛他主義と忘恩の行き詰まりのすべてをはっきり自覚していた。この構成——実際に独創的で、入念にチェックされていた——故に、ゴーリキーはこの短編をトップに選んだ。「『老婆イゼルギリ』を書いたときほどに整然と美しくは、私はもう何も書かないに違いない」。『老婆イゼルギリ』をゴーリキーは一八九四年秋にニージニーで書いたが、すでにニジェゴーロドの「ヴォルガーリ」の編集に加わり、「ヴォルガ報知」と「サマーラ新聞」に作品を発表していた。彼が「ヴォルガーリ」に載せた小品は、彼にはひどくよくない文学、正真正銘のやっつけ仕事に思われた。もっとも、彼はその紙面に自分の最初の大作——中編『ゴレムイカ・パーヴェル』を二十五号にわたって掲載した。この通俗物語は教育小説と恋愛メロドラマの混合体で、その中に、嫌悪すべきものに対するゴーリキー的な容赦なき記憶も、滑稽、醜悪な細部に対するゴーリキーらしい勘もあるとはいえ、この作品には、作品に対する作者の侮蔑的態度を肯定させるものがある。ところで、彼の友人、学生ヴァシリエフは、ご本人の知らぬ間に、小短編『エメリヤン・ピリャーイ』をモスクワに持っていき、それが「ロシア報知」——高級紙——に掲載された。コロレンコはいっそう執拗にゴーリキーにサマーラ行きを説得しつづけた。「サマーラ新聞」は「ヴォルガーリ」とは比べものにならなかった。ほどなくゴーリキーは市民妻[10]を残して、一八九五年秋、サマーラに移り、そこで彼の本格的な文学生活が始まった。サマーラ時代は異様なほど実り豊かだった。ほとんどすべての短編および実録——彼の最初の

▼10 **гражданская жена** 教会の介在しない結婚は市民結婚（гражданский брак；civil mariage［仏］の輸入語）と呼ばれ、当時のロシアでは同棲と同一視された。その妻が市民妻である。

二部作品集――はまさしく当時書かれた。

五

ほとんどすべてのゴーリキーの初期作品は『老婆』を含めて、単純だが、効果的な手法で構成されている。作品は伝統的な文学的筋立てを採用し、それをひっくり返す。比較的うまくいった作品だと、一回の何でもない「ねじの回転」によって、よどみのなかったテーマを見分けのつかないほど変えてしまう。穏健なインテリゲンチアに、そして、プロレタリアにさえも、その好みによく合ったお伽話の筋立てが、初期に属するどの作品にも存在しているが、そのどれでも、ゴーリキーは思いもかけぬお伽話的手段で破裂させてしまう。彼はあたかも、彼以前の文学すべては下らないおしゃべりをしていたのであり、彼とともにはじめて生きた生活が到来したと、語りにやってきたかのようであった。前以て予知できない、多様な、そして、どんな筋立てよりも陰鬱ながら、幸福にみちた生活が――。ところで、筋立ての破壊は単に恐るべきものの増大の路線だけでなく、この恐るべきものの打倒の路線を進行させるし、ときとして、ハッピーエンドがこうしたすべてからぬっと姿を現わしさえもする。クリスマス物語『溺死しなかった男の子と女の子の話』の有名なパロディーにあるような、紋切り型を破壊する――かかることこそゴーリキーの狙いであり、読者はそのことをすぐさま評価した。

だが、真の名声が彼にやってきたのは、勿論、小説のおかげではない。もっとも、小説を彼はヴォルガ地方の新聞に積極的に掲載した。新聞の種類不足のせいで短編作品は積極的に掲載されたのだ。当初、ゴーリキーは時評家として認められた。あとになって彼は控えめに書いたが、「すばらしい『匿名のイエグジイル・フラミーダ』による、よからぬ時評から」始めた。匿名は実際すばらしく、大柄、毒舌、低音の神学生の姿がほうふつとし、その上、こうした時評の文体は、話の大げさな、アルカイックな宗教文学をしばしば真似ていた。フラミーダが定期的に公表した「思索と信条」だけでも大変なもの。「お前のズボンをいかにギュウとはこうが、上司はやりたくなれば、お前をムチ打ちするぞ！」、あるいは「撃て！　汝は幸せになる！　だが、この世で長命であるかどうか、知ったことか！」。だが、本当のことをいうと、よかったのは匿名だけではない。時評もよかった。ゴーリキーはわずかばかりの稿料（一行二コペイカ）、そして、ロシア地方新聞の無記名概要の載った寄せ集めコラム「雑録・素描」から始めた。二月二十四日、彼は仕事に取りかかったが、早くも七月——実はイエグジイル・フラミーダの出現したとき——には、新聞の指導的寄稿者、サマーラの商人層の脅威、そして、雑階級インテリゲンチアの人気者となった。

サマーラは当時、ロシアのシカゴと呼ばれていた。街はまるでイースト菌が入っているように急速に成長し、十万以上の人口があり、周囲には実り豊かなステップが広がっていた。そこでは小麦、皮革、油脂が取引され、サマーラの波止場は人々で沸き立ち、街の中心部には成り金の家畜商人や富農の所有する、この上なく豪華な邸宅がそびえたっていた。サマーラの商人は、ゴーリキー——三つの辛辣な言葉で連中のポートレートを描くことができた——の書いたところでは「敬虔、満腹、残酷」だった。彼の三年間のヴォルガ沿岸地方の商人生活の観察の総決算となったのが小説『フォマー・ゴルジェーエフ』で、作者が満足した、最初の大作である。サマーラの三年はゴーリキーにとって最初の名声と比較的安定した文筆収入の期間であったばかりでなく、ロシアの本当の主人——実質的に街の権力が属していた商人を知る期間でもあった。元軽騎兵のノヴィコフにより設立され、九〇年代に若い商人コスチェリンに転売された「サマーラ新聞」は首都の新聞に比べても、紙面作りがいま少し自由だった。当時のロシアでは、こうしたことはしばしばあって、地方では、首都から自由思想ゆえ追放された人々が活動していた。「サマーラ新聞」の事実上の編集人はコロレンコの友人、ニコライ・アシェショーフで、彼は丁度そのときモスクワからヴォルガ沿岸へ移動しなければならなかったのである。彼はペーシコフの二つ年上で、自身は農民出ながら、МГУ《エムゲーウー》〔モスクワ国立大学〕の法学部を卒業し、「ロシアの生活」紙に就職したものの、九二年、行政措置により追放され、居留場所にサマーラを選んだ。ペーシコフを彼は直ちに抜擢した。若い時評家はモスカーチェリナヤ（現レフ・トルストイ）通りに居住したが、事実上は編集部で暮らした。他でもない、彼には毎週の時評のほか、例の新聞概要もすべての芸術欄も、そして必要に応じて、ルポルタージュ特集号も任されていたから。ほどなく彼は快適な住まい——もはや半地下でなく、一階の——をヴォズネセンスカヤ（現スチェパン・ラージン）通りに営み、さらに半年後にはドゥヴォリャンスカヤ通りの申し分なく快適な住居に移った。ところで、編集部の建物は今日まですっかり残っている。それは銘板のある家で、現クイブイシェフ通り七三にある（以前、そこにはアレクセーエフ広場があった）。編集部の建物は二階建てで商家だったが、毎日、訪問者、申請者、そして新聞に対して制裁を欲する、憤慨した読者に取り囲まれるのであった。フラミーダは他の者たちより頻繁に大目玉を食ったし、彼は首都へ訴えられた。だが、事態は改善されなかった。彼は論駁文を載せ、そのあと論題に戻った――納得のいくように、論拠を示して。サマーラの検閲機関は自らの責務を忘れていたわけではなかったけれども、モスクワの検閲機関よりもリベラルだった。ゴーリキーは注目すべき自由――ちなみに、現在の時点でも、まったく重要である――を享受することができた。

私の知人が私のところにやってきて、直ちに表明した――

「地方新聞は自らの使命に相応していない……」

実は、相応していないことを、私はこの上なくよく知っているし、ロシアの生活で、新聞とその使命との不一致が出来上がった原因を知っている。問題点は、おわかりだろうが、人々の生活に通じている識者たちの見地からすると、生活にとってずっと秩序が必要であるということだ、――真実、正義、その他、いま我々がそれなくしては生きていけないものより！

六

当時のロシアにとって、あざやか、滑稽、勇ましい新聞時評は目新しかった。フラミーダは注目され、時評や概要の注文の来るのは無理もなかった。それも、もはやサマーラでなくて、ニージニー、のちには「オデッサ報知」――ヴォルガ沿岸地方の通信員が必要だった――からだった。ゴーリキーはどんな仕事も恐れなかった。書くことは、ロシア風の表現では、袋を動かすこととは違うが、彼はかつて袋をたゆまず動かしたものだった。ゴーリキー研究者の計算によれば、二年足らずの間に、彼は内容豊富な約五百の時評と雑記を書いたが、この中には、二年後、彼に真に作家の名声をもたらした、小説類は含まれていない。当時のロシアにとって、思いもよらない、お伽話的な生産性だ。当人も、一九二七年ソレントでレオニード・レオーノフと会ったとき、悲しくも認めた、「正直、私はただのジャーナリストだ」。レオーノフは、本人の回想によれば、そのときは反対しなかったのだが、反対すべきだったろう。恐らく、彼らの間の冷たい関係は、この対話そのものに萌していたのだから。勿論、ゴーリキーはただのジャーナリストではなかった。だが、勿論、新聞の仕事を最高の水準で果たした。ロシアでは、人間はふつうより少しばかり多くのことができると、いつも、大したものだといわれる。ゴーリキーはジャーナリストの才能が文学の才能に劣らなかった最初のロシアの作家だった。あるいはネクラーソフも想起されるかもしれないが、しかし、ネクラーソフは新聞人でなく、日刊紙に毎号五百行を載せるのがいかなることか、思いもよらなかった。新聞人ゴーリキーが大成功を収めたのは、一八九六年の第一回全ロシア産業・芸術博覧会だった。現地からの彼のルポルタージュは実際、傑作だ。第一に、すべてが抜きん出ている。生き生きして、表情ゆたかで、簡潔だ。第二に、ゴーリキーはロシアの自覚の重要な画期的出来事となった博覧会の来場者の気分を的確に表現した。シャギニャーン▼11が自作のレーニン四部作において、別冊を「第一回全ロシア博」に当てたのももっともなことである。

一方では、博覧会は祖国の産業と科学の巨大な能力、お伽話的なロシアの富のデモンストレーションであったが、他方、この富をいかにすべきかについての完全な無理解を暴露した。ゴーリキーは沢山書いた――活版印刷や気球を目にした商人の当惑と非難を、また、来場者の大部分の異様に低い文化を、また、結局のところ、こうしたすべての繁栄が依存していた、奴隷的な、いわれのない過酷な人間の搾取を。九〇年代に、突如、神話が浮上した――帝政ロシアのお伽話のような富、豪華、充実についての、何百万プードもの穀物、何トンものイクラ、速やかな産業の成長、その他の、ロシア資本主義のすばらしい事々についての。こうしたものはすべてであったが、しかし、この事実にまったく合致していない国家機構も、暗愚も、今日よりはるかに強い衝撃を及ぼす社会的階層分化もあったのだ。ゴーリキーの通信の基調は、忌々《いまいま》しさと誇りのまさしく混合、当時のロシアの知識人の正常な気持ちだった。我が国にはこんなにも多くすべてがあるのに、こうしたすべてを我々は利用できないなんて！　もうひとつの様相も、ここでは興味深い。博覧会には産業だけでなく、文化も展示されていた。ここには新しい

▼11　マリエッタ・セルゲーエヴナ・シャギニャーン（1888-1982）現代ロシアの女流作家。社会主義労働英雄。1942年より共産党員。四部作『ウリヤーノフ家』（1970年完成、1972年レーニン賞）は伝記『息子の誕生』（1938年、新版1959年）以下の四作からなる。

絵画のヴルーベリ[▼12]も含んだ大展示があった。ゴーリキーは若い頃から、あらゆるモダニズムの執拗な反対者だった。ヴルーベリによって描かれた、透き通った女体の模様のカーテンを、彼は「老嬢たちの落下」と呼んだが、他のモダニズム絵画については、社会主義時代にアンドレイ・ベールイを罵《ののし》ったときよりももっと辛辣なことを述べた。彼の自由への愛、検閲への憎悪にもかかわらず、芸術においては、彼は最も厳格な保守主義者、伝統主義者、明瞭さの闘士だった。このモダニズムへの敵意を――詩にでも、散文にでも、絵画にでも――彼は終生保持した。奇妙なことながら、モダニストたちは決して彼に同じ感情［＝敵意］を返さず、ゴーリキーの才能を認め、審美眼のできていないことをのみ遺憾に思った。

七

「サマーラ新聞」の校正係として働いていたのが、エカチェリーナ・ヴォルジナだった。彼女は、いまでは管理人となった、没落した地主の娘だった。ギムナージヤ卒業後、直ちに彼女は新聞社に勤めた。家が金に困っていたからである。ゴーリキー本人は彼女のことを手紙で皮肉に描いている――「口と鼻がきれいでない」、「ほしいものを知らない」。だが、この皮肉は悪意がなく、父親めいたものかもしれない。彼は彼女より八歳年上で、彼女には半神に思われたほど見聞が広かったし、彼女には大様に接し、しばしの間、いい寄った。彼らは八月三十日、サマーラのヴォズネセンスキー大聖堂で結婚した。カーチャの家族は反対だったが、しかし、

▼12　ミハイル・アレクサンドゥロヴィチ・ヴルーベリ（1856-1910）ロシアの画家。作品（『デーモン』1890年、『ライラック』1900年）は色彩の劇的緊張、「結晶的な」整然さ、デッサンの構築性、および、形象の象徴的・哲学的統合傾向が際立っている。挿絵（レールモントフの『デーモン』への。1890-91）、壁画（キエフのキリールフスカヤ寺院の。1884-89）、総称的な美術工芸作品（マイヨールの彫刻のための素描など）があり、「モダニズム」形式に接近した。

彼女は誰のいうこともきかなかった。本当のことをいうと、サマーラ時代のゴーリキーは時評家の名声にもかかわらず、住民にはほとんど狂人と思われていたのだ。第一に、彼は土地の付き合いのうんざりさせる生真面目さが大嫌いで、いつもきまって、何かしらのたわごとをひねり出した――カフカースには、飲むと耳が草色になるワインがある、といったような。住民はすすんで信じた。第二に、彼はその放浪時代とほぼ同じ格好をしていた。柔らかなカフカース風ブーツ、幅広の青いウクライナ風ズボン、のちに有名になった、ポンチョ似のコート（その下に、きつくベルトを締めた、黒いトゥジュールカ▼13）、頭には縁広ハット――かようなものは、なぜだかギリシア風と呼ばれた――、手には強靭な杖。こうしたものはのちに数千もの崇拝者や同僚が「ゴーリキーをまねて」装ったものだ。当時それはまだスタイルでなく、奇矯、挑発であり、嘲笑を伴ったみんなの疑いの目は、ゴーリキーにとってサマーラの住民が大嫌いになる、もう一つのきっかけとなった。アシェショーフがニージニーに移って、そこの「新聞「リストーク」」の編集者になると、彼はお気に入りの作家に同行を求め、ゴーリキーは喜んで、そのあとに従った。二年間の別離のあと、ニージニーに戻り、その都度、社会的階段を上がる――こういうのが彼の運命だった。今回は、彼は街に、全ロシアに名だたるジャーナリストおよび新進作家として到着した。「ロシアの富」に『チェルカッシ』が掲載された。浮浪人――卑劣・貪欲の零細土地民の百姓ガヴリーラよりも、善良、勇敢、寛大な――の物語である。『チェルカッシ』のせいでゴーリキーに対して最初の悪意ある人々が現われた。物語の中で、彼らの心にとって貴いナロードへの悪意とルンペンへの是認できないお追従を見出した人々で

▼13 тужурка　平服にも制服にも用いられる、普通はダブルのジャケット。フランス語の toujours（英always）に由来。

ある。ミハイローフスキー――ナロードニキ、「ロシアの富」の編集主幹――は正しく指摘した。すなわち、ゴーリキーの浮浪人については、彼らは拒否された者だとも、拒否した者だともいえないが、これは、道徳性にとって、門地、確たる地位、定住、定職は不可欠であると思われた人々には、とりわけ黙過できなかったと。

一八九六年十月、ゴーリキーはひと月間、はじめは気管支炎で病床につき、そのあと肺炎で体温が下がらなかった。翌年の一月、結核の進行が診断された。クリミアへの転地療養と、近くのウクライナのポルタヴァ近郊のマヌイロフカ村で完治するまで療養しなければならなかった。ここでは彼はウクライナ語を学び、土地の子どもらとゴロトキー▼14をし、ここで七月二十七日、彼の息子が生まれた。息子に彼は当然、お気に入りの自分の父の名前、そして、自分のペンネームをつけた。マクシーム・ペーシコフは奇妙な人生を送った。いつも有名な父のかげに、いつも父や、その友人たちのそばにいて、多分、彼はそのまま成長する機会はなかった。彼のことを知り、回想録を残した人々はみんな、彼のお伽話的な小児症を回想している。この世のすべてより、彼はスピード、自動車、レースが好きで、しこたま飲み、美女と結婚した（この美女に彼の父親は心憎からずだった。息子の嫁との不義説は何ら根拠がなく、恐らく、ゴーリキーの短編『筏《いかだ》で』に依拠するにしても）。ゴーリキーは息子を溺愛したが、しかし、最初の妻同様、息子にはほんのわずかの注意も払わなかった。実のところ、彼はあまり良い家庭人ではなく、総じて、近親者を規則正しく面倒を見ることができなかった。赤の他人に（ただし、自分のことは忘れずに）あまりに世話を焼き過ぎたから。これは彼の人類全体への高揚した愛

▼14　**городки**　13ｍの距離から陣地の中に並べられた高さ20cmの円筒形木片を棒で倒すゲーム。

と、その個々の代表者の大部分への嫌悪の、ある裏面、反映だった。エカチェリーナ・ペーシコヴァは終生、彼の友人、助手のままでいて、決して真の情熱的な愛情の対象ではなかった。彼は常に彼女を友人として受容したのだった。

一八九七年秋、ゴーリキーはマヌイロフカ（村）に百姓劇場を作ろうと努めた。そして、ご本人がびっくりするほど熱心に、百姓たちはカルペンコ－カールイ[▼15]の戯曲『マルティン・ボルリャ』のリハーサルに取りかかった。芝居には近隣の村から観客が集まり、カルペンコ－カールイ本人も芝居を見にやってきて、とりわけ、主役を演じた百姓のヤーコフ・ボロジンの才能に歓喜した。ゴーリキーをマヌイロフカから見送るため、ほとんど全村が集まり、村の喫茶店で彼のために祝賀ディナーが催された。

十二月、彼はニージニーに帰ったが、一月、この最も高名な作家が終生ずっと満足の気持で回顧している提案のひとつを受け取った。二人の駆け出し作家――ドロヴァトフスキーとチャルーシニコフ――が、彼に自作の短編と雑記を小冊に編んで、モスクワで出版するよう提案したのだった。彼らは状況を正しく感じていた。比類なきゴーリキーの散文は新たな読者の需要に申し分なく合致していたから。だが、現存の出版所はひとつとして、ああもどぎつい言葉、ああも粗野な題材を用いて書かれた本を出版しようとはしなかった。ゴーリキーは前々世紀［＝十九世紀］末の標準に照らすと、実際のところ、あくが強く、ドロヴァトフスキーとチャルーシニコフは自前の出版所を作ることになった。彼らは結局、出版所に自分たちの姓をつけ、大衆読者用の本を百冊以上出版した。ゴーリキーの作品は一冊でなく二冊にまとめられ、その

▼15　カルペンコ－カールイ（本名、トビレヴィチ）、イヴァン・カルポヴィチ（1845-1907）ウクライナの劇作家、俳優。自作品『雇われ女』（1885年）、『女大根役者』、『マルティン・ボルリャ』（ともに1886年）、『サッヴァ・チャールイ』（1899年）、『せわしない』（1903年）などで、主役を演じる。ウクライナ農村の農奴制および改革後の日常をあかるみに描出した。

［二冊］本は一八九八年モスクワで刊行されたが、しかし、本だけでは、ゴーリキーにあれほどの評判をもたらさなかっただろう。読者はどんどん増加したとしても、読み書きできる人々が付け加わったとしても、ロシアにも「労働者階級解放闘争同盟」が出現したとしても、パンフレットのかたちで、以前の完全に素朴なゴーリキーの作品『黒海で』――この作品は一八九五年三月五日「サマーラ新聞」に登場したが、誰からもまじめに注目されなかった（何百万もの人々が、この作品を『鷲の歌』という題名で暗唱したが）がものすごい勢いで再刊されたとしても――、作品にとっての本当の広告をロシアで行なったのは、ひとり政府のみであった。

そして、一九八九年、モスクワで二冊本の発行直後、政府はゴーリキーに本格的に注意を払うようになった。

八

今日、この事件を、未来のゴーリキーの栄光と実際に広大無辺の影響との観点から回顧的に分析するとき、こうした悲笑劇のすべてに、明確な目的意志［神意？］の存在があるのではないかと、くり返し思わざるを得ない。こんなバカげたことがおのずと起きるわけはないし、これがわが赤毛男にまたも履歴を作ったのだ！　それ以上だ。ゴーリキーの『雑記と短編』が出ると、ロシアの批評家は、わかりきったことながら、決して称賛を携えて、それに押し寄せただけではなかった。重要な意義を持つ現象が、絶え間ない歓喜を呼び起こすことはない。だが、ゴーリキーが生涯はじめて護送されると、彼の最も激しい敵対者たちすら、彼の書物の中に世界観や文体の手抜かりを指摘するのは卑劣なこととなった。彼は自分の文学活動の当初から聖列に加えられたのだ。共同住まいでゴーリキーの隣人だったフョードル・アファナーシエフが逮捕される事件が起きた。彼はごく穏健なマルクス主義のアジテーションを鉄道労働者たちの中で行なっていたのだ。ところが、さらに、名誉を愛するチフリス警察は上におもねりたくなった。そして、アファナーシエフのところで見つけ出した一枚の写真――ロシア風の服装の男子が写っており、裏には「親愛なるフェージャ・アファナーシエフへ、マクシーモヴィチの思い出に」なる署名があった――から、全ロシア規模の陰謀がでっちあげられ始めた。ゴーリキーはとうに写真で知られていた。マクシーモヴィチが何者なのかは周知のこと。彼はまだチフリスで注意を引いていた――独立自尊と奇怪な服装で。ゴーリキーは、我々の知っているところだが、周期的に警察の監視下に入った（たとえば、フェドセーエフとソーモフの逮捕とチモへーエフ印刷所の破壊のあと）。彼関連のファイルがあって、このファイルに語られていた――彼は読書家で、ペンが立ち、しばしば定職に就かずに放浪し、そして、総じて、この上なく思想が不穏だと。ロシアの警察は、こうしたばあい、すべての時期に、同じように行動する。働いていない？――不穏分子だ。ペンが立つ？――陰謀家として用意万端だ。反応はあまりにも動機とずれ、筋道の通った説明は採用されない。チフリスで最初にゴーリキーを印刷したカリューシノフが尋問のため連行されたが、ニージニーへは、ゴーリキーを逮捕し、尋問のためチフリスへ移送するようにという指令が飛んだ。そして、ゴーリキーはニージニーで逮捕され、一八九八年五月十一日、彼は完全に封印された梱包——中に彼の全文書、すなわち、手紙、手記、草稿が入れられている——とともにチフリスに到着する。チフリス——彼は六年間不在だった——では、彼はメチェフスキー監獄の独房に入れられ、尋問が始まったが、一方、この気違いじみた逮捕のことも、護送——警察当局は特別の説明で「適切」と弁解した——のことも、知識人層に知られるようになる。要するに、当局には彼をチフリスで尋問するのがより適切だったのだ。こうして、全ロシアに知られた作家は千五百ヴェルスター［約千六百キロメートル］間を運ばれた——何てことだ！　インテリゲンチアは激怒し、ゴーリキー擁護のため、抗議の署名が行なわれ、メチェフスキー監獄から彼は五月二十九日釈放された。「特別監視」の下だが、何も起こらなかった。たしかに、いまでは別の場所への移動のさい、憲兵機関へ知らせ、通過ルートを前もって通知しなければならなかったが。六月、彼は馬乳酒▼16療養のため、サマーラへ赴き、八月にははじめて長編を執筆する意図を抱いて、ニージニーに帰った。С《エス》・П《ペー》・ドロヴァトフスキー宛ての手紙の中で、彼は書いている。

> 公衆の私の著作に対する態度は、私に次の確信を強める——私は多分、そして事実、それ相当な作品を書くことができる……と。私が大きな期待を寄せている、この作品はすでに私により始められた。

読者の期待に関しては、ここでは彼は誇張していない。ロシア文学の歴史において、出現時、

▼16　кумыс　ロシア帝国のステップ諸民族の最もポピュラーな弱アルコール飲料。革袋の中で馬乳を発酵させて作る。ロシアでは、馬乳酒は、乾燥したステップの空気、乗馬散策と併せて、とりわけ肺疾患の治療に有効とされ、結核患者は「馬乳酒による」治療を受けるためため、しばしば転地療養した。

かくも活発な議論を引き起こしたような書物はほとんどない。ゴーリキーがチフリスから釈放されるや、称賛の突風のみか、罵声の大吹雪が殺到した。ただしこの罵声は礼儀にかなった――いま風《ふう》にいうと――ものだった。ロシア文学の新しい期待の星――付け加えると、社会の下層のポートレート化で名を成した――を露骨に攻撃する者はほとんどいなかった。このことによりかえって、隠れた攻撃はますます辛辣になった。一九〇〇年の論説は、九八年以降、ゴーリキーについて書かれたものすべてを、ある程度、総括している。その主観性（念入りにカモフラージュされた――メニシコフはうまくやってのけた）にもかかわらず、著者はゴーリキー熱のからくりを的確に説明している。ただし、この説明はナロード出のどんな作家にも当てはまる。わが国では、伝統的に、そこからやってきた目撃者の言葉ひとつひとつを聞き洩らさない。「すべての陣営にとって、真実の芸術家としてのゴーリキー氏は、彼らの理論の絵解きとなる。彼はすべて［の陣営］に必要であり、すべて［の陣営］が彼を論争対象――ナロード――および、その転落の全段階を目撃した人間として、証人に呼ぶ。この放浪作家をニージニーで最初に発見したナロードニキはいう、『見なさい、資本主義がいかにナロードの生活を醜悪にしているかを！』。だが、彼らが振り返る間もあらばこそ、著者を別の党派――マルクス主義者が横取りしてしまった。彼らは彼のことを世界中にわめき散らし、トランペットを吹き、ティンパニーを叩き、彼を天才、最初の現代作家……として公認した。ゴーリキーを構わないわけにはいかず、友人たちのあまりの熱心さに、彼は公衆にとって鼻につきかねないときがあった……。

この作家は、結局のところ、他ならぬ、マルクス主義の夢を実現するはずの社会階級を舞台に登場させた。たしかに、ゴーリキーの主人公たちは規律の身についた工場労働者ではないが、しかし、それでも労働者だ。ゴーリキーは厖大な、陰鬱な人間階層――酔っ払い、ヒステリックながら、おのれの運命にものすごく憤慨し、ブルジョア社会との永久の闘争の準備が完了し、すでにこの闘争に入っている――をはじめて示した。ゴーリキーはマルクス主義にとっては未来のホメロスさながらである。一方、いわゆる反動主義者、農奴制度のロマンチストにとっても、ゴーリキーの出現は幸いだった。見なさい――彼らはいうことができる――あなたがたのほめたたえるべき進歩の行き着く先を！　ゴーリキーに感謝する。とうとう彼はプロレタリアを、リベラルの尾ひれをつけず、このタイプを冷酷に描いた！」

ゴーリキーに対する隠された悪意――多分、明白な――にもかかわらず、保守的ジャーナリストのメニシコフはゴーリキーの名声の普遍性を明白に描出した。誰しも自分の見解の肯定をそこに見出した。あとは、この点について、ゴーリキーの見解はいかなるものであったか――すなわち、彼はどの程度、さまざまな解釈者たちの見解を分かち持っていたかを理解すればよかった。メニシコフは、我々の理解するところでは、まさしく彼の、メニシコフの見解をゴーリキーはまるきり肯定しないという点で、彼に敵対した。すなわち、ゴーリキーは門地や伝統に忠実な、理想的なナロードの存在を信じていない。それゆえ、彼は、メニシコフの見るところでは、労働の有用性を否定し、信仰の衰退を肯定するシニシズムの仲間に入ってしまう。だが、当の作者はどうなのか？

当の作者は丁度分岐点にあり、このことは二冊本の『雑記と短編』の実証するところである。当人は状況を救済するかもしれない力に出会っておらず、さらには教説――信奉者らが国の救済のためにロシア中に広めることのできるような――を見つけていない。ゴーリキーには戦う主人公はいるが、しかし、それはいつもひとりぼっちだ。勝利する主人公はいないし、理論的問題に取り組み、問題に答える主人公のにおいもしない。この点で、彼はロシア的伝統からは離れていた。チェーホフ的冷静にはほど遠かったが、しかし、結論や理論で、生活は不適正に作られていると、極端に総括的な立証にいい逃れることはなかった。ああ！――彼でなくたって、気づいていたし……。

九

このばあい、ひとつの特質がゴーリキーにあることを否定することはできない。彼は驚くべきほど力を感じているということである。すなわち、自身、力が強く、強い敵に間違いなくぶつかっていくからだ。中心的なロシアの階級、アヴァンギャルド、九〇年代の国家繁栄の土台は商人階級である。実のところ、すでに七〇年代および八〇年代に、それはオストローフスキー、メリニコフ－ペチェンスキー、レスコフ、マーミン・シビリャークのペンによって、ほとんどブイリーナ［古代ロシアの英雄叙事詩］的な力へ変わり始めた。ロシア商人階級は大変国民的であり、ちなみに、ナロードニキにとっても、快い現象であった。商人の大部分は他ならぬナロードの出身者で、多くの者が貧困から上昇したからだ。かてて加えて、商人階級の第二世代はすでに西欧人、教養のある、デリケートな階級である。ただし親世代の吝嗇《りんしょく》、頭の回転の良さは保持したが。呪うべき、祝福すべき、おのれの性格ゆえに――まったく同じ「妥協しない」という情熱ゆえに、ゴーリキーは他ならぬ商人階級――当時、商人の日常生活を描く画家たちにより、実際、ずば抜けて神話化され、通俗化された――にぶつかっていく。商人の宴会、らんちき沙汰の、ヴォルガ的に広大な（ちなみに、この川の広大さには、無数の神話作家により唖然として描出されている気性の雄大さが相応している）、食道楽さながら、唾の出る叙述を知らない者がいるだろうか！　そこには、何百万［ルーブリ］もの取引（常に祖国のための）も、ありったけの声の、人前もあらばこその祖国愛も、機会のあり次第なされる、大げさに十字を描いて、床を額で叩くしぐさも、鉄の［＝厳格な］商人の言葉、ほとんど家訓による、同じ鉄の家の規則も……。この神話――国家の支柱についての、ナロードのことも忘れず、神のことも心にかけ、そして数百万［ルーブリ］をも管理する、全ロシアの庇護者についての――はえらく悪趣味で、ただ頑迷な商人にのみ気にいられる代物だ。だが、こうした事柄を大変気に入っていた人々が存在していた（今日も大勢存在している）。商人は新しい文学の中心的主人公となり、ロシアの産業家――同じ広範な気質の人間――と手を取り合って進み、そして、こうしたすべての三文小説が、新聞、雑誌、単行本のロシア文学に広く流通した。商人階級の自己満足は日々増大した。そして、ゴーリキーはまさしくこの標的を撃ったのだ。他でもない、それぞれの言葉に奥深い虚偽のある、この新しく生まれたタイプほど、彼に反感をもたらした人々はほとんどいなかったからだ。極端に偏ったゴーリキーについての回想の中で、ブーニンはあからさまに彼を中傷し、ゴーリキーが夢中になって、ヤルタでチェーホフにヴォルガ地方の商人——全員、何やらお伽話の勇士さながら彼に見《まみ》えた——について事細かに描き出しているさまを物語っている。『フォマー・ゴルジェーエフ』か、ニジェゴーロトの百万長者ブグローフについての回想かを通読するだけで、こうした勇士に対するゴーリキーの真の態度を想像するには十分である（まして、見せかけの豪胆に耐えることのできなかったチェーホフの前で、連中をほめそやしたとしたら、ますます愚かなことだっただろう）。実は『フォマー・ゴルジェーエフ』には、その卑小さで疑念を引き起こす人物がいる。ヤーコフ・マヤーキンで、ひょろひょろした、ひ弱さにもかかわらず、実際のところ、ある意味では勇士であり、彼に対する作者の憎悪は甚だ強く、ところによっては、見惚れてしまうほどである。百万長者の商人ブグローフがゴーリキーと昵懇《じっこん》になりたくて、彼を自宅に招待し、当然ながら、深皿に入れた黒イクラをテーブルに出して、いきなり尋ねたというのももっともなことだ。「あなたのマヤーキンのような人間はいるとお思いですか？」。ゴーリキーは考え込んで、返事した、「はい、います」。これはブグローフを大変喜ばせた。

商人の自己陶酔のフィナーレはマヤーキンの締めくくりの演説となる。かく語るのは、国家の真の主人、指導階級、支柱、その他、商人が名乗るのを好んだ呼び名の主——インテリゲンチア、貴族、雑階級を一様に見下してきた——である。

これらのすべての巨大な船、平底船――これらは誰のものだ？　我々のだ！　誰によって考案されたのだ？　我々によってだ！　ここにあるすべては我々のものだし、ここにあるすべては我々のロシアの機智、仕事への大きな愛の結晶だ！　誰もどんなことにも我々を助けなかった！　我々自身がヴォルガの海賊行為を根絶させた。自分たちで自衛団を雇い、略奪行為を根絶させ、ヴォルガに、全長数千ヴェルスター間に、何千もの蒸気船、さまざまな船を運航させた。ヴォルガで最上の都市はどこだ？　商人が一番多い都市だ……。都市で一番の家は誰のだ？　商人のだ！　貧乏人のことを誰が一番気にかけている？　商人だ！　一コペイカ硬貨ずつ集め、数十万を寄付する。誰が大聖堂を建てた？　商人だ！　国家に誰よりも多くの金を与えているのは誰だ？　商人だ！……。諸君！　ただ我々にのみ、仕事は仕事そのもののため、暮らしをよくしたいという我々の思いのために大切であり、我々のみ、秩序と生活を愛している！　ところが、我々のことをいう者――そいつはいう……――ヤツは下品な言葉をたっぷりいってのけた――それ以上は何にも！　いわせておけ！　風が吹くと、シロヤナギがざわめき、止まると、シロヤナギも音を立てない……。シロヤナギからは梶棒も箒も作れない――役立たずの木だ！　役立たずから騒音が出る……。我々の船、それらが何をし、我々の生活にどんな彩りを添えたか？　我々はそのことは知らない……。が、我々のしたことは目の前にある！　商人諸君！　あなたがたは人生のトップの人々であり、最もよく働き、自分の仕事を愛していると知って、あなたがたはすべてのことを果たし、すべてのことを果たすことができると知って――私は心からあなたがたに対する尊敬と愛情をもって、この自分の満杯を上げる——名誉ある、心の強靭な、勤勉なロシアの商人のために……。あなたがたに長寿を！　母なるロシアの栄光に万歳！　ウラー！

勿論、ここにあるのはすべて真実だ。そして、すべての自己満足している階級や氏族——カザック人、党幹部、いくらでもいる——は、自らのことを、ロシアでは、ほぼ同一の言葉、同一の絶叫・慶賀の調子で語る。そして、マヤーキンにおのれのイデオローグを見、『フォマー・ゴルジェーエフ』に、暴露ではなく、まじめな称賛を見出したとしても無理はない。商人らに直接、「ナロードの無限の忍耐によってのみ、あなたがたは生きているのだ」と叩きつけたフォマー・ゴルジェーエフは、結局のところ、気違い病院に入れられる。そして、この先、彼はどこに入るのだろう？　マルクス主義政党へは入りはしない！

『フォマー・ゴルジェーエフ』は合法マルクス主義雑誌「生活」に掲載されたが、ほどなく雑誌に、ゴーリキーは寄稿者として招聘された。単行本となったとき、ゴーリキーは小説を、一八九八年以来、彼にこの上なく積極的な関心を寄せていた、チェーホフに献呈した。チェーホフのゴーリキーへのかかわりは独立した、複雑なテーマである。彼らはクリミアで、二度目のゴーリキーの当地への到来のとき、知り合った。チェーホフは一八九八年以降、一年の大部分をヤルタで過ごし、モスクワ近郊の、手放すことになったメーリホヴォ▼17をなつかしみ、うんざりはするものの、いとしいモスクワの土地との別離に鬱々としていた。口外無用ながら、他な

▼17　**Мелихово**　現在のチェーホフ駅南東12kmにあるモスクワ近郊村。チェーホフの旧居（1892-1899年居住）がある（1941年以降、記念館）。

らぬチェーホフのゴーリキー評は、偽善ではないとしても、極度な抑制をチェーホフの中に憶測させられる。ゴーリキー当人には、彼は沢山の賛辞を書き送り、その能力の多面さ、勇気、性格の広さに感嘆してはいるが――他の自分の文通相手には、ゴーリキーを読むことを勧めず、疑念を表わし、語法におけるゴーリキーの粗雑さに立腹している……。

それにもかかわらず、彼はゴーリキーの戯曲の試作を熱心に擁護し、いくつかの初期の小品を「大物」と呼び、編集者に取りなし――ゴーリキーがまだ庇護を必要としていたとき――、そして、肝心なことは、ゴーリキーに真の期待をかけた。彼には思われた――ともあれ、この男は重要な言葉を語り、そして、ロシアの生活を多年の袋小路から引き出すために生まれたのだと。恐らく、ここには、チェーホフ的隠蔽のせいで、我々のほとんど知らない、動機の複雑な絡み合いがあったのだろう。初期の、雪崩さながらのゴーリキーの名声についていうのは、彼のばあい、失笑ものだが、しかし、この名声のある種の大げささを――とりわけ、自分の後年のあまり大きくないものに引き換えて――、彼は早くから感じていた。ゴーリキーの振る舞いも、あるいは、彼をいらだたせたのかもしれない。ブーニンも、ザイツェフも、チゥコーフスキーも、ゴーリキーの振る舞いを、大げさで作為的なものとして再三描いていたが。

ゴーリキーには文学仲間との適切な話し方を見つけることが容易でなかった――人生の大部分、彼は肉体労働者仲間や浮浪人の道連れとの適切な話し方を求めなければならなかったにしても。チェーホフのような、ゴーリキーが以前から崇拝していたような人物のことをどう話したらよいのやら！　チェーホフは大変控えめに振る舞い、彼の真の気持ちをおしはかることは容易ではなかった。これはゴーリキーをとまどわせ、彼はしばしば何について彼［チェーホフ］と話したらよいのか、わからなかった。そのさい、彼は自分の多くのものがチェーホフに嫌な思いをさせていることに気づかざるを得なかった。色彩のけばけばしさ、筋のわざとらしさ、小説的効果好き……が。トルストイとは、いかに奇妙であれ、彼ははるかにたやすく話ができた。一八九九年に知り合った、あけっぴろげなレーピンと同様に。レーピンは即座に彼の有名なポートレート――数千のはがきでロシア中に広まった――を描いた。上演中ずっと彼は口をとざさず、しゃべりまくり、ゴーリキーは苦労して言葉を探し求めたが――うなずいて、拝聴するほかなかった。

十

トルストイとの彼の個人的な知己は、失敗したヤースナヤ・ポリャーナでの試みのあと十一年を経て、ついに一九〇〇年一月十三日、ハモーヴニキ[▼18]で実現した。彼らは訪問後すぐ、手紙を交換した。トルストイはゴーリキーに、彼が好きになったと、率直に書き送ったが、日記にも書きつけた――「ナロード出の人間」。ゴーリキーがこのとき、ナロード出の人間をうまく演じたのか、それとも、彼のナロード観がトルストイのと合致し、チェーホフのとは合致しなかったのか。だが、トルストイはなぜだか、彼に真のナロードの血筋があると見た。ミハイローフスキーのようなナロードニキやメニシコフのような保守主義者たちは、そのこと［＝ナロ

▼18　モスクワの南西郊外地区。トルストイ邸があった。いまは博物館。

ードの血筋」をゴーリキーのばあい、再三否定しているが。このことはトルストイが新しい知人に繰り返し話す妨げにはならなかった。彼のところの百姓は、日常生活とは異なって、並はずれて賢明に話をすると。ゴーリキーはナロードを知らないと（「私は知っている」と付け加える）。ゴーリキーには悪意があると（このことを彼はゴーリキーにも他の人々にも繰り返したし、我々により引用された、的確な決まり文句にした。ゴーリキーは歩いて、観察して、一切を自分自身の神に報告しているが、「彼の神は痴愚《ウロード》だ」と）[19]。

彼らはのちにクリミアでしばしば会った。トルストイは半年をガースプラ[20]で、ゴーリキーはヤルタ近郊のオレイーズで暮らしていた。会見は最初のときのようには快適にいかなかった。チェーホフは気づいた（そして、この観察をゴーリキーに伝えた）――老人は彼に「やきもちを焼いている」。そして、付け加えた、「何と驚くべき人だ！」。このばあい、実際、他人の名声にやきもちを焼くなんて、あり得なかった。トルストイはロシアおよび世界で、もっと多くの人々に知られており、もっと考え深く読まれていたし、追随者が大勢いて、教義に合わせて自分の生活を変えた、まじめな追随者もいた。大勢の「ゴーリキーっ子」のように、ラズレタイカ［コートの一種］を着用するだけではなくて。ゴーリキーに対するトルストイの不信には別の特質があったと考えられる。彼は知ったのだ――ゴーリキーは新しい人間を求めており、従来の人間を、社会的な意味だけでなく、人類学的な意味においても、完膚なきまで否定していると。彼は別の結婚、別の労働、そして、別の芸術――世界にもっと積極的に関与している――を欲し、死をまったく欲せず、この世からのその放逐を信じている。ところが、成熟した

▼19　第一部第二節参照。
▼20　ヤルタ西10キロの海岸にある保養地。トルストイの別荘があった。

トルストイは他ならぬ死との和解に多くの力を費やしている。恐らく、トルストイは従来の人間の最後の擁護者である。彼はいかなる人類の変革も信じないし、超人の思想には端《はな》から敵対する。彼はキリストさえ人間と見ることを選び、その神性を否定し、福音書から奇跡を放逐する。彼は人間のわくを超える試みの行きつくところを感じとっており、それは多分、自身の体験のしからしめるところによっている。まさしくここに、彼の道徳主義、伝統的価値や形式の倦まざる宣教、ニーチェやデカダンどもに対する嘲笑、精神の健全への期待――彼の散文作品と評論の持つ、破壊的、反乱的潜在力にもかかわらず、彼を極度に、リゴリズムにまで、道徳および政治問題において保守的にしたすべてが由来する。彼は強制的な改革を非難する――世界の、家族の、個人さえもの（それ故、大部分のトルストイ主義者は彼とは無縁だったのであり、彼は彼らを露骨に嘲笑った）。彼はいつまでも伝統の枠内にとどまるのを欲したが、そこを離れざるを得なくなり、家を出ると、すぐに死んでしまった。このことには、未来のロシアの運命の恐るべき予兆がある――何となれば、人間らしさのある、伝統的価値の世界から離脱すれば、ただ死へ、カタストロフィーへ至る他ないからである。だが、当時、トルストイの家出の事実は、そのすぐあとにつづいた破滅よりも、人々に強い印象を引き起こした。そして、ゴーリキーは彼と論争しつづけたが――彼の家出はまったく理解しなかった。彼［ゴーリキー］はこの絶望と否定の振る舞いに、「レフ・ニコラーエヴィチ・トルストイ伯の生涯を『我らが父、至福の大貴族レフの聖者としての生涯』に変えようとする、執拗かつ強引な志向」を見た。もっとも、トルストイの家出にはかようなものは何もなかった。それは他ならぬ聖者としての生涯からの脱走だったのだ。

しかし、彼らには肝心な相違点があった。能動的・創造的なヨーロッパへのゴーリキーによる青年期からの愛、受動的・循環的なアジア、アジア的不活動原理への憎悪である。いかに奇妙でも、この反抗分子は、とりわけ彼の世界観が確立した九〇年代、国家を非常に愛し、トルストイ的反国家宣伝、彼のアナーキズム（当時、報じられた）に激怒した。それももっともなことである。かような世界観は、ゴーリキーによれば、「我々の歴史の拷問」によって決定づけられているのだ。拷問がなくなれば、国家は不可欠になる。何となれば、それなくして、いかなる生活機構が、いかなる創造や成長があるだろうか？　これぞロシアのパラドクスだ――革命家ゴーリキーが国家機構を地主トルストイから守っている！　だが、このことも理解できる。トルストイは外部の留め具を必要としなかった。彼自身、伝統の人であり、してよいこと、いけないことを明確に知っていた。国家はこの点で彼にはただ邪魔物に過ぎなかった。一方、ゴーリキーは出所不明、どの階級にも居着かなかった人間で、仲間の無数のナロード（その中にまじって暮らした）をあまりにもはっきり知り過ぎていた。ここに、ある偉大な組織力への、彼のお伽話的な信仰が由来する。国家、文明、さらに神（この神が教会のではなくて、新しい、人の手によって作られた、集団的創造の、もしお望みなら社会的契約の……結果であるならば）への。ここに、彼らのすべての相違の根源がある。トルストイはまず真実を探求するが――ゴーリキーはそれを憎悪し、否定し、新たに創造したく思う。トルストイは現実を最大限的確に表現すべく、心を砕くが――ゴーリキーは現実に疲れ、それをもはや目にすることができず、それを別の、人為的なものに置き換えることをのみ夢想する。この人為性、空想と手作りの趣向は、芸術において、彼を異様に魅了するのだった。彼が中国の花瓶、趣向を凝らした装飾類、縒《よ》り合わせて作られた小物類を好んだのも無理はない。ところが、トルストイはそうしたものをすべて認めず、心への糧と造形能力とのみから芸術を賛美した。ここに、彼らの生涯の宿命的な対立もある。トルストイは終生定住生活を送り、出立を夢見たが、出立するや、即座に死んだ。ゴーリキーは終生遍歴し、定住するや、即座に陰鬱に落ち込み、ひとつところに一年と居つづけることができなかった。

十一

一九〇〇年、三十二歳のゴーリキーはもうロシアの古典作家である。わが国の文学で、このように成功した者はほとんどいない。彼は雑記や短編を書くのがいやになり、断然、戯曲に向かうことになる。戯曲は第一に、もっと自由で輝かしい芸術種目であり、第二に、もっと強力な大衆への影響手段だと彼には思われたのである。彼はこの考察――いかなる芸術が、より強く闘争に働き掛け、より積極的にそれを促すか――に立脚している。生活の観察者から、ゴーリキーは変革者に変わった。実際、散文から戯曲への移行は、このことを明白に説明してくれる。

彼の第一作――悲喜劇『町人』は芸術劇場にのみ上演が許可された。ゴーリキーはチェーホフを通して、MXAT《ムハト》〔モスクワ芸術座の略称〕と知り合いになったが、この付き合いは彼の運命を長いこと決定した。許可されたのは、全部で四回の予約公演だったが、それはゴーリキーにキャリアが作られるいま一つの例だった。戯曲『町人』にはまったく何の事件もない。これはゴーリキーの劇場用作品の中で、最も自伝的なものである。家長はヴァシーリー染色工場長、ただしカシーリンではなく、ベッセミョーノフである。彼の妻はアクリーナ、善良だが、疲弊した女である。子どもたちは賢く成長したけれども、父の恣意《しい》から逃れることに絶望していた。ベッセミョーノフの息子ピョートルは、加えて、社会を憎み、いかなる市民的義務も果たそうと思わず、隣人に対するあらゆる種類の配慮も軽蔑している。ベッセミョーノフには養子のニールがいる。機関士で、戯曲の最も重要な叡智を表明する。

　おれはこの下らんものをみんな、自分から外へ払いのけることができる。そしてまもなく、きっぱり、永遠に払いのける……。組立・据付工に、機関庫に移る……夜間の貨物列車勤務はあきあきだ！　旅客勤務ならなあー！　たとえば急行勤務――ヒュー！　風を切る！　全速力で疾走！　ところがいまは火夫と這いつくばって……退屈だ！　おれはみんなのところが好き……。おれは生きるのが好き、雑音、仕事、陽気で素直な連中が好きだ！　お前さんらは元気なのかい？　何だか生活のまわりをぶらつき何か知れない理由でうめいたり、愚痴をいったりしている……誰に、どうして、何のため？　わからん。一方の向きに横たわっているのが具合悪いと、別の向きに変えるもんだが、暮らすのが具合悪いと、愚痴ばかりいう……。努力するんだ――向きを変えろ！　哲学者は下らんことに通じている。だが、おれは自分を知恵者だとは思わない……。おれがただ思うのは、お前さんらと暮らすのがなぜだか耐えられないほど退屈だということだ。思うに、それはお前さんらが一切合財に不平をいうことを好んでいるからだ。なぜ不平をいうのだ？　誰がお前さんらを助ける？　誰も助けはせぬ……誰も……そうする価値がない……。

どんな仕事も、立派にやり遂げるには、それが好きにならねばならぬ。いいかい――おれは鍛えるのが好きだ。目の前に、赤い、かたちのないかたまり、荒々しくて、焼けただれたのがある……。そいつを金槌でたたくのが気持ちいいんだ！　そいつはシュウシュウいう炎のつばきを吐き、目を焼いて、めくらにし、自分のところから追い払おうとする。そいつは生き生きし、きびきびしている……。ところが、そいつに肩から腕を強く振り下ろして、そいつから自分に必要なものをすべて作り出してしまう……

革命的なものは何ひとつ、ニールはここでは伝えていないが、なぜ、この独白が変わらぬ拍手に迎えられたのかを理解するには、世紀のはざまにロシア社会を支配した、全般的な沈鬱と自己嫌悪とを考慮してはじめて可能となる。うめくのはもう沢山、不平をいうのはもう沢山――生活を変革すべきときだ！　ゴーリキーがやって来て、素朴で、強くて、陽気な男を連れてきた――万歳、ゴーリキー！　この愉快なニールは、実際は自己満足的なエゴイストで、誰もあわれまないとわかったっていい――このことで彼を、正しくも、タチヤーナ［ベッセミョーノフの娘」は叱責しているが。新しい人間は憐憫を超越する！　彼に女は憂鬱と生活の無意味さを訴え、本当のところ、愛を告白しているのだが、彼は彼女に語る、「鍛えるのがとても好き！」と。かような対話も『町人』に沢山ある。町人生活がいかに嫌悪すべきものであれ、その生活様式がいかに粗野であれ、ベッセミョーノフ側にも自分の言い分があり、彼には跡取りのいない、手塩にかけた事業を目にするのは情ない！　だが、一九〇一年の観客はベッセミョーノフを気の毒がらなかった。彼は皮肉屋ピョートルにおのれを認め、鍛えるのが好きなニールをうらやんだ。劇は札止めの盛況で行なわれ、デモンストレーションを伴い、ゴーリキーは何度も舞台に呼び出された。いやそれどころか、彼はチェーホフ劇の上演中にさえ呼び出された。彼が観客として、そこにいたから！　彼は登場して、観衆を大声で叱った——上演を中断させ、他の人の劇をはずかしめているといって。だが、彼をたたえる波は高まり、最も腹立たしかったのは、彼自身、こうした過剰な期待に対して、何を話したり、行なったりしたらよいのか、必ずしも、よくわからなかったことだった。実際、誰もが、彼の劇や短編の中に、自分の読みたいと思ったことを読みとるのだったが、これらの、たがいに相容れない考え方に対応するのはますます困難となった。

ニージニーに暮らすのは彼にはいっそう困難となった。そこでは彼は公然たる警察の監視下に事実上おかれていたからだ。かてて加えて、ゴーリキーからなくせないのは異常な活動欲——そして、ひとりで快適さを楽しむことのまるでできない性分である。もしかしたら、貧乏で、倦むことのない労働をして、ずっと過ごしてきたせいかもしれない。ところが、出版、増刷、カネがやって来て、ドイツだけでも十の出版所が彼の二冊本の出版権獲得競争をしており、楽しみのし放題だ。決してそんなことはない。彼はほとんど全部の稿料を費やす――ニージニーの貧しい子どもらのためにヨールカ〔ロシアのクリスマス・ツリー〕を立てるのに、ソルモフ（ここではアッピールやビラが増えていた）の労働者のためのガリ版購入に、党紙、とりわけ、創設されたばかりの「イスクラ」に……。合法マルクス主義者の雑誌「生活」――彼の新しい散文作品すべてが載せられる――を彼は事実上指導している……。一九〇一年三月、ゴーリキーは再び社会の注目の的となる。一九〇〇年十二月、一八三人の学生が、デモに参加したことで、キエフ大学から除籍され、兵役送りとなった。ゴーリキーはブリューソフに書き送っている。

私の気持ちは、怒り狂ったイヌ――打ちのめされ、鎖につながれた――みたいだ……。学生を兵役送りにするとは醜悪であり、個人の自由に対する恥知らずな犯罪であり、権力に満腹したろくでなしどもの白痴的措置だ。

一九〇一年三月四日、カザン大聖堂の前で、大規模な学生デモが行なわれたが、それを憲兵が追い散らした。ゴーリキーはそのことについて「政府報道を論駁する」という題名の詳細な声明を書いた。彼は当地、カザンですべてを目撃したのだった。このあとほどなく、四月十七日、彼は例によって逮捕されたが、獄中、結核の症状が激変し、輿論の圧力もあって、彼は再び釈放された。まして、彼をとがめ立てることは何もなかったのだから。彼の釈放のことはトルストイ自身が要請し、その結果、はや五月十七日にゴーリキーは自由の身となり、五月二十六日、彼の娘エカチェリーナが生まれた。「生活」五月号には、ゴーリキーの短編『春のメロディー』の断片が載った。そして、ここでもまたロシアの検閲の無分別に恐れ入るべきか、感動すべきか、よくはわからない。短編を全体としては検閲は発禁にした。それを（正しくも）学生デモの反響と見たからであるが、その中の『ミズナギドリの歌』のみは許可した。つまりは詩であり、直接の政治的示唆はない……。これ以上、自殺的な措置を考えつくことは困難だ――『ミズナギドリの歌』はロシア第一革命の宣言となったのだから。

十二

この作品――引用により、とうの昔に広まった――を読者に思い出させるのは、意味があるのかどうか、わからない。だが、これを読み返すことは、詩は全体としてすぐれたものであるということからだけでも意味がある。無韻詩は有韻詩と違って、ゴーリキーにはうまくいった。ここでは彼は写生をしたが――いずれにしろ、彼はしばしば海を訪れたし、あらしに出会った――革命的情熱はわきにおくとして、あらしの前の海の造形的な叙述は彼には異常なほどうまくいったのである。ここで肝心なのは、正しく発見されたリズム、四韻脚ハレイ[▼21]で、大気中の恐るべき緊張と雷雨の前のすさまじい予期とを理想的に表現している。『歌』のさまざまな彩《いろど》

▼21　хорей　ロシア詩の強弱格（強弱、強弱、……）。

り——黒、青、白——もすばらしい。「青い炎となって、黒雲の群れが底なしの海の上に燃える。海は電光の矢をとらえ、おのが深みで消す」。どう思われようと、それは健康的であり、それはダイナミックであり、それはまことに申し分なく記憶に留まる。そして、そのすべてに何かしら新鮮なもの、喜びがあり、ロシア革命の情勢とは何のかかわりもない。怖がりは沢山！　カタストロフィーを待つなんてもう沢山——カタストロフィーは突発させたらよい！すべて、思ったほどには恐ろしくはない。「雷の憎悪の中に——耳敏いデーモン〔ミズナギドリ〕——彼はとうに疲労を聞きとっている」。ゴーリキーのあらゆる風刺作品同様、機知に富んだ『春のメロディー』の文脈の中で、勿論、『歌』はもっと強くひびいている——そこには、密告鳥、俗物鳥、ケン－ケン－憲法を夢見る、夢見鳥が描かれているが、こうした背景で、ミズナギドリはいっそう輝かしく、そして、少なくとも、作者のめざすところは明白だ。彼は何ものも期待しないよう、何ものも恐れぬよう呼びかけている。だが、かように切断されたさまで、『春のメロディー』は独自の役割を果たした。あり余る絵画的比喩性、あらゆるおろかなペンギンや予言するアビ——生の闘争の愉悦に縁のない——にもかかわらず、『ミズナギドリ』はそのリズム処理と色彩画それだけで、読者にある種の不気味な歓喜を呼び起こす。そして、これはゴーリキーの功績であり、当の情勢——いかなる合法的闘争方法も期待しないということ——はロシアでは現実であり、いわずもがなのことながら、ペンギンやアビに、実際、何ものも喜びをもたらしはしない。寓話的進行のすなおさながら、素朴《プリミティヴ》さながら、だが、エネルギーがすべてを補っている。

ほどなく政府は、ゴーリキーと家族をニージニーからクリミアに送致するよりも賢明なことはないと判断した。彼の列車の全路程で学生デモと高揚した集会が実施され、ハリコフではほとんど駅をこわしてしまうところだった。こうしたことでゴーリキーがわかったのは、勿論、私的な名声の高揚ばかりでなく、それよりむしろ――彼ははじめて理解したが――国内の社会情勢がいかに深刻であるのかということだった。この国ではひとりの、高名にせよ、あいまいな革命思想を持った作家の送致が、インテリゲンチアのかような反応を引き起こすことができるのである。クリミアでは、彼はヤルタ（居住権がない）の近郊で療養し、トルストイと何度も出会い、次の戯曲のことを考えた。この戯曲は最も人気のある作品――人為的な普及や強制的な学習なしに人気のある――として残る運命にあった。その構想の展開は大変特異だった。ゴーリキーの戯曲は、その大部分は主題がなく、それはまさしく「情景」――彼は何より頻繁に戯曲をそう呼んだ――である。例外をなしているのは『贋金』や『老人』のたぐいの、少数の純演劇的な、筋のある成功作である。だが、これらは、あの成功を収めたとは到底いえない後期の作品で、著しく緊張した『老人』のばあいでさえ、結末に問題がある。新しい戯曲は、当初は主題があったのだが、あまりにも稚拙なもので、当の作者がすぐそれを捨ててしまった。ゴーリキーは夜の宿の生活に関心を寄せ、底辺の人物群像に興味を持ち、この底辺生活の恐怖について当面の証言を書きたいと思った。そこでは、みんなが互いに憎しみ合っているが、――しかし春がやって来、夜の宿の住人たちは日向にはい出し、自分らの汚れた住まいを整備し始め……そして、ここで何やら和解し、お互いにっこりし、つまりは、今日の住所不定者のアネクドート［一口話］にあるように、具合がよくなるのである。トルストイとの会話の影響の下に、かような完全にトルストイ的な筋立てがかたち作られたのではなかろうか？　ところが、戯曲の制作過程で、彼は完全に新しい特質を取り入れる。戯曲にルカ——誇張抜きにゴーリキーの戯曲作品の最も魅力ある登場人物が出現したのだ。この老遍歴者は明らかに極限的な過去があり、脱走した徒刑囚か徒刑経験のある放浪者か、パスポートは持っておらず、夜の宿の生活に争う余地のない新しさを持ち込む。彼には、ロシアの甘ったるい文学の中の穏和な巡礼と共通するものは何一つない。この老人は言葉にウィットがある。このことの適例は、巡査のメドヴェージェフの言葉、「おれはこの地区でお前を見たことがない」に対する返事の見事な切り返しだ——「あんた、それはね——ルカは答える——地上は全部がお前さんの地区の中にあるってわけでないからだ……そのほかにも少しは残っている……」。夜の宿の主人のコストゥイリョーフが殺されたどさくさに、ルカは真っ先にうまいこと姿を消すが、このことは、実は、彼が殺したのではないかと憶測する根拠を一部の注釈者に与えている。そのほかに、彼は予言者の無二の才能を持っている。さもなければ、どうして夜の宿の他の人間たちが彼のああも人の心をつかむ慰めの言葉を信じたろうか？　彼は全員を慰める。病気のアンナ、ロマンチックなナースチャ、呑んだくれの役者、零落した男爵、意気消沈したブブノーフ、不具者のタタール人を……。ただ、元は電信技手のサーチンだけは慰めない。サーチンにはこのことは必要ないからだ。そして、ルカはこのことをはっきり感じている。事実上、彼ら二人は戯曲の中心人物であるが、しかし、ここに、劇作家ゴーリキーの腕前がはじめて現われている——彼らの間の直接の接触はほとんどない。彼らの論争は当事者不在のまま行なわれる。
多くの人が――そして根拠のないわけでない――ゴーリキーの戯曲に、トルストイとの論争、ほとんどトルストイへの復讐を見ている。戯曲の最初の版――まだルカが出ていなかった当初のもの――を、伯爵に読んで聞かせたとき、ゴーリキーは彼から、当人［ゴーリキー］をひどく立腹させた、当惑気味の問いを耳にした、「なぜ、あなたはこれを書いているのか？」。底辺層と彼らの苦悩の描出を最終目的にするとは、実のところ、トルストイには思いもよらなかった――これは、おあいにくさま、私がこのことを書くわけはこうだ。「私は真実と思いやりの問題を提起したかった」、ゴーリキーはのちに告白している。たしかにトルストイを慰安者、共感者と思うのはまったく再考の余地があるが――どちらかというと彼はルカに似ていると、のちにゴーリキーは後期の論文『戯曲について』で特徴づけたが。

浮浪人や「聖地巡り」の遍歴者の間で最も普及しているのは、プロの慰安者、職人で、彼が慰めるのは、そのおかげで食べられるから……。そのほか、うんざりするほど不平を聞かされないため、すべてに慣れた冷静な心の習性となった平穏を乱されないために、もっぱら慰めごとをする、非常に多くの慰安者がいる。彼らにとって最も貴重なのは、他ならぬこの平穏であり、それは彼らの感情と思想の平衡である。そのために、彼らにとって大変貴重なのは、背負い袋、自分用のティーポット、煮物用の小鍋だ……。この種の慰安者はこの上なく賢明、物知り、雄弁である。それゆえ、彼らはこの上なく有害である。

勿論、トルストイについて、彼が慰安しているのは、そのことで食べられるからなどというのは、どんな悪意があろうと考えられない。いっているのは別のこと――すべてに慣れた彼［トルストイ］の心、内なる冷静のことである。ゴーリキーはこの冷静を感じ、それを恐れた。彼自身、そのように平静に、高みから人生にかかわることができなかったからである。彼には思われるのだった。トルストイの行動様式――自己完成、簡素化、非暴力はまさしく姑息な手段、自己平安の甘美な虚偽であると。興味深いことだが、トルストイの倫理には、当時、チェーホフも反旗をひるがえした。多分、実際上、この倫理は大変強力、かつ、大変幸福な人々のためのものだろう。他の人々には、それは適合しない――彼らには、外界の変化なしにはだめだ。新しい戯曲に反映した、トルストイに対するゴーリキーの反乱は、またある意味では神に対する反抗でもある。もっとも、それは、つけ加えると、大変みすぼらしく描出されているが。ルカの慰安らしきものに対抗すべく、人間を賛美する、電信技手のサーチンが必要となった。だが――ここにゴーリキーの才能が、ここにその初期の作品の特徴がある。そこでは、陳腐な趣向が裏返しになった！　この賛美は酔っぱらってなされるのだし、人間全能の賛辞を宣言するのは、乞食、底辺の人間なのだ。この見事な劇対位法［対立するものの共存、同時進行］は、戯曲が支えられている強力な矛盾のひとつにすぎない。慰安者は殺人者とわかるし（ほかならぬ彼のために、励まされた役者が破滅するところだった）、乞食は偉大さを語るが、夜の宿の主人コストゥイリョーフは一番無力で、病身、結局のところ、滅びる人間だ。これは単純で直《ちょく》截《せつ》な対照ながら、しかし、演劇には他に何もいらないのである。

十三

戯曲の上演に、劇場は大変真摯に着手した。それは総じて、すべてにおいて本質そのものを理解しようと欲した初期のMXAT《ムハト》の特徴だった。スタニスラーフスキーは回想している。「我々は、落ちぶれた人々だった者たちの生活の真相を目にしたかった。このための探検が企てられ、それには劇に出演した劇場の多くの俳優が参加した。すなわち――Вл《ヴラジーミル》・И《イー》・ネミローヴィチ‐ダンチェンコ、画家シーモフ、私、その他が。浮浪人を調べていたギリャローフスキーの先導の下、ヒトロフ市場めぐりが行なわれた。我々は無限のナールイ[22]のある、大きな共同寝室を自由に観察してまわった。ナールイには、多くの疲弊した人々――屍体に似た男女が横たわっていた。大きな木賃宿のまん真ん中に彼らのインテリゲンチアのいる、ここの大学があった。それは識字力のある人々から成っている、ヒトロフ市場の頭脳だった。彼らは小さな部屋に住まい、我々には、気持ちのよい慇懃で客好きの人々に思われた。木賃宿の人々は我々を旧知のように接待した。劇と役柄――我々のために一覧表が作成されていた――により、我々のことをよく知っていたからだ。我々はヴォトカとビールを提供し、酒宴が始まった。とりわけ、住人のひとりが過去のことを思い出した。以前の生活から彼のところに保存されていたのは、とある絵入り雑誌から切り取られた、みすぼらしい絵だった。それには、息子に手形

▼22　床から少し上に取り付けた寝床用の板張り。

を示している、芝居の所作をしている老人の父親が描かれていた。多分、悲劇は手形の贋作にあったのだ。画家のシーモフは絵を全然買わなかった。ああ！　そのとき、えらい騒ぎが起きた！　あたかも、アルコールに満ち満ちた、これらの人間容器が揺り動かされたかのようだった。そして、彼は画家の頭にとびかかった……。彼らは真っ青になり、自制心を失い、凶暴化した。罵声が浴びせられ、手を振りかざして、シーモフに殺到した……。だが、我々と一緒に、その場にいたギリャローフスキーが雷並みの声をあげて、五段仕立ての罵声を放ち、その構造の複雑さには、我々ばかりか、当の木賃宿の住人らもどぎもを抜かれた。彼らは歓喜と美的満足で立ちすくんだ」。

　総じて、歓喜から憎悪、および、その逆行は情緒不安定と呼ばれ、アルコール痴呆による人格崩壊の最終段階を伴う。だが、MXAT《ムハト》の役者たちはこうしたことに感銘を受けた。ところで、レーニンははじめて『どん底』を見たとき、革命後だったが、上演に辛辣な批評をした。木賃宿の実態や事件は彼には疑わしく思われたのである。彼はドイツやスイスの安下宿で、底辺の人々をよく目にしていたので、芸術座は彼らを美化していると思ったのだ。しかし、人生の恐ろしさの描出に帰結していた戯曲の当初のもくろみは、とうに真実に関する討議へと発展解消した。上演——初演は一九〇二年十二月十九日に披露された——の稀有な成功は、今日の審美眼からすると、説明できない——たとえ、サーチンをスタニスラーフスキー、男爵をカチャーロフ、ルカをモスクヴィンが演じたことを考慮しても。だが、他ならぬ『どん底』の成功は、ある程度、ロシア革命の原因を垣間見せてくれる。それは勿論、マルクス主義の［革命］

でも、共産主義の［革命］でもなくて、ただ非常に小規模なプロレタリアの［革命］だった。そして、総じて、その原因は、多数の人々――このばあい、圧倒的な――が、自分たちの送っていた生活、そして、仕えていた国家を憎悪したことにある。この憎悪は非常に強く、一方、ロシアの社会制度の矛盾と愚かさがあまりにも長いことたまり過ぎ、一時しのぎの治療のしみがあまりにも長いこと見え見えに破棄されていたので、ロシア社会には、社会的破裂が焦眉の問題になったが、誰もその結果についてしかるべく思考をしなかった。

我々はつとに知っている。すべてのかような破裂の結果たるや、従来の帝国の再興――ただし、縮小し、簡素化し、そして悪化した様相での――に過ぎなかった。その原因は明白である。ロシアの文明と思想の複雑さおよび豊かさが、国家制度の貧弱さと解決できない矛盾に達して、シュロが温室の天井をぶち抜くように、国家制度を破裂させる。このあと、シュロはめでたく枯れ、以前の温室の場所に、新しい、前よりも低くて、簡素なのが建てられる。しかし、社会的高揚がつづいている間は、住民はどんなあいまいな社会改造でも支持し、自らの潰瘍のあらゆる描出に歓喜する――潰瘍が血まみれで、嫌悪すべきものであればあるほど、社会的歓喜は一層激しいから。最終的に『どん底』という名称を得た――ゴーリキーはそれを『人生のどん底』と呼んだ――戯曲は世界中をめぐり、今日まで舞台から消えることがない。呼び名は、ゴーリキーの友、アンドレーエフがちぢめたものだ。

「友」という言葉は、ここでたまたま使ったものではない。恐らく彼はゴーリキーが完全な根拠をもって、友と呼んだ唯一の人間である。そのように――彼はアンドレーエフのことを、フィンランドで、孤独と忘却の中で、一九一九年二月に死んだことを知ったときに語った。一九〇〇年三月に始まった彼らの友情はすべての試練に耐え抜いた。その中には、この上なく厳しい——競り合いによる試練もあった。一九〇七年以降、ゴーリキーはもはや最も有名な作家ではなかった。彼はトップの栄光をレオニード・アンドレーエフに譲った——彼の名声は、より疑わしく、彼の浴びた罵倒は、より下卑たものだったにせよ。アンドレーエフには、ロシアの批評家に本能的な敬意を呼び起こす放浪体験がなかった。

十四

ゴーリキーが彼に目を留めたのはまだ一八九八年で、『バルガモトとガラーシカ』を読んで、短編に、他ならぬ自身が好んで使ったものを見出したからだった。すなわち——紋切り型の筋への（このばあい——社会的対極にある、巡査と浮浪人のたまたまの和解を扱った、古典的牧歌風物語への）皮肉だ。この毒々しい皮肉、蝕《むしば》む懐疑はアンドレーエフの特徴だった。ゴーリキーが立ち止まって、畏敬し、歓喜し始めるところを、彼は嘲笑したり、侮蔑して目をそむけたりしつづけるのだった。総じて、彼とゴーリキーとは多くの点で正反対だった。アンドレーエフはあまり教養がなく、読書が大嫌いだった。ゴーリキーは乱読家のむさぼりようで読書した。アンドレーエフは母親を崇拝し、慈愛あふれる家庭に成長したが、ゴーリキーはそのようなことは何ひとつ知らなかった。だが、二人とも、幼年時代、危険な遊びは大好きで、二人とも、貨物列車の通る線路に横たわり、頭をもたげたいという誘惑を抑えたことを回想したし、二人とも青年時代、自殺を企てた体験があった（アンドレーエフは断言した――自殺を企てなかった人間は下らない）。彼らを親密にしたのは描出力だったが、しかし、ゴーリキーのばあい、描出力であったものが、アンドレーエフのばあい、よりしばしば、すっかり想像力にとってかわった。勿論、作家、思想家、話材の発明家としてのアンドレーエフは、ゴーリキーよりも繊細、精緻である。彼は全体として、恐らく、世紀初めのロシアの最上の戯曲作者であり、この上なく陰鬱だが、才能ある小説家のひとりだった。ゴーリキーはより事実に即しており、より通俗的であり、品があって、よりうまくいっている――もっとも、チェーホフのものほどによいとは到底いえないが。アンドレーエフ的激情、誇張、圧縮は、彼には微塵もない。たしかに、アンドレーエフはより興味津々に書くことができた――多分、彼の主題はより文学的であって、生理学的な、嫌悪すべき真実は、彼においては、より少ない。ゴーリキーはアンドレーエフが基本的事実に無知なのをとがめて、話を遮るのが好きだった。だが、彼らを真に親密にしたものとは、それは文学への熱狂的な愛情、それを、それがために生きるに値した、唯一の職業と認めたことである。この仕事を彼らは何時間も一気に語ることができたし、一度、ゴーリキーの認めるところでは、二十時間も文学論争をつづけ、サモワール二つ分を空にした（アンドレーエフはこの上なく強い茶を思いも寄らぬほどたくさん飲んだ）。

一九〇一年、ゴーリキーは出版所「知識」――発行人コンスタンチン・ピャトニコフとともに当時、彼が主宰していた――のメンバーにアンドレーエフを引き入れた。これは世紀初めの最も称賛される、有名になって当然の、文化的発意の一つだった。「知識」は一般読者のみならず、民主主義的作家にとっても、トップの出版所となった(出版所は作家にちゃんとした稿料を提供した)。当初は、ゴーリキーは不在のまま——クリミアのあとの追放場所にアルザマースが指定された——出版所を指揮した。だが、すでに一九〇三年以降、モスクワに移り住み、事業を掌握した。彼は自らの編纂のもとに、年四回の年報「知識」を発行した——自分の名前に対するかつてない関心をそつなく利用して(と、いまなら、そういうところだが)。「知識」に、一八九九年ニコライ・チュレショーフの創設した結社「水曜日」▼23に参加した、ほとんどすべての文学者が移ってきた。「水曜日」には、アンドレーエフも、ブーニンも、クプリーンも、ゴーリキー本人も、そして、最近、彼と懇意になったシャリャーピンも顔を見せた。

十五

一九〇二年頃には、文学者の間のゴーリキーの権威は大変高くなり、全六年の文学活動のあと、彼はロシア文学アカデミーの名誉会員に選出された。だが、ニコライ二世はこの任命を裁可せず、決裁を下した、「ユニークにもほどがある」と。抗議の印として、アカデミーの名誉会員をチェーホフとコロレンコは直ちに辞した。ゴーリキーに賛同する、彼と親交がある、そして、彼を擁護することが体面にかかわることとなり、若手の文学界全体が彼にあこがれ始めた。エレオーノフ、ユシケーヴィチ、スキターレツ、グーセフ-オレンブルクスキー、彼に

▼23　水曜日毎に集まった、若い社会リアリストのクラブ。

『決闘』を捧げたクプリーン、その他、今日、誰も名前を思い出さない何十人もの人々である。彼らは「マクシームっ子」と揶揄《やゆ》された。▼24 この言葉は、一九〇三年、風刺雑誌「火花」に載ったコーカ（フィデリ）のカリカチュア以来、流行した。そして、実際、彼らはゴーリキーを全部真似した——口ひげや長髪の生やしかた、つば広の帽子のかぶりかた、立ち居振る舞いの、激しさとわざとらしい粗暴さ、ヴォルガ地方のO《オー》発音——ゴーリキーにもかなりわざとらしく見られた——までも。もっとも、社会リアリズムより現代的な潮流は、そして「知識」よりも人気のある出版所は、一九〇〇年代には、実際、存在しなかった。文学にデカダンスがさかんになり、社会リアリズムが幾分、肩身の狭い思いをするには、ロシア第一革命の失敗が必要だった。だが、当時は「知識派」は絶えず読者の興味を引きつけて、地位を譲らなかった。

ゴーリキーは何百もの草稿を読んで直し、出版させ、文学制作の卓抜なマネージャーとしての自分の才能を発揮した。この時期、一日に十の批評の執筆をこなしながら、彼の巨人的な編集作業が始まった。これはある種の、自身の創作の危機の結果だったということができるかもしれない——袋小路に入り、他人の運命の世話に従事したというのである。だが、これは信じるに足りない。一九〇三〜一九〇五年の間、彼の書いたものは以前より少なくはなかった。驚くべきことだが、彼の頭は混乱しなかったし、うぬぼれの付け加わることもなかった。ただ、一九〇五年の論説『町人に関するメモ』の中で、ドストエフスキーとトルストイに激しい批判をあえて加え、苦悩に対する病的な関心と世界を変革することの不可能性を、彼らのせいにしたことをのぞけばであるが、リベラルな批評家たちは、このことで彼を根底から批判した。だ

▼24　「マクシームとマクシームっ子ら」という題の風刺画。作者（コーカという署名あり）も掲載誌「火花」も忘れられたが、風刺画は有名——つば広の帽子をかぶり、ピンと張った口ひげをはやした、巨大なマツタケそっくりのマクシーム、そのかさの下に、根元から生えて間もないみたいな、小さな、ただし立派に口ひげを生やした、3人のマクシームっ子が描かれている。

が、彼は以前にもトルストイと個人的に論争するのをいとわなかったし、決して権威の前にひざまずかなかった。

　彼の生活に本格的に一つの変化が起きた、彼はМХАТ《ムハト》の看板女優マリーヤ・フョードロヴナ・アンドレーエヴァと親密になり、最初の妻と別れた——彼女とは最も親密な関係を保ったが。アンドレーエヴァは自他共に許す美女であり、そして、少なからず重要なことであるが、筋金入りのマルクス主義者だった。当時の美女には、それがはやりだった、だが、アンドレーエヴァの打ち込みようは尋常の流行の限度をはるかに超えていた。彼女には党の仕事があり、舞台の仕事よりも少々重要であったらしい。ゴーリキーを自分たちの側に誘い込むことを多くの陣営が夢みていた。とりわけ一九〇五年、ロシアに議会と合法政党が出現したとき以降はそうだった。しかし、РСДРП《エルエスデーエルペー》［ロシア社会民主労働党の略称］は他より早く獲得に努めた。アンドレーエヴァへの恋は、勿論、彼の変貌の主たるものではないが、重要な動因となった。一九〇四～一九〇五年には、彼はますますはっきりとレーニンの党の側へ流されていく——個人的知己にまでは進んでいないが。この年月、彼は彼を有名にした戯曲を次々に書いている——『別荘人種』、『太陽の子ら』、『敵ども』である。シャリャーピンは彼の最も親密な友となるが、二人は青年時代、ヴォルガで、すぐそばに暮らしていたのに、結局、知り合いにならなかったことに、何度も笑った。それだけでない、ある日のこと、カザン・オペラ劇場のコーラスに雇われにいった。ゴーリキーは合格だったが、シャリャーピンは不合格だった。ゴーリキーとシャリャーピンの間には、特別な、隠し立てのない友情が存在した。彼らはお互い競争相手ではなかった。

　ゴーリキーとアンドレーエヴァの関係となると、それは最初から単純なものではなかった。そこには、彼のライヴァルがかなり大勢いたし、彼はこういう状況には慣れていなかった。アンドレーエヴァは党の依頼により、ゴーリキーと親しくなったという説まで存在した。めったに見かけないほどの愚説で、トップ女優と売れっ子劇作家とのロマンスは何ら異様なことはない。だが、このロマンスには端から噂やらこじつけやらが付きまとっていた。その上、アンドレーエヴァにサッヴァ・モローゾフ――ロシア・インテリゲンチアが大変長いこと期待していた商人のうちの最も富裕な商人が惚れ込んでいた。ヴォルガっ子――豪放で、けだものじみていて、満腹、残酷、かつ、敬虔が性分――のかげもかたちも彼にはなかった。モローゾフはひたむき、熾烈、まれにみるほど賢明、新しい知識に貪欲な人間だったが、ただし、たびたび長期の鬱病にかかり、その一つが彼を自殺に至らしめた。ゴーリキーとは全ロシア博覧会のときに知り合った。

　のちに、モローゾフがＭＸＡＴ《ムハト》の営業担当者となり、パトロンの情熱を傾けて、このロシア最高の劇場を整備していたときに、彼らは定期的に出会った。ゴーリキーをびっくりさせたのは、モローゾフの自滅的な、いずれにせよ、不条理な革命理論への情熱、革命のみがロシアを覚醒させ、ヨーロッパ化することが可能であるという信念だった。ご本人はとうてい、それほどに急進的ではなかった。モローゾフは党に多額の寄付をした。ゴーリキーはとてもわずかな財産しか持っていなかったけれども、同じく定期的にＰＣДＰП《エルエスデーエルペー》を援助した。

十六

一九〇五年に勃発したロシア第一革命は、ゴーリキーを政治的作家、それ以上に、党作家へ根本的に変えてしまった。いかに悲しむべきことにせよ、他ならぬこのことが彼の未来の破局の原因となった。その最初の前触れを彼が感じたのは、彼の名声が急速に落下し始めた、一〇年代になってだが。彼ははじめて興奮――いま、目の前で起きている、活気ある生活作りという、危険な、予知できない戦いへの参加という――を感じた。このことについては、彼は雑記『一月九日』の中で詳しく語った。世界の運命への参加という、この興奮状況は、そこでは異常に鋭く感じられているが、これは、一九九一年及び一九九三年をロシアで体験したあらゆるインテリゲンチアには、この上なくよくわかる。ゴーリキーはガポン[25]とは大変親しく、当然のことながら、彼のスパイ行為は思いも寄らなかったし、平穏なデモが銃声で終わるとは、悪夢の中でさえ、想像しないことだった。労働者たちは大変平穏な請願――経済的要求に帰着する――を持って、冬宮に進んでいった。一月三日以来、プチロフ工場はストライキを行ない、ゼネラル・ストライキが始まり、それの武力弾圧の噂が流れ出した通りには軍隊が現われた。内務大臣ヴィッテは公衆の代表団を引見したが、ゴーリキーはその中にいて、もし路上で血が流されることになれば、政府は高価な支払いをすることになろうと、大臣に警告した。彼はヴィッテの残酷さを知っていながら、あえて、かような言明を行なうことができた。この残酷さの

▼25　ガポン　Гапон　ゲオルギー・アポローノヴィチ（1870-1906）神父。神学アカデミー在学中、組合運動に関係し、1903年「工場労働者協会」を設立。その首唱により1905年1月大規模な請願運動を起こし、大量の死傷者を出した（血の日曜日）。潜行・亡命したが、やがて秘密警察のスパイとなり、暗殺された。

裏に、彼は確信のなさ、『ミズナギドリ』の中で書いた「雷の疲労」を感じたのだった。肝心な点は、大規模な弾圧のために不可欠な正義が自分の側にあるとロシア政府は思っていなかったということである。力はまだあったが、確信はすでにまったくない。それゆえ、一月九日、平穏なデモが銃撃されると（発砲の命令を出したニコライ二世はほんのわずかも結果を想像しなかった）、革命がロシアで直ちに始まった――ヨーロッパの輿論の賛同のもとに。二十世紀はまだ力による弾圧や公開制裁に人々を慣らしていなかったので。

当のゴーリキーは一月九日に、すんでのところで死ぬところだった。はじめて彼の目の前で、人々が銃殺されていった。一日中、彼は街をさまよい、晩、「アッピール」を書いた――会見のためヴィッテのもとに赴いた委員会名で。そこで彼は専制権力との公然たる、妥協なき闘争を訴えた。ニージニーの妻に、彼はこのことについて、以下のように書き送った。

こうして――ロシア革命は始まった。わが友よ、心から、真摯にきみに革命をお祝いする。殺害された人々は恨みをきっと抱かない――歴史は血を以てのみ、新しい色合いに塗りかえられるゆえ。

人々の間で、たちまち血の日曜日と呼ばれた、デモへの発砲のあとすぐ、彼はリガに赴いた。そこにはアンドレーエヴァが重病にあった（客演中、彼女に腹膜炎が起きた）。特徴的なことだが、同じ手紙で、彼はこのことを前妻に知らせ、何か、とても奇妙な、非人間的でさえあることを付け足している。「死にかけている……。だが、いまや、すべての個人的悲しみや挫折は意味を持ちえない。他でもない、我々はロシアの覚醒の日々に生きているのだから」。何というパッセージ!?　妻の健康をいつも変わらず心配しているレーニンのばあいはというと、そのようなことに何ひとつ出遭わない。

ゴーリキーの呼びかけは瞬く間にペテルブルク中に広まり、警察はてきぱき行動して、彼がアンドレーエヴァの見舞いに赴いたリガで、彼を逮捕し、ピーテル［ペテルブルクの愛称］に送り戻した。ペトロパーヴロフスク要塞、トゥルベツキー監獄の個室で彼は一月《ひとつき》を過ごし、当時としては破格の一万ルーブリの保釈金で、首都を離れないということで、ようやく保釈された。この一月《ひとつき》中、彼の釈放のための前例のない闘いがつづいた。彼の戯曲の上演のたびごとにビラの配布が行なわれ、どの文学者も彼を擁護する呼びかけを自ら書いたり、呼びかけに署名したりした。獄中、ゴーリキーは戯曲『太陽の子ら』――革命化したインテリゲンチアの変貌を扱った――を書いた。彼は裁判から逃れられるとは思わなかった。逆に、裁判を要求し、この裁判を全ヨーロッパがわかるよう欲した。審理は一九〇五年秋、かつてない政治の衰退期に中断された。

この秋、出版、言論および集会の自由を付与した、十月十七日の布告の直後、ロシアに政治亡命者のレーニンが帰国、革命新聞の創設に配慮した。早くも十月二十七日、ゴーリキーの直接の参加により創設された「新生活」第一号が出た。新聞はデカダンのミンスキーの名で登録された――彼はこの頃、ひどく「赤化し」、リフレーン「万国のプロレタリア、団結せよ！」

を持った詩を作りさえした。十月二十七日、レーニンとゴーリキーはゴーリキーの住まいではじめて出会った。この会見をゴーリキーはよくは記憶していなかった。彼には熱があり、その上、沢山話し、事件を知らせねばならなかった——バウマンの葬儀、それの転化したデモ、街頭の衝突。レーニンは耳をそばだてて聴いた。

十二月二日、「新生活」は、明白な、これ見よがしの違法により発禁となった。言論の自由の布告は辛うじて六週間もった。もっとも、出版物はそうなるのが運命だった。一つの荷車にレーニンとテッフィ［女流作家］をつなげることはできない。だが、当時のインテリゲンチアには、ラジカルとの同盟は可能のように思われていた。

十二月七日、ゴーリキーはモスクワに戻った。そして、そこで、本物のバリケードの街頭戦を伴った、れっきとしたゼネストに出くわした。彼はΠ《ペー》・ピャトニツキーへの手紙に書いている。

> いま、街路から到着した。サンドゥーノフスキエ浴場のところで、ニコラーエフスキー駅のところで、スモレンスク市場で、クードゥリノで、戦いがつづいている。すばらしい戦いだ！　大砲が轟いている——これは昨日の午後三時に始まり、一晩中つづき、今日一日中、切れ目なく鳴っている。労働者たちは見事に行動している。全体として——戦闘はモスクワ全体で行なわれている！

彼の歓喜は理解できる。全体的な消極性を常に非難してきた彼は、ついに生き生きした、行動している大衆を目にしたのだ！　どちらの側につくべきかを決めかねていた者はみな、彼を激怒させる。小冊子『灰色について』は、赤と黒との間の選択ができない、他ならぬ町人についてのものだ。ゴーリキーは戦いにひどく燃え立ち、どんな中立も、彼には腐った臆病に思われるほどだ。同時に彼は資金、武器を何とか手に入れ、自分の住まいに爆弾やライフル銃を蓄える――革命に彼は本気で取りつかれたのだ。レーニンは彼の猛烈な活動ぶりに歓喜はするが、本物の政治家として、ゴーリキーが陥りかけている危機をはっきり理解する。モスクワ蜂起の壊滅後、彼の逮捕は不可避に思われ、党は賢明にもゴーリキーは退去した方がよいと判断した。こうして彼の長期の国外彷徨が始まった――彼がロシアに帰ったのはようやく一九一三年だった。いわゆる反動期――一九〇七年から一九一三年まで――のすべてを、彼は国外で過ごさなければならなかった。それは遍歴者としてのいつもの運命ながら、作家――加うるに、一つの外国語にも通じていなかった――にとっては由々しい体験だった。

十七

はじめ、ゴーリキーがアメリカに行かされたのは、ロシア革命の思想のプロパガンダのため、そして、いうまでもなく、損傷の治癒資金集めのためだった。ゴーリキーは差し迫った文学巡遊紀行を喜んだ、彼はアンドレーエヴァと、随行役として彼らに付けられた、ボリシェヴィーキのニコライ・ブレーニン——彼らの知人で、頻繁な客——とともに赴いた。旅行には耳を聾するほどのスキャンダルがついて回った。このことはゴーリキーがレーニンにロンドンで会ったときに話したのだが、それは耳を聾するほどの、止めようにも止まらない彼の爆笑を呼んだ。「あなたが失敗に冷笑的態度がとれるというのはすばらしいことだ」、レーニンはいったが。本当のことをいえば、実のところ、事態は、悲笑劇そのものだった。はじめは、アメリカ人は彼を華々しく迎え、そのヒロイズムと才能に狂喜した。アンドレーエヴァは記者会見に通訳として登場し、万事、快調だった。彼はマーク・トウェインと会った。トウェインとは——とりわけ、初期のサマーラの雑報では——多くの点で似ていた。彼とトウェインはお互い非常に気に入った。

　ところが、このあと、ゴーリキーとアンドレーエヴァは結婚していないというニュースが新聞に広まって、アメリカ中を罪と姦淫にまみれて旅をしている、二人の破廉恥どもにこの上なしの迫害が始まった。ブレーニンの臆測によれば、情報をリークしたのは、ゴーリキーがボリシェヴィーキのための資金を集めていることに不満なエセール〔社会革命党〕の誰やらだった。それはニコライ・チャイコフスキーの可能性があった。別の説によれば、チャイコフスキーは差し迫った「リーク」のことは知っていたが、ゴーリキーに警告しなかったとか。この結果、ゴーリキーが市民妻と宿泊していた、ニューヨークのホテルの女主人は夜中の三時に彼らを追い出した。すなわち、彼らが定時会見——ゴーリキーは労働者の前で演説していた——に臨んでいた間に、彼らの荷物が集められ、複数のトランクにぞんざいに入れられた。トランクは開いたまま――アンドレーエヴァの舞台衣装がはみ出たまま――ホールへ放り出された。このホールに彼らが入るのは禁止された。貞潔の家を罪でけがさないようにするために。ブレーニンがトランクを引きずっていくほかなかった。五日間、ゴーリキーはニューヨーク中心街の作家共同住宅に移って過ごしたが、そのあと、アンドレーエヴァは富裕な女地主ブレストーニー・マーティンから愛情のこもった手紙を受け取った。さすが、真のアメリカ女だ！――彼女は巨大な国が、かよわい若い婦人を迫害するのを見ていられなかった。

高潔なマーティンはゴーリキーに夫人とともに――または、より厳密にいえば、夫人にゴーリキーとともに――彼女の領地で暮らすよう勧めた。最寄りの住居からは二十五マイルのところにある別荘「夏の小川」である。そこで書かれたのが『母』――ソヴィエト政府時代、最も押し付けられ、今日、最も忘れられたゴーリキーの本である。

ゴーリキーとアンドレーエヴァはマーティン夫妻にロシア語の表現――「畜生」「ありがとう」「さよなら」を教えた。彼らは主人夫妻を「プレストニヤ・イヴァーノヴナ」と「イヴァン・イヴァーノヴィチ」と呼び、主人夫妻はこれをまねて己がものにした。毎晩、みんなは暖炉のところに集まり、ブレーニンはグリーグを弾いた――ゴーリキーは終生グリーグを好んだ。ときには、最近日本から帰った、元宣教師のノイズ夫妻がやってきた。彼らはどこかしらゴーリキー――アメリカにロシア革命の思想を宣伝に来た宣教師――と類縁があり、彼には絶対の信頼を寄せた。ノイズ夫人はあらゆることができた。ワイヤーに乗って曲芸を巧みに演じた。ノイズ氏も多くのことができた――リズミックな、震える音楽に合わせて、骸骨人間を演じた。

ゴーリキーは賛同していいそえるのだった、「リズムは音楽の魂だ」。一般に諺は、音楽の心はメロディーだと断言するが、このゴーリキーの訂正は象徴的だ。彼の手記に、リズムはメロディーより重要、作曲は言葉の織りなすものよりも独創的、とある。

言葉は偶然でも、余分でも、俗悪でもありうる。だが、鉄のごとき、入念にチェックされた構成が作品を俗悪から救う。そのようなことが長編『母』にも当てはまる。それは気取って、冗漫に書かれながら、最後は、それなりの効果に達している。ニーロヴナはロシア文学の一連の偉大な反逆女——オストローフスキーのカチェリーナからトレニョーフのリュボーフィ・ヤーロヴナ［一九二六年上演］までの中に当然ながら入った。多くの人々には、彼女の反乱は動機付けがなく、作りものに思われた（ソールモヴォ[26]のピョートル・ザモーロフの母の出来事を逐一描いたとゴーリキーは誓言し、長編『息子』に、彼の次の徒刑遍歴譚を書く準備をしていたというが）。だが、他ならぬ無学の、疲れ切った、自分のことを考えるのに慣れていなかったニーロヴナは、実は心の中で、この反乱の用意ができていた。彼女の暮らしていた、暗い奈落の底からのみ、革命的宣教の光がまばゆく思われ得たのだ。小説の聖書的手法について、プロレタリアの福音書を書いてみようという、ゴーリキーの企てについては、多くのことが書かれた。それは部分的には正しい。ゴーリキーをマルクス主義は魅了しなかったが、新しい人間と新しい神の夢は魅了したということは明白である。それに、詩人がマルクス主義に霊感を受けるよう要求するのは滑稽である。『母』の中心思想は新しい世界の思想であり、父なる神の座を母が占めているのは象徴的である。父なる神とは、ゴーリキーは一度も合意に達したことは

▼26　ニージニー・ノヴゴロトのオカ左岸区域の歴史的呼称。

なく、いつも、その厳しい掟と争っていた。新しい世界の源に母が立っているということは、この世界が愛によって建設されているということを同時に語っている。労働者サークルの集会のシーンは同じ疑似聖書的手段が一貫して用いられている。それは使徒の秘密の会合を思い出させる。勿論、新しい世界であるかどうかを決めるのは、そこでは、労働の支払いがよく、満腹し、ただで気晴らしができるということではない。その世界では、人々の間で、ついに人間的関係――ヴラーソフ、ナターシャ、アンドレイ・ナホトカ……の間に存在している関係が始まるのだ。それはなすべきことがお互い対等である人々であり、それがニーロヴナを驚かし、それが彼女の魂を蘇生させるのである。総じて、小説には、労働者や農民の読者を感動させるだけでなく、知識人たちを考え込ませるもの――そこに彼は神を求めているのか?――がすべてである。ちなみに『母』への最も手きびしい批評は他ならぬ哲学的インテリゲンチア――ギッピウス、メレシコーフスキー、フィロソーフォフから出た。ロシアの批評界は総じて、この本――大がかりな検閲による削除箇所のあるロシア語版――にあまり好意を持たなかった。国外のロシア語版は一九〇七年に出版されたが、そのときは、ゴーリキーはすでにヨーロッパで暮らしていた。

一九〇六年十月二十日、彼はカプリ島に到着した、いまや、島はその「セイレーネス［サイレン］の島」と「ティベリウスの島」の栄光に、ゴーリキー滞在の栄光も付け加えることになった。ナポリでもカプリ――はじめは「キジサーナ」（カプリの有名ホテル）に逗留した――でも、ゴーリキーは凱旋将軍さながらに迎えられた。イタリアを彼は熱愛した。そこは彼にとって改良されたロシアか何か――より愉快で友好的な人々、より温順な気候、そして、いかに変であれ、はるかに穏当な物価の――だった。今日のカプリは世界で物価の最も高い場所なのに、当時は島は廉価で有名だった。

ゴーリキーはそこからまれにしか出かけず、それもいやいやだった。ロンドンの集会をのぞいて。そこでは彼はレーニンと本格的に、詳細に、興味津々に語り合う機会を得た。レーニンはゴーリキーにとって、多年にわたり、まさしく新しい人間――彼が熱烈に夢み、現実にはほとんど出会うことのなかった――の典型だった。実際、かような考え方の根拠が彼［レーニン］にはあった。絶対的な清廉、同様に絶対的な仕事への献身、ユーモア（すべてのドグマチズムに付きもの）、そして、気どりの完全な欠如――こういうものはすべて、なじみのないものだった。ゴーリキーが雑誌「生活」でよく知っていたプレハーノフはまったく違った振る舞いをした。ゴーリキーが、労働者代表の言葉「プレハーノフは我々の教師、我々の御主人だ」を、実際に小耳にはさんだのかどうかをいうことは困難だが、当人はその言葉をまさしくその通りに受け取っていた。レーニンのばあい、彼を悩殺したのは、オプティミズムと実際行動への即応、ヨーロッパ的な労働能力、そしてアジア的な消極的な叡智の欠如だった。要するに、この人物はその評判に合致していた。実は、最初は、彼は期待外れだった――リーダーはかような様相でいいのだろうか!?　だが、ほどなくして、まさしく、このようでなくてはならないということがはっきりしたのだった。論理的であり、明確であり、つり込まれてしまうほどエネルギッシュでなくてはと。勿論、ゴーリキーのレーニン実録には多くの聖油［聖なる言葉］があり、多くの、おかしな、あいまいな細部がある。ゴーリキーの部屋のシーツが乾いているか、イリイチが触れて調べるシーンは、それに相当する。だが、こうしたことすべてのあと、まれなほど魅力的な形象がところどころ現われる。とりわけ、異様なほどのレーニン的素朴さが目につく。彼は、実際、歴史を利用し、それを支配することができると思った……。実際は、すべてまったく逆の状況にあるのだった。歴史が帝国の瓦解と復興のために、ロマーノフ王朝には力も合法性もなかったために、彼を利用したのだった。だがこのことは、はるかあとになって明らかになったのだった。当面は、ゴーリキーはレーニンのオプティミズム——ロシア革命の失敗のあと著しく減退した——に感染したのだった。

敗北は深刻だった。ロシアはストルイピン——そのときまで保守主義者や国粋主義者の偶像を務めた地主宰相——が支配していた。偉大なロシアの命題——ストルイピンとその同調者には必要だった——が提起される。つまりは大変動は必要ないということだ。ああ——保守主義者たちはいつも思いつかないのだが、大変動なくして偉大なロシアは存在しないのだ。だが、国内に強い反動が到来し、変革に敏感なインテリゲンチアは、いましがた、赤いリボンをつけ、言論の自由を歓迎していたのに、性の問題や神秘的な探求に色濃くかかわる始末だった。ゴーリキーはこの時期をこの上なく暗黒の時期として回想したが、恐らく、彼は幸運だった。この陰鬱な時期をイタリアで過ごすことができたのだから。ロシアにおけるゴーリキーの声価はこの時代、深刻な低下を経験した。彼は最終的に決定的に流行遅れになってしまった。彼のことは回想され、彼の作品は刊行されたが、しかし、もはや彼を模倣しようとはしなかった。「知識」の寄稿家たちを「シポーヴニク[27]」が誘致した。アンドレーエフは神秘的な戯曲を、クプリーンはエロチックな作品を書いた。ゴーリキーは彼らを口汚く罵ったが、以前の影響力はなかった。

この悲しむべき時期、彼は数人の同調者と一緒に、カプリで亡命労働者のための党学校を作り、ついでに、ロシア・ボリシェヴィズムに、ちょっとは人間らしい顔を付け加えようと考えた。彼にはまるでわからなかった――どうして、彼のすばらしい友人のレーニン、ルナチャールスキー、そして、ボグダーノフがしょっちゅう論争しているのかが。彼の見方では、これはドグマや文字面《づら》からの論争であった。一方、社会主義は生き生きした、陽気な人間の事業であり、それは審問なしに作る必要があった！　こうしてカプリ学校――恐らく、ロシア革命史上、最も前途有望な異端――の思想が登場した。すでに一九〇七年、ゴーリキーは『告白』を著わしたが、ギッピウスの見解によれば、それはインテリゲンチア層に彼の株を高めた。一九〇〇年代末は、四十歳のゴーリキーには、建神主義――彼がまったく一度たりとも完全に拒否することのなかった思想――の旗印のもとに過ぎていった。

十八

思想上からは、建神主義は革命後の再生派[28]、教会の動向――ほとんどすべての宗派、無神論

▼27　1906年、ペテルブルクで創立された出版所（1917-22年、モスクワ）。モダニズム傾向の文学（とりわけシンボリズムのロシア作家作品、外国文学作品）、哲学、劇作品を刊行。年報「Ⅲ」を発行。「シポーヴニク」は「ノイバラ」を意味する。

▼28　十月変革（クーデター）以後のロシア正教改革派。

者すらもが、これの軽蔑で一致した――とほんのわずかしか異なるところはない。彼らは双方の側――急進的なボリシェヴィズムの側からも、正教の立場からも、破門に付された。キリストを反キリストと和解させることはできない。なるほど、教会の多くが再生派によって救われた。だが、実際のところ、彼らのうちの誰しも弾圧を免れなかった。ただおのれの名を穢《けが》しただけだった。

仲間からも敵からも尊ばれない、中途半端な、妥協的な人物がいる。全力を尽くして、怪物に「人間の顔」という名のゴムの仮面をかぶせようと努める人々である。ときとして、かかる協調主義者が比較的うまくいくこともあり、ときとして、そうはいかないこともあったが、通常、彼らの栄誉は、後世の人々には格別よくは思われない。リベラルが評判の人民委員ルナチャールスキーはあまりうまくはいかなかったのに、自分の名声で、ロシア・インテリゲンチアを迷わせ、のちに台無しにするのを助長した。だが、こうしたことはすべて、この上ない善意からだった。同様なのがボグダーノフ――はじめはマルクス主義者、のちにはマルクス主義のいやがうえにも確信的な敵対者――の運命だった。ゴーリキーは彼が大変好きだった。

建神主義の思想自体はやはり同じゴーリキーによって最も明快に方式化された。彼は総じて、この運動《キャンペーン》の中で、誰よりも上手に措辞を選んだ。『告白』はかなり通俗的な作品で、レスコフの遍歴者の文体で書かれ、分離派、とりわけ去勢派の書物に生ずる熱狂に貫かれている。そこでは、主人公はいつも考えている――どうして神はこうもほとんど人間を愛さないのか？　彼は遍歴に出立し、人里離れた森で修行者（ゴーリキーお気に入りの、ナロード出の信仰の師）

を発見する。修行者は彼を開眼させる――神はまだ存在しない、神をみんなの力で創造すべきだと。この教説の信憑性の証明として、奇跡が起こる。霊感に満たされた労働者の群衆が修道院を通り過ぎているとき、麻痺した女は癒されるのである。神は素朴な、働く人々が創造しなければならず、この神になるのは、彼らの集合した良心である――ほぼこんなふうに当時のゴーリキーは判断したが、この教説はこれ以上なくその本質を表現していた。生きた、現実の人間そのものに、彼は耐えることができなかった。というのは、人生で多くのことを見過ぎたからである。それゆえ、心の情熱すべてを燃やして愛したのだ――何かしら、抽象的で、決して存在せず、誰も目にすることのなかった人間、ツァラトゥストラとマンフレッド、さらに、願わくはハンマー手との混合体を。まさしくこの人間――真・善・美を愛し、いつもどこかへ進み、何かを克服している――こそ、彼の英雄であったし、かかる人間を期待して、カプリの特性を持った社会主義が建設されるのだった。

イタリアではすべてが人間化された社会主義の建設を促した。この国の最も嫌悪すべき特徴――例のよそ者嫌い、慢性的な怠け者根性、仰々しさ、貪欲、物価高、大理石の廃墟での絶え間ない泥棒市――ですら、すべて、お伽話のような、空と海の青さでつぐなわれる（わがクリミアの海はもっと緑っぽく、空はもっと霞んでいる）。ここには煙を吐く火山も、煙の中の山々も、執拗なほどたっぷりした日光も、激しい釈明から同じほどに激しいやさしさの表明への瞬時の変化もある。つづめると、世界中のどこにも、上品な、人間的でさえある外貌の思想がかくも文字通りに実現されるところはない（付け加えると、毎秒、あなたはあなたの異質さが執拗に想起され、一瞬、あなたは値踏みされ、オデッサよりもあっさりだまされ、からかわれる)。社会主義は当時、ゴーリキーには労働する人々の途切れることのない祭日として描かれた。イタリアの労働する人々が総じて怠けやすく、とりわけ飲酒に走る傾向があるという事実は、彼には社会主義への生来の傾向の現われに思われたし、理想の人類の未来は、花火のある、カプリの大祭日のように思われるのだった。この村の祭日気分は『イタリア物語』に刻印されているが、この作品は今日の好みで読むことは絶対にできない(ゴーリキー本人も、この作品を好んでいなかった)。イタリアでは、レーニンがのちに、この上なく腐敗した、この上なく非社会・民主主義的虚偽として烙印を押した潮流、他ならぬ建神主義、人間化した変種のマルクス主義が全盛だったのももっともなことである。それは鍛え直されたものの、ほとんど変わらなかったルナチャールスキーの、終生気に入っていたものだった(ルナチャールスキーはまったく漕ぐことができなかった。ゴーリキーは彼に教え、二人は終日、港からいわゆる海門——アーチのある巨大な岩——まで行っては戻った)……。

『告白』を読み、そして、社会意識に関するボグダーノフの著作のうちのどれでもよいから、それに目を通し、そして、ルナチャールスキーの論文と演説のページをめくるなら、ひどく濃厚で、甘ったるい、安版画風な悪趣味の感じが起きて、いやはや何ともやりきれないほどになる。そして、恐らく、人間(いわんや神)の顔をした偽物のマルクス主義は、レーニンのマルクス主義——究極的に平板かつ残忍、世界から、どんなものであれ、魅力的なものをなくしてしまう——よりももっとたちが悪い。だが、(ロシアの)カプリ住民により開設された学校は、恐らく、РСДРП《エルエスデーエルペー》の全歴史で、最も好感を与える——回顧的に見るならば——社会主義的方策だったろう。ゴーリキーは二十人の労働者をブレズス荘に住まわせ、食事を供した。その中には、腎臓と肺を欠いた美男のヴィローフがいた。このヴィローフは、はじめは熱烈なゴーリキーの同志だったが、あとになって、建神主義を拒否して、レーニンの側に移った。だが、はじめはみんな、ひとつ、感動的なほど一枚岩で、みんな、休息し、たらふく食べ、魚をとり、講義を聴いた。ゴーリキーは文学史、ルナチャールスキーは哲学史、ボグダーノフは経済学、ポクロフスキーはロシア史概論を講義した（ポクロフスキーはレーニンの序言をつけて、講義録を出版した。レーニンは、十分評価せねばならないが、たとえ、かつての論敵であっても、真の同志を評価することができた）。これぞテレームの僧院▼29——思わず、見ほれてしまう——だった。

　レーニンには、当然、こうしたものはすべて、ひどく気にいらなかった。ゴーリキーは神という言葉で、彼が人間の中の動物的エゴイズムの抑制、大ざっぱにいえば、良心を理解していると、レーニンに説明しようと努めた。レーニンは答えて、神なんていうのはいつも悪《わる》、忌まわしいもの、この上なく嫌悪すべき、ウソっぱち……と、名だたる長広舌をふるった。神に関しては、レーニンは、冷静な無神論的否定と何ら共通するところのない、説明できない、激烈な憎悪があった。二回、カプリで——八年の四月と一〇年の七月——レーニンはゴーリキーと猛烈に論争し、たとえ一回でも彼の学校で講義することを断乎拒否し、最後には、この学校全体を、事実上、廃止した。彼［レーニン］はロンジュモ▼30に自分の代替の学校を創設した。そし

▼29　ラブレー『ガルガンチュア物語』に出てくる、修道士ジャンの希望で建てられた僧院。教養のある男女のみ入ることができ、唯一のモットーは「汝の欲するところを行なえ」であった（ゴーリキーの自由気ままなカプリの学校が皮肉交じりにテレームの僧院になぞらえられている）。

▼30　パリ南方の町。1911年、ボリシェヴィーキの党学校があった。

て、プロレタリアートの大部分はそちらに移っていった。このようにカプリでロシア革命の運命は決定された。あらゆる理想主義と慈悲を排除した、レーニン的素朴が勝利した。「ロンジュモには今日、製材所がある。レーニンの学校に？　ロンジュモに？　エスキモー[31]のように褐色の製材が切口で我々の目をくらました」、ヴォズネセンスキー[32]はびっくりするのだったが、首領の名と結びついた、この地方が、何か別の非博物館的様相で、多分、利用され得るとはわかっていなかった。ブレズス荘には、現在、ホテル「クルップ」がある。そして、すべてはまたも正しいのである。カプリの学校とパリのとは、製材所とホテル同様、同じく典型的に対照的である。ゴーリキーはみんなを養い、レーニンはみんなをのこぎりで挽いた［がみがみ叱った］。

もっとも、このことさえ、彼らを不和にしなかった、二人は互いの価値を知っていた。ゴーリキーはレーニンの側に未来があると理解していたし、レーニンはゴーリキーがいなくては、その未来まで行き着けないと理解していた。カプリの学校の瓦解のあと、ゴーリキーはしばらく傷心状態だった。彼は執筆に取りかかった。そしてほどなくカプリで、彼の最良の作品群が書かれたが、それらは一〇年代半ば、彼にロシア文学のトップの散文作家の栄誉を、有無をいわさず取り戻した。

▼31　チョコレートでくるんだアイスクリーム。
▼32　ニコライ・マクシーモヴィチ・ヴォズネセンスキー（1903-50）。ボリシェヴィーキの経済官僚。

第三部　逃亡者

一

ゴーリキーのカプリ生活は、無論、文学的および政治的議論になることはなかった。それは多分、彼の生涯で、彼が素直に生きることを自分に許した、最初の時期だった――新しい古典作家、プロレタリアの散文作家、戦士、ナロードの英雄、等々のイメージを絶えず維持する必要へそれることなく。ここでは、彼のことをほんのわずかの人しか知らなかった。知っていたことは、ツァーリに追放されたロシアの作家だということ、貧乏でない、金離れのいい客だということだったが、こうした理解は最もありきたりのものだった。ここには、ロシアの、嫉妬深くて、いいがかりをつける監視はなく、絶えざる尾行もなかった――ゴーリキーはそれなりに分相応だったか？　ブルジョア化しなかったか？　お高くならなかったか？　こうしたものは総じて、ありとあらゆる土地の住民を大気の柱のように圧迫する、すぐれてロシア的特質である。不自由な集団の中では、みんな、特別に注意深く、お互いを監視する――誰かのぼろやへま（あとで優位に立つため、時宜に適した非難のため利用できる）を目にはしないかと。ゴーリキーには多くのことが容赦されなかった――名声、金、清廉な評判（彼には政府との妥協はなかったし、困窮している人々を大いに助けたり、心して一貫した志向に努めたりした）も。ロシアでは誰しも、とりわけ、注目を浴びている著名な人物は何千もの邪悪なまなざしのもとに生活している。ロシアの古典作家のうち、ゴーリキーほど愛された人はほとんどいないが、しかし、彼ほど憎まれた人もほとんどいない。イタリアでは彼は力を抜いた――ここでは誰しも好きなように振る舞うことができたから。

お気に入りの気晴らしはここでは「魚狩り」だった――それは通常の漁にほとんど似ていなかったから、そう呼ばれた。ここでは釣り糸で釣るのは男の子だけだった。彼らはレーニンに指で釣る▼1「ドゥリーニ、ドゥリーニ！」を教えたように、進んで教えてくれる。本職の漁夫はサメを捕獲したが、これは危険な、長い時間のかかる捕り物だった。ウクライナの作家、ゴーリキーお気に入りのミハイル・ユツュビンスキー（実際、彼はすばらしい散文作家で、今日、彼の傾向は「マジック・リアリズム」と呼ばれる）はカプリの漁を次のように描いている。「大小のサメが網にかかる。大きいヤツは水中で殺さねばならない。他でもない、こいつらを生きたまま舟に引き上げるのは危険で、手足を噛み切られかねないから……。あらゆる魚が網にかかる……。最後に、恐ろしくなるほど大きなサメが引き上げられる。これは猛獣で、魚ではない……。あわや我々をひっくり返さんばかり、尾で叩き、大きな白い口をあけ――三列の大きな歯があり、人間の頭二つが入ってしまえる――、恐ろしい、野獣の、緑色の悪魔のまな

▼1「指が釣り糸の揺れを感じたら、釣り糸を引っ張って食い込ませ」（ゴーリキー『В《ヴェ》・И《イ》・レーニン』）釣り上げる。なお、本書では、レーニのばあいも、子どもが教えたように読めるが、『В・И・レーニン』では大人の猟師がレーニンに教えている。

ざしをきらり、きらりとさせる。こいつを引っ張ってくることはできず、縄でぐるぐる巻きにし、鉄で殴打し、舟に結わいつけるのだった」あるサメは、画家ブロツキーの回想に描出されているが、舟を海岸から一キロメートルも引っ張っていった。こいつを海中で打ちのめし、引き船で引き戻す始末だった。サメの心臓は一番の主賓に出されるのだが、それはすでに胴体から切り取られているのに、さらに二時間ほど動悸をつづけた。漁のあとは、カプリ風ウファ［ロシア風魚スープ］を味わい、沢山飲んで（ゴーリキーは全然酔わないという能力で目立った）、水浴するのだった（彼はこの気晴らしがあまり好きでなく、海岸から見守っていた）。

大部分のロシアの散文作家には、亡命はどうにもならぬ郷愁ゆえに、深刻な体験となったが――ゴーリキーのばあい、この面でもいささか別物だった。彼はロシアをよく知っていたが、それはより良い面からのではなかった。彼はかなり長いこと辛抱した。「背中の皮が笑いで破れてしまいそう」な、この上なく変てこな国だと、アメリカを自ら評したにもかかわらず、ロシアは、いまはもっと悪く、もっとむかむかすると、手紙で告白していた。差し迫ったヨーロッパ旅行がうれしく思われた。当初のカプリでは、彼の手紙には、母国の回想のさい、何の感動も何の憂いも見つからない。彼がロシアのことを書いた作品の中の最良のものとして、多くの人々――真先にコルネイ・チュコーフスキー――は、一九〇九年に書かれ、一九一〇年に出版された中編『オクーロフ町』を挙げている。この作品はゴーリキーの創作では、事実上、孤立しており、これから恐らく成熟期のゴーリキーが始まっている。それはどこかでブーニンの『スホードル』と類似しており、無主題の、詳細・念入りな散文叙事詩で、この上なく並外れた、日常茶飯の地方生活を歌いあげ、神話化している。だが、ここでも、純粋な郷愁、まして感動のあとかたもない。あるのは、遠くからでも、ロシアとは何ぞやということを解明しようとする試みである。この問いを常時、登場人物たちは自らに発している——土地の賢者、変人、力持ち、怠け者、酔っ払い、娼婦。だが、彼らに答えはなく、作者も沈黙しているし、神も解明を急がない……。すべてがある——美、発明の才、力（ゴーリキーのオクーロフでは、昔の手作り品が開花している。ここには驚くべき美しさの毛織のプラトーク、ショール、ドレスがあふれ、市《いち》全体が、いろとりどりの、あたたかな感じのする、この上なしの品物が積み上げられ、オクーロフ自体、灰色のロシアの平原の、まだら模様の場所だ）。ところが生活はない。ゴーリキー風にいえば、生きていける場所がない。この身の置き所のなさ、退屈、憂鬱にすべてのオクーロフ住民は嫌気がさしており、この行き場のない憂鬱を消すことは、ヴォトカにも、色恋にも、殴り合いにもできない（もっとも、このセットの中のいずれも、オクーロフ住民は軽蔑しない）。実をいうと、このあざやかで、息苦しく、無意味な日常は、ここ［カプリ］のゴーリキーの住まいで書かれた。それはただ単に説得力があり、表現力に富んでいるだけでなく、音楽的で、彼の初期の作品では出会えないような、見事で簡潔な的確さを持つ。

八月の末だった。空は細かい雨をまき、通りは小さな水流が音を立て、冷たい風がときおり吹き、木々は低くざわめき、黄色い葉が地面に落ちた。どこかで、カラスが湿った声でカアカア鳴き、鐘は鳴り、桶屋は桶や樽を打って音を立てた。

これはほとんど詩だ。ここにはリズムも頭韻法もあり（「桶屋は桶や樽を打って音を立てた」▼2）、また小説の中にはかような情景はほとんど毎ページにある。登場人物の描写ははじめて控え目になり、そのくせ、瞬時に思い出される。多くの批評家は、ゴーリキーは量にものをいわせている、彼の主人公たちは必要以上に多いと非難した（ただし、これもまた、はなはだロシア的なことだ。ロシアには自分を余分だと感じている人間がいっぱいいる。彼らはどんな仕事にも就く機会がない。他でもない、仕事がほとんどなく、みんなに一斉に役割を振り当てる全体計画もないから）。ゴーリキーの散文作品では、実際、三等客車のように、たまたま居合わせた人々で押し合い圧し合いしている。だが、オクーロフでは、彼らはすべてはじめてしかるべき場におかれ、それぞれに人物タイプがあり、それぞれが簡潔・周到なタッチで描き出されている。小説の筋は三つの事件に集約される。日本との戦争、オクーロフとの郵便中止（郵便馬車は突如停められ、町はロシアから切り離されたように感じた）、そして、終わり近く、若い詩人、いく分痴愚の、セミョーン・ジェーブシキンの殺害。嫉妬から、ヴァーヴィル・ブルミーストルが彼を絞殺したのだ。同時に、［一九〇］五年に、詔書がオクーロフまで到着する、「みんなに自由が出た！」。この自由により町では、通常——ミハイルの日▼3にやってきた殴り合いと同じものが始まる。注目すべきは、地方ロシアがリアリスト・ゴーリキーの作品で、夢見の予言者・象徴主義者ソログープの『小悪魔』と同じ色合いで、多くの部分が一致して、描出されていることだ。そこには、退屈も、残忍も美も、絢爛さも、幻想——ときには手の込んだ、

▼2　邦訳で示すのは無理。強いていえば「アメンボ、アカイナ、アイウエオ」のようになっている。

▼3　聖天使首ミハイル大聖堂の祝日。11月8（新21）日。食糧は沢山あり、ふところも豊かで、陽気に過ごされる。

サディズム風の、ときには祝祭的、創造的な——の異様な暴発もある。そして、こうしたすべては意味も出口もなく、動きもない。オクーロフのテーマはゴーリキーの『マトヴェイ・コジェミャーキンの生涯』——『クリム・サムギンの生涯』以前の彼の最大の長編——に引き継がれる。

二

この長編の世間の評判はよくなく、今日、大方のところ、誰もおぼえておらず、いかに悲しむべきことだとしても、それが当然の報いというところだ。大規模な作品はゴーリキーにはうまくいかなかった。それに総じて、こういうのはやりきれないが、世紀初頭のロシアの長編はほとんど決まってよくない。当時、誰か、自分の時代のあとにまで残った、真の大規模な散文作品を書いた者がいただろうか？　家族のサガ［叙事詩］は作られなかった。ロシアではおのがブッデンブローク家もフォーサイト家もなかったし、それに総じて、誰も、トルストイとドストエフスキーをのぞけば、大規模な長編は書けなかった。このことは、大規模な長編には、マンデリシュタームのいったことだが、「トルストイの大所領かドストエフスキーの流刑が必要である」ということ、あるいは、つづめていえば、強固な伝統制度へのトルストイの信念と、かくも多くドストエフスキーに内在する、そうしたものへの不信、来るべき瓦解の恐怖、精神の健康に対する精神の病気の勝利の確信というものに、恐らく、結びつけられているのだ。チエーホフの時代、この制度はもはやほころび出していたが、ゴーリキーにとっては、その摩耗と時代への不適合とが何より目立った。トルストイにとっては、貴族、ナロード、インテリゲンチアはやはり統一体であり、それぞれおのれの立場を知っていて、この立場で努力するのだった。二十世紀の一〇年代には、すでにいくつかのロシアがあり、一つのテーマでは決して結びつくことはなかった。個々の地方、あるいはインテリゲンチアのロシアのことでは、叙事詩的長編は書けない。空想するか――『創造された伝説』のソログープのように――、だが、やはり何もよいものは現われなかったし、あるいは、日常生活描写をするか――『マトヴェイ・コジェミャーキンの生涯』のゴーリキーのように――、だが、長編には核心になるものは何もなく、事件がだらだらと、うんざりするほど、そして、無理やり入れ替わり、この本の最も頻繁な言葉は「退屈」だ。生活は過ぎていくだけ、過去などはないみたいに。人々はおたがい、どうしようもないほど無縁である。共通の仕事も共通の価値もない。当のコジェミャーキンも自分の生涯の総括を書き留めている。

私にとって恐ろしくて、つらいのは死ではない。この孤独の、寄る辺なき生がつらく、恐ろしい。こうしたことはどうして起こっているのか、そして、なぜに。厖大な数の人間が地上にいるのに、私は彼らの間に、あたかも自分などいなかったみたいに生きてきた。いつも自分自身のことだけの貧しい考えをして生きてきた。まるで殻の中のヒヨコ――孵るだけの力が見つからなかった――みたいに。考える――そして、私には思われる。そら、誰にも知られていない、みんなに必要な思想が私に訪れたと。それらを書き留めると、それらは紙から、獅子鼻《ししばな》のモルドヴァ人みたいに、こちらを見る。みんな、同じ顔をして、みんなの目は半ばめくらで、病気のせいで赤く、涙ににじんでいる。

コジェミャーキンがゴーリキーにはほとんど似ていないにせよ、ここには、本人の嘆きがある――どうして彼はいつでもどこでも退屈なのか？　どうして彼は何ものにもふれず、さわらず、変えることなく、人生を過ごしてきたのか――彼の活動は巨大かつ激烈であり、栄光は先例がなかったのに？　ヨーロッパなら、かかる勇士は国家を揺るがしただろうに、そして、イタリアでは、当然のことながら、彼の名は今日に至るまで感謝の思いに満ちた記憶に取り囲まれているのに――ロシアでは今日、ますますもって、軽蔑と退屈の思いで回想される。肝心なことは『マトヴェイ・コジェミャーキンの生涯』に、はじめて、あらゆる活動の恐るべき不毛が現われているということだ。そして、あらゆるゴーリキーの大規模な散文小説――『フォマー・ゴルジェーエフ』、『三人』、『オクーロフ』の語っているのは、ロシアの閉鎖された世界へ、大型の、強力な、創意に富んだ人々が到来し――そして、何ものも進捗させずに、空しく滅びていくということである。ありとあらゆる課題を彼は自分に課し、何という巨大な道を踏破したことか！　そして、こうしたすべては、暗いロシアの深部を瞬時も揺り動かしはしなかった。つまり、生じたのは表面の何やらのさやぎだった……。『コジェミャーキン』の登場人物たちは愚痴をこぼす――自分に、おたがいに、長老に告解で――「恐ろしい憂鬱、自分にふさわしい場所がなく、平安が見つからない……」。どうして？　他でもない、それは何ものにも意味がなく、時計工場の何ものも、この生活を変えられないし、すべての努力の空しさが、早晩、手当たり次第、首を絞めるようになるからだ。なるほど、オクーロフに、終幕近く、何やら新しい人々――ただ自分のためにでなく、生きようとしているかのような――が現われる。ここでゴーリキーはいつものように楽天的に、流刑者やマルクス主義者を注視しているが、しかし、それは彼がマルクス主義を好んでいるからではなく、彼らの中にロシアにとって、基本的に新しい――何かを信じている、叡智に満ちた、活動的な人間の階層を目にしているからである。しかし、彼らは『コジェミャーキン』では、すこぶる型通りに、表面的に描出されているので、彼らの贖罪的役割や来るべき勝利に対する、特別な信念を読者は実感できない。こうした陰鬱な書物と『イタリア物語』――うわべを飾った、有頂天で饒舌ながら、生の喜びにあふれ、きらめいている――との対照のいかばかりのことか！　勿論、ゴーリキーのイタリアは本物のイタリアとはほとんど似ていない――それは原則的に、ここにあるすべてを理想化している、異邦人の目に映ったものである。だが、生活はここでは意味が貫いている――神の名がここでは空しいひびきではないことからだけでも。そして、全シリーズが次の確信をもってめでたく終わるのも、もっともなことである――「そしてすべて我々は死者から復活する、死をもって死を踏みにじって！」。たしかに、キリストはここではむしろ異教のもので、彼は「春の神」と呼ばれる。だが、喜びは真実のものであり、結束の感情もまた本物である。ゴーリキーの世界では、ロシアとイタリアは陸と海のようである。

永遠に何やら歌っている、悪賢い海は、そのはるかな彼方へ泳いでいきたいという、克服しがたい願望をかき立てながら、多くの人々を、それは岩だらけの、ものいわぬ陸から奪っているが、陸はあまりに多くの湿気を大空に求め、あまりに貪欲に人々の実りある働きを欲しながら、ほとんど喜びを与えはしない――ほとんど！

三

だが、この喜びのないロシアへ戻ることをゴーリキーは望んだ――ロシアを恋しがってというよりも、本当の仕事がしたくて。イタリアは、はるかにロマンチズムの傾向のあった、レオニード・アンドレーエフにさえ、本物でない、描かれた、お人形めいたものに思われた。ましてゴーリキーはそこに真の生活のための鼓動を感じなかったし、それに、指導者としての活動をしたかった（イタリアでは、そうした仕事は、ロシア・コロニーの世話役や土地の子どものための催し物にかぎられていた）。ロシアで、ロマーノフ家三百年祭による恩赦が発表されるや、レーニンはゴーリキーに「多分、文学者の恩赦は完全なものになるらしい」と書き送り、実現可能な帰還に関する情報をさぐり出すようすすめた。一三年中、ゴーリキーは『幼年時代』を執筆した。「ロシアの言葉」に発表された直後に古典と認められた作品である。実際、それは大変すぐれた散文作品で、作者の理論上の逸脱によって損なわれたところはほとんどない。だが、自身の過去に向かうことは、危機――新たなテーマ不足が露呈していた。新しいロシアは何を生きがいとして、どのように生きているのか、彼は知らなかったし、文学によって、このことを判断することはできなかった。この時期、リアリズム文学は、事実上、終わってしまったからである。文学の主流だったのはモダニズムで、中心手法は様式化、雑誌には幻想・歴史・性の小説があふれていたが、同じ一九一三年に完結した、アンドレイ・ベールイの『ペテルブルク』のような長編によっては、ロシアの現実について何かしら理解することは困難だった。この新しい文学については、ゴーリキーはつとに一九〇八年、論文『個人の崩壊』で描出し、いわゆる反動期のロシア社会の退化現象をかなり的確に予告していた。

現代の文学者が国家の運命に関心を寄せているとは考えかねる。『恐るべき勇士たち』でさえ、この点を問われたら、恐らく否定はすまい。すなわち、彼らにとって祖国はせいぜい二次的な事柄であること、社会問題は個人の存在の謎ほどの力で彼らの創作を刺激しないこと、彼らにとって肝心なのは芸術――時代の利害を超越している、自由かつ客観的な芸術であることを。かかる芸術がありうるとは想像しがたいことだ。他でもない、意識するにせよ、しないにせよ、何らかの社会集団に惹《ひ》かれることのない、精神的に健常な人間が、この世にいるとは想像しがたいからだ。

さらに、この論説でゴーリキーは、ロシア文学がロシアの革命家を意識して貶め、あるいは、それ以上に、客観性を装って、革命家を直接罵ったとして非難する。もっとも、彼には同意しかねる。一九〇〇年代及び一〇年代のロシア文学は、革命家が残忍、自信過剰、躁状態ほどに偏狭で、あるいは、精神的にアンバランスな人間であることを目撃しており、ただゴーリキーだけが、明るい未来を目指す自分の側の戦士を絶えず理想化しているとなると、彼のロマンチックな夢だけでは、こうした数十の証拠を凌駕することはできないと認めざるを得ない――彼の同時代人全員がそうでない側の社会集団に属しているため、反ナロード的偏見にとらわれていたとしても。その代わり、別の検証では、彼は無条件に正しい。個人の崩壊の時代が始まった。大衆運動、大衆文化、さらには、大衆幻覚の時代が到来した。この意味で、ゴーリキーの論考『個人の崩壊』はブロークの論考『ヒューマニズムの瓦解』を先取りするものだった。いかなるかたちで、この瓦解が実現するのか――勝利したプロレタリアートが自らの法則を樹立するのか、それとも、住民が自らの好みを強要するのかは、枝葉末節のこと、個人はどちらでも難儀する。

四

一九一三年十二月、ゴーリキーはペテルブルクに戻った。どんな妨害もなされなかった。たしかに、ナポリのロシア領事は、逮捕されるかもしれないと警告したが、誰も彼を逮捕せず、尾行すら、すぐには復活しなかった。ゴーリキーの帰還は絶え間ない歓迎を伴った。普通の読者――最下層、商人、プロレタリアートの――からの、そして、ノヴォトルシスキー郡の農民からの――これはなぜだか彼をとりわけ感動させた。勿論、これは一九二八年、彼を手車に乗せて、白ロシア駅から住まいまで運んだときの、嵐のような歓迎とは比べものにならない。だが、多くの人々はゴーリキーの到着を、希望を与えてくれる、良き社会変革の印とみなしたのだ。彼はピーテル近郊のムスタミャッキ村に住まいを構え、そこで祖国の指導者としての活動に没頭した。出版所「帆」を始めて、雑誌「年代記」を編集し、その芸術部門を主宰して、プロレタリア作家、ナロード出の文学者の作品集をまとめて出版した。

> ますます沢山の武骨な詩、未熟な散文が送られて来、ますます高く元気に筆者の声がひびいてくる。生活の下層で人間に世界とのかかわりの意識が燃え上がっているのが、名もなき人間の中におおらかでのびのびとした生活への志向、自由の渇望が成長しているのが感じられる。

この時期、彼は喜びと祝賀の予感にあふれていた。新しい革命的高揚は間近で、それは文化的高揚になろうと、彼には思われる。プロレタリアは賢くなり、人数が増大し、読書をして、考える習慣を習得する――つづめると、暗い時代は過去のものとなったのである。「私は自分をかほどにロシアの生活にとって不可欠であると感じたことは一度もなかったし、かほどの元気を久しく実感したことはなかった」、彼は手紙に書いている。だが、喜びは長続きしなかった。一九一四年の戦争は、すぐさま、その範囲に全世界をとらえ、世界を意気消沈に陥らせた。

いつものように、国外の挑発はロシアでは国内の抑圧の高波を誘発した。革命家の間に大規模な逮捕が始まった。明らかに、祖国の団結と分裂分子の排斥のためである。戦争はロシア文学──そしてロシア社会を分裂させたが、それはまさしく、深刻な慢性化した病気の最初の兆候だった。健康な集団は試練に耐えることができ、ひとつにまとまるが、病気の集団では極限にまですべての分裂が先鋭化する。一九一四年の戦争は、ゴーリキーとアンドレーエフのような、それまでは、鉦《かね》や太鼓で囃し立てようが、きわどい中傷をしようが、別れさせられなかった、忠実な友をさえ仲違いさせた。圧倒的多数のロシア文学者（そして、大部分のインテリゲンチア）は唯々諾々と戦争を受け入れた。部分的には彼らのことは理解できる。作家や知識人は、その全体としてはノイローゼ患者であって、彼らにとっては、長らく嵐を待っているのは、嵐そのものよりも気が重い。腫れものが口をあけた──まあ、よかろう。とうとう新しいものが始まるから。加えて、永遠の理想主義者アンドレーエフは、ストルイピンの「安定化」と引き続く不景気の年月に倦み疲れて、戦火がロシアを清めてくれると信じた。ロシアにようやく強くて勇敢な人間たちが現われ、国を沈滞期から引き出してくれると。反対にゴーリキーはこうした最上の人々を戦争は真っ先に滅ぼしてしまうと推察した。ゴーリキーが「年代記」で、強烈な反戦プロパガンダを始めると、レオニード・アンドレーエフ（創刊された、明白にショーヴィニズム傾向の新聞「ロシアの意志」の編集長に任命された）は莫大な稿料で同僚を誘い、一緒になってロシア愛国主義をよみがえらせようとした――かようなロシアを愛して、そのために滅びるなんて、実際のところ、きわめて困難だったにもかかわらず。ゴーリキーもアンドレーエフも人間として理解することができ、どちらが、究極のところ、正しいかはいえない。ロシアは誰の肩も持たないような国だ。ゴーリキーが正しい――戦争はロシアを滅ぼしたから。だが、アンドレーエフも正しい――戦争がなければ、国民を鍛えあげることはできないから。ロシアにとって、かかる国民形成の要因となったのは大祖国戦争▼4だった。それは「ソヴィエト国民」のような統一性を作った――そんな統一性など、決してなかったと、いかに今日、我々を説得しようとしても。だが、一九一四年のロシアには、国民を戦争に立ち上がらせる理想がなかった。それゆえ、アンドレーエフのロシア復興のユートピアは実現しなかったのである。総じて、かような議論においては、流血の反対者として登場する人物が面目を維持する。ゴーリキーはアンドレーエフより見栄えがした、そして、そのことを自覚していた。

彼の、マヤコーフスキーとの短いが、しかし、騒然たる友情の始まりは一九一五年のことである。この曖昧模糊とした出来事は、多分、ゴーリキーの全文学歴で、庇護の拒否された、唯一の明々白々の事例である。二人の中心的な革命の歌い手、同志、そして、恐らくは友人として、のちに聖列に加えられ、ソヴィエトのすべての学校のフロントン［破風］で隣り合っていながら、――この評判に彼らはまったく相応していなかった。ゴーリキーは革命を受け入れず、マヤコーフスキーはゴーリキーを受け入れなかった。彼らの間で何が起きたのかを理解するのは今日では困難である。始まりはすばらしかった。ゴーリキーは若手の才能を引き立てるのが

▼4　祖国戦争（1812年の対ナポレオン戦争）に倣い、対ナチス戦争（1941～45年）を大祖国戦争と呼ぶ。

好きだった。いまだに自分を祖国の文学のリーダーと感じて（翻訳や新聞雑誌における言及の数からはその通りだった）、この立場の高さから、新進を手助けすることを自分の最優先の義務としていたからである。新進は——初歩的な助言や出版を不可欠としているプロレタリアート作家でさえなかったなら——とうてい、このことをありがたくは思わなかった。病的な自尊心を持ったマヤコーフスキーは総じて、たとえ、この上なく好意的なものであっても、後見には我慢がならなかった。公正を期すために記すが、ゴーリキーの後見や庇護は被後見者が名を成すまでは一様につづいた。そのあと、ゴーリキーは、相手には、原則として、冷淡となるのであった——いく分は嫉妬の気持ちからか、あるいは、作家が我が道を歩み出し、自分は庇護役御免となったことに心を痛めてか。こうしたことはクプリーンに対しても、いく分かはブーニン（絶縁の主導権をとったのは、他ならぬブーニンだったとはいえ）に対しても、レオニード・レオーノフに対しても起きたが、すべての教え子、被後見者のうち、よい関係の保たれたのはただ「セラピオン兄弟」のみだった。それはすばらしいペトログラードの時期、二一年、芸術の家、「世界文学」のことを彼になつかしく回想させるからだったが、しかし、それは「セラピオン兄弟」からはゾーシチェンコ▼5以外、誰も当時の執筆作品を凌駕することがなかったということからも説明できる。フェージンもフセヴォロード・イヴァーノフ——少なくとも、刊行された原本では——も、時代の命ずるところに従って、すみやかに低落していった。

　マヤコーフスキーのばあい、彼は初期にもこの上なく容易ならぬ話し相手であって、挑戦的な、しばしば遠慮会釈ない無作法な振る舞いをした。未来派のせいか、教養不足のせいかは御

▼5　ミハイル・ミハイロヴィチ（1895-1958）「セラピオン兄弟」のメンバー。20年代、最も人気のある風刺作家だったが、その作品が反ソ的であるとしてしばしば物議をかもし、1946年にはいわゆる「ジダーノフ批判」をまっさきに浴び、作家同盟から除名された。スターリン死後、復権したが、不遇な晩年を送った。

推察に任せる。最初、ゴーリキーは彼を自宅に招いて、彼の『ズボンをはいた雲』の朗読を聞き、マヤコーフスキーの回想によれば、彼のジャケット全部を涙でぬらした。そのあと、彼は『幼年時代』にサインをしてくれた。そのあと、彼と定期的に会い、彼を未来派集団から唯一の真の詩人として抜擢して、激賞した。だが、そのあと、コルネイ・チュコーフスキー――彼とはマヤコーフスキーは一年前に仲違いした（一説によると、彼のクオッカラ▼6の住まいに客となりながら、傲慢にも彼の妻を誘惑しようとした）――がゴーリキーに、マヤコーフスキーはソンカ・シャマールギナ――一九一三年に親しくなった娘――に淋病を移したとかいうゴシップを伝えた。総じて、このゴシップの出所ははっきりしないし、ゴシップには根拠もなかったから、驚くほかないのは、ゴーリキーが用意周到にこの事件に飛びつき、それを広めにかかったことである。恐らく、マヤコーフスキーへの反感がとうに煮詰まっていたのだろう――平気の平左で、詩人は敵を作ってしまうのだから。ゴーリキーがゴシップものの部数を決めかかっていると知って、リーリャ・ブリーク▼7はヴォロージャの名誉を守るため、彼のもとへ赴いた。ゴーリキーは彼女を迎え入れて告げた。とあるオデッサの医師から全事件を知った。その宛名もお知らせできる。だが、封筒をなくしてしまったと。勿論、彼はどんな宛名も示せず、事件を伝えることは中止したが、しかし、マヤコーフスキーとは長い間、絶交したままだった。詩人への反感は強固なままで、一九二三年の手紙のひとつで、彼は断言したほどだった。「文学はロシアではピリニャークやマヤコーフスキーのような冒険主義者の手中にある」。他の人はいざ知らず、マヤコーフスキーは冒険主義者ではなかった。もっとも、一九二六年、マヤコー

▼6　カレリア地方の町。レーピンが別荘を構え、芸術家、文人が蝟集《いしゅう》した。コルネイ・チュコーフスキーはレーピンの絵のモデルを務めたことがある。

▼7　文芸評論家O《オー》・M《エム》・ブリークの妻。1915年7月はじめて出会ったが、マヤコーフスキーの終生の愛人となる。詩人より一つ年上。なお、ヴォロージャは、マヤコーフスキーの名前、ヴラジーミルの愛称。

フスキーがゴーリキーに詩『作家ヴラジーミル・ヴラジーミロヴィチ・マヤコーフスキーの作家アレクセイ・マクシーモヴィチ・ゴーリキーへの手紙』で呼びかけた結果、一件落着となった。詩は完全に政治的密告とみなすことができる。そのことは適当なときに話そう。[▼8] 遺憾ながら、無思慮たる革命前後の十年間に、あらゆるロシアの倫理一般と同様に、ロシア文学の善き慣わしはめちゃめちゃになってしまった——それもそれなりに辻褄が合っているが。

五

ゴーリキーの名前と見解をめぐる最大の論争は声明論文『二つの心』の発表のあとに繰り広げられた。以前、チュコーフスキーがゴーリキーにおいて暴いた価値の二元体系が、かほどありありと読者に露呈したことはなかった。ところで、当のチュコーフスキーは、この体系をどうしようもなく単純だと烙印を押した。すべてが線引きされる——左と右、暗黒と光明、英雄的と町人的なもの……に。一九一五年の「年代記」に発表された新しい論文で、ゴーリキーはロシアの主要な悲劇をヨーロッパとアジアの間の永遠の内的分裂だと決めつけた。この論文には、他のいかなる彼のジャーナリスト的発言があるにせよ、彼の一般化の露骨さ、観察のうわべのもっともらしさ、——そして、機械的な説明の荒っぽさが現われたものだった。ロシアのパラドクスは、ロシアが、その二面性にもかかわらず、絶対的に完全無欠であるということにある。だが、多くのゴーリキーの観察は、今日に至るまで、現実性を保持している。

▼8　本書では言及されない。マヤコーフスキーは三角関係にあったブリーク夫妻などから常に監視され、政治的密告をされていたというが、この詩で彼がゴーリキーに何かしら政治的密告をしたらしくは思えない。詩は、彼の気に入らぬ作家や学者を皮肉り、ゴーリキーの帰国を切望するが、それだけのことである。

我々はアジアの住民同様、美しい言葉と非合理な所業の民である。我々はどうしようもないほど沢山しゃべるが、しかし、仕事はせず、してもよからぬことをやらかす。我々のことはもっともなことがいわれている。「ロシア人には沢山の迷信があるが、しかし、理想はない」と。西欧では人々は歴史を想像するが、我々は相変わらず、下らない小話を作っている。

我々、ロシア人には二つの心がある。一つは遊牧モンゴル人、夢想家、神秘家、運命に逆らうことはできないと確信している怠け者に由来する。この無力な心と並んで、スラヴ人の心が宿っている。それは美しくきらきらと燃え上がるが、しかし、長い間燃えることなく、すみやかに消えて、その力を損なう毒から守るすべはほとんどない。我々はあまりに長く、ほとんど十九世紀の中葉まで、事実にではなくて、ドグマに養育されてきた。

この論文について、メレシコーフスキーは書いている。「もしも話がゴーリキーのことでなかったら、単純もいいところ、子どもじみ、バカげているといってよかったかもしれない。反論に値するだろうか？　迷信、幻想と宗教体験との間にイコールを引くことはできないということを立証する必要があろうか？　ゴーリキーが哲学的な事柄に疎いということはかくのごとしである。歴史的事柄に疎いことを彼が暴露するのは、宗教的な東方と科学的な西欧を、世界史の二つの同等に作用するものとして対置するときである。すべての宗教は東方で生まれているが、しかし、西欧で成長し、成熟している。キリスト教が世界的・歴史的な宗教であるなら、東方でなくて、西欧が宗教的なのである。『二つの心』は戦争をきっかけに執筆された。破局はどこから——宗教的な東方からか、あるいは科学的西欧からか？　明白であるように思われるのは、宗教のない科学、半科学は世界を破局から救えなかったばかりか、もしかしたら、その主要な原因だったかもしれないということである。いらだち、盲目になった理性は、いかなる非人間的な悲惨事・醜悪事をしでかしかねないかを、我々は現在目撃している。これは、かの祖父、小さくて狡猾で獰猛なケナガイタチが、大柄の祖母を打っているのだ。祖母のことは、ゴーリキーは忘れてしまっている。もしかしたらロシアだけでなく、当のゴーリキーにも二つの心があり、彼はその間に引き裂かれている——あるいは東方へ、あるいは西方へ、祖母へ、あるいは祖父へ」

実はゴーリキーの東方と西欧の対置は相当に作りもので、彼が破局と受け取った戦争は、西欧がその旺盛な活動と沸騰する意志のままに入ってしまった袋小路の結果に他ならない。メレシコーフスキーはゴーリキーの『幼年時代』の祖父と祖母の対置で答えているが、しかし、この二分法は作りものである。なぜなら、祖父は叩き、祖母は我慢するが、総じてロシア世界は互いを排除せず、補い合う、この二つの原則にまさしく立脚しているのである。真理は対置にでなく、統合にある。だが、統合は、全体としていうと、ゴーリキーの本性にはない。彼の哲学は対置なしには考えられない。

この機械論的なものが作家としての彼には大変有害に作用した。そのようなやり方では、大作は作れない。まさしく彼が最もうまくいったのは、一つの——最も多くは情欲か恐怖の——エピソードにもとづいた短編だったゆえんである。ここでは、彼にかなう者はいなかった。哲学に耽《ふけ》るゴーリキーは、ほとんど常に表面的で単純だが、しかし、感銘を与える。そして『二つの心』も騒動となった（当のゴーリキーは論文が気に入らず、ブリューソフに手紙で、沢山のことを感じ、理解しながら、表現が平板だと告白した）。ただし、アンドレーエフはとうに彼にいっていた。「きみには自分の力の確信が本来そなわっている。これこそ、きみの無分別、そして、夢想によって生活と切り離された、きみと同類のすべての正気の理想主義者の無分別の肝心な点だ」。この言葉をゴーリキーは友の回想録で引用するのを恐れなかった。同じ手記で、この上なく特異な、アルザーマスのエピソードのひとつを回想している。アルザーマスに追放されたゴーリキーのもとへアンドレーエフがやってきて、客に出くわした。アルザーマスに水道を敷設しようと懸命に努力している、土地の神父のフョードル師である。町中、カビ臭い水を土地の池から飲んでいて、きれいな泉から水が得られる水道を敷設しようとしない。カネが惜しいのだ。そこで神父はアンドレーエフと議論になった。ゴーリキーは耳を傾けていたが、口をはさみ、他でもない、信仰と不信仰、思考と意志、東方と西欧についての議論となった。夜半過ぎ、解散したが、しかし、すぐさまゴーリキーのところへアンドレーエフ、そのあと、はだしの、寝間着の僧侶が現われた。彼らには、自分らがお互い乱暴なことをいったように思われたので、謝ったあと、すぐさま議論をつづけた。アンドレーエフは大笑いした——ベリンスキーの言葉「きみたちは食事をしたがっているが、我々はまだ神の存在の問題を解決してなかった」を思い出して。そして、つけ加えた、「ほら、他ならぬヨーロッパが我々を食事に招いているのに、我々は神の問題を解決しようとしている」。そして、勿論、どんな思考とも、どんな活動とも、彼にはこの永遠の問題、そして、夜通しの、サモワール付きの、永遠のロシアの議論は代えがたいものだっただろう。ゴーリキーはというと、一〇年代半ばには、こうしたことはすべて完全にいやになった。彼は別の明白で自覚的な生活を欲するようになり、インテリゲンチアの議論はもはや彼の興味を引かなくなる。一九一五〜一九一七年、彼は、恐らく最も現実的で生気ある、独自の本――その矛先そのものがインテリゲンチアに向けられた『ロシアのお伽話』を書いている。

六

これは総じて驚くべきシリーズ物である。ゴーリキーの最初の同棲妻のカミンスカヤが、彼は舞台の喜劇役に生まれついていると、彼に思い込ませようとしたのも無理はない。いってきたいが、ゴーリキーはしばしば無理やりの情感、多弁に走る傾向があり、彼の短編はほとんどいつも、ばらばらにつながれたエピソードの連鎖であり、彼の時評はブリキのごろごろいう音並みで、人間の言葉はほんのまれにしかない。だが、趣向、才能、発明性が彼を一度も裏切らない場がある。それは風刺だ。レフ・トルストイ自身、彼が話した短編を聞いて、大笑いした。ゴーリキーの風刺は厳しく、適度に冷笑的で（だが、そのばあいにぴったり）、狙いが的確である。ほとんどすべての「お伽話」は今日でも図星を指す。ここでの標的は専制政治でも権力の鈍感でもなく、政治的専横、その他のロシアの悪徳でもなくて、他ならぬ祖国のインテリゲンチア、とりわけ文学者階層の、他ならぬ妥協主義、弱さと臆病である。シクロフスキーはリジヤ・ギンスブルクに語った――あらゆる作家には、老年、すべての人々にかかわる真実をしめくくりに書きたいという時期があると。ゴーリキーには、この時期は四十七歳のときに到来した。ただし、彼は自分も容赦しなかった。すでに言及したが〔第二部第二節参照〕、デカダン詩人ザキヴァーキン-スメルチャーシキンの中に、初期のゴーリキー自身のいることが『娘と死』〔一八九二年作〕によりわかる。ただし、その情感は別で、人生肯定的であるが、文体は大変似ている。そして「二つの長編を書いていない」から、死ぬことを望まず、おしなべて死に対抗した作家は、同じく運命全体に反旗をひるがえしたゴーリキーであり、彼のことだと気づかないわけにはいかない――彼がこの（四番目の）お伽話で、自分ばかりか、作家一般の名誉欲を笑い飛ばしているとしても。とりわけ、いまの時代にとっては、自国民の顔〔本質〕の追究に焦点を置いた第五話が見事である。当時は大部分のインテリゲンチアがその追究に殺到した。戦争は国民的理想がなければ勝てないからだ。多くの人々はかようなロシア狂に、かような穴居時代的ナショナリズムに夢中になり、ロシア革命のコスモポリタン的情感はいやいやながら理解される始末だった。肝心なことは、「国民の顔」を原理、原則、理念からでなく、血と土地のたぐいのむき出しの現実から作り上げようとしたことだった。このことについては、ゴーリキーは非常に辛辣な意見を述べた――このことに屁理屈をこねる旦那は、自国民の顔をすぐ出して、すべての異邦人にからんだので、この顔が一連の会話のあとに目立って幅広になった。「いまは、旦那、あなたにはズボンだってはかせられる顔がある」。

檄を飛ばしてポグロム〔ユダヤ人襲撃〕と闘うインテリゲンチアを諷したお伽話〔第七話〕がある。トルストイ主義をからかったお伽話〔第十話〕がある。当時、帝国主義戦争を国内戦争に変えようというスローガンを掲げたレーニンに間違いなくとりわけ気に入られたお伽話〔第十三話〕がある。このお伽話は、戦争中、ロシアの社会体制に反対することをひとことでもいうのを最大の裏切り行為とした人々――こういう者は大勢いた――にとりわけ嫌悪された。どちらが正しかったのか、そのすべての決着を知っているかぎりでは、やはりいうことはむずかしい。だが、彼には、ひとつのすばらしい作品があることは否定できない。高名なシリーズの中の第十四話はまれなほど説得力がある。イヴァーシカはしょっちゅう戦争に召集される――対ポーランドだったり、対フランスだったり、対ドイツだったり。上官は彼をムチ打つばかり。さまざまな悪魔どもが彼を面食らわせる――ロシアの救い主たるお前は一度だけでも自分を主張したらいいのにと。彼は返事にただうなじを搔くだけである。あるとき、搔こうとしたら、彼の首がなかった。終わり。

このお伽話をゴーリキーは一九一七年当初に発表した。そして、いつものように神経に障った。彼のこの呼びかけはあまりにもすみやかにききとられた。第二ロシア革命が始まったが、イヴァーシカはついに自国民に武器を向けた。だが、奇妙なことながら――二月にはひとり残らず魅了され、歓喜したロシアのインテリゲンチアを背景にして、ゴーリキーは懐疑とつぶやきで際立つのである。それでも、彼は大部分の同時代人よりもロシアのことをよく知っていた。

七

革命、その他の大変動は、原則として、内的に破綻し、落胆した人々に、熱烈に歓迎される。彼ら自身の悲劇が世界のものと共鳴し、絶えざる不安は最後には社会暴動となって解決されるのである。ロシアでは、その生活が大方家畜並みの状態のため、そうした人間は概して多かった。だが、少数の健全な人々は革命をきちんと――由々しい危険事、世界秩序の破綻、文明にとっての脅威として――理解する。一九一七年の革命に対するゴーリキーの態度は、モスクワ蜂起に歓喜した一九〇五年のときよりも、このときは精神的にはるかに健全かつ正常であったことを示している。ただし、さらにひとつの理由がある。ロシアは別のものになっていた。一九〇五年の革命は巨大な社会的高揚の結果だったが、一九一七年の革命は、通常忘れられているが、かつてない衰退の結果だった。一九〇五年の革命は革命家――プロパガンディスト、プロレタリア、知識人――が行なった。一九一七年の革命を大方行なったのは状況だった。革命には、それを推進する階級がなかったのである。ロシアが崩壊したのは、ボリシェヴィーキと自称する、一握りの亡命分子の結集した努力の結果ではなくて、おのずからの事態の進行による。[一九〇]五年の革命は大衆の創造的努力のたまものだった。しかし一七年に起きたのは、厳密にいうと、いかなる革命でもまったくなかった。変革もなかった。あったのは進行する無政府状態で、あるいは権力の簒奪《さんだつ》によって、あるいは外部からの国の占領によって、解消できるものだった。こうした状況で、ボリシェヴィーキ——単に他に先駆けて組織を作った——が勝利したのである。

ゴーリキー自身、起きていることに、単に原始の暴動、本能の暴動を目にしただけで、それを誰よりも早く『時宜を得ない見解』で強く非難した。

「現実主義の政治家」の誰か、軽蔑した口調で叫んでほしい。

「きみたちは何が欲しい？　これは社会革命だって！」

「否、この動物的本能の爆発の中に、我々はくっきりと表現された社会革命の構成要素を見ない。これは精神面の社会主義者のいない、社会主義的精神状況のあずかり知らぬ、ロシアの暴動だ」

労働者の中には、私に次のように話し、書いてきた人々がいる。

「同志、あなたは喜べばいいのに——プロレタリアートが勝利した！」

私には喜ぶべきことは何もないし、プロレタリアートは何ものにも、何ぴとにも勝利しなかった。警察制度がプロレタリアートの喉元を押さえていたとき、プロレタリアートは敗れていなかったように、プロレタリアートがブルジョアジーの喉元を押さえているとしても、ブルジョアジーは敗れていない。理念は物理的暴力によって打ち破ることはできない。勝利者は通常——寛容であるが、——あるいは疲労のせいで、——プロレタリアートは寛容でないのかも。

二月は真底《しんそこ》政治化した。それゆえ、こせこせして近視眼的な――ジナイーダ・ギッピウスのサークルのようなインテリゲンチア、あるいは、二月が自由を取り戻してやった、政治犯や流刑者のみに、歓喜を呼び起こすことができた。他の人々は、すべての落着するところがわかっていた。その中にゴーリキーがいた。二月による歓喜を味わわず、他の者たちが彼のそばで歓喜のことを発言すると、腹を立てていた。

自然の富と天賦の才に恵まれた国に、その精神的乏しさの結果として、文化の全分野に完全な無秩序が露呈された。工業、技術は初期段階にあり、科学との強固な関係の外にある。科学はどこだか裏庭の暗がりにあり、役人の敵意に満ちた監視下にある。芸術は検閲によって制限され、歪曲され、新しい形式の追究に沈潜して、現実の、人を感動させ、高尚にさせる内容を失い、社会生活から切り離されてしまった。至るところで、人間の内外で、荒廃、動揺、混沌、何やら長期の大流血の痕跡がある。

そして、良き慰めの言葉をどんなに熱烈に話したいと思っても、荒涼たる現実の真実が慰めることを許さないし、すっかり率直にいわねばならない。君主政はロシアから精神的指導者を奪おうとする試みにほとんど完全に成功したのだと。革命は王政を打倒した。その通り！　だが、ひょっとしたら、このことは、革命はただ上辺の病気を生体の内部に追い込んだだけということを意味しているのかもしれない。革命はロシアを精神的に癒し、豊かにしたなどと、決して思うべきではない。

　この国民はおのれの人格、おのれの人間的価値の意識をわがものとするために沢山努力しなければならない。この国民は灼熱されて、文化のとろ火でおのれの中にはぐくまれた奴隷根性を除去せねばならない。

　またしても文化？　そうだ、再び文化だ。わが国を破滅から救いだすことのできる、他のものを私は知らない。


　古来の国民病は内へ追いやられたまま残っていて、その後、当の革命を打ち負かしたということが、まったく的確に彼によって示唆されている。だが、当時、このことを理解していたのは、多分、彼ひとりだった。彼は総じて、孤独な、扱いにくい人間で、ほんのちょっとした人間性の現われにも、そうした現われのめぐりあわせが当人にはほとんどなかったせいで、大変喜んだ。このことは、一部は、彼の途切れることのない、巨人的な仕事のせいであり、一部は、彼の抽象的な人類愛、および、個々の人間によるいら立ちのせいであった。一九一七年の彼の政治的立場は他の人々の観点とは大いに相違していたので、相応する論壇を一つも選び出せず、自ら、それを作り出すほかなかった。こうして新聞「新生活」が出現した。その第一号は一九一七年五月一日に出たが、その融資源については、ゴーリキー自身が次のように語っている。

「新生活」は私により創設されたが、資金はЭ《エー》・K《カー》・グルッペから総額二十七万五千借り、そのうちの五万は融資者に支払い済みで、残金は、Э・K・グルッペが暮らしている場所がわかっていたなら、とうに支払うことができていただろう。

　これらの資金のほか、私の本の出版代として「ニーヴァ」から受け取った稿料の一部が投入されたが、これらの資金総額は「新生活」の事実上の発行人であるA《アー》・H《エヌ》・チーホノフに私から渡された。

　新聞創設のために私によりなされた借用には何ら恥ずべきものはなく、新聞をカネで売ったと非難するのは卑劣な挑戦だと考える。

　だが、ご存じながら、いっておこう。［一］九〇一年から［一］九一七年までの期間、私の手を通して、数十万ルーブリがロシア社会民主党の事業に流れ、そのうち、私の個人的所得は数万に上るが、残りはすべて「ブルジョアジー」のポケットから汲み出された。「イスクラ」はサッヴァ・モローゾフの資金で発行された。勿論、彼はカネを貸したのではなく、寄付したのである。私は優に十人の尊敬すべき人々――「ブルジョア」――の名を挙げることができるのだが。彼らはс《エス》・Д《デー》党［社会民主党］の成長に物資面で寄与した。このことはB《ヴエー》・И《イー》・レーニン、その他の古参党員は十分知っている。「新生活」の事業には「寄付」はなく、あるのは私の借金のみである。「新生活」に対するあなたがたの中傷的な汚い行ないは、新聞でなく、ただ、あなたがたを辱めるにすぎない。

グルッペは有名な銀行家で「グルッペ・アンド・ネポ」銀行の所有者である。両人――グルッペもネポもすでに十月クーデター[9]以前に亡命していた。

かようにゴーリキーが釈明しなければならなかったのは、すでに一九一七年十月において、彼の新しい友人ボリシェヴィーキが、彼は労働者階級の敵の利益になるように行動し、それをかなり打算的に行なっていると、彼を非難しにかかったからである。もっとも、彼は人生でかような「挑戦的卑怯」にありあまるほど出くわし、多分、こうしたことに反応するのはやめた。だが、そのさい、返答として、咬みつかないわけにはいかなかった――当のあなたがたは誰の資金で、あなたがたの「イスクラ」を発行したのかね？

「新生活」では、ゴーリキーは、現代風にいえば、コラムニストだった。こうしたコラムから彼はあとで二冊の本を作った。『時宜を得ない見解』および『革命と文化』である。一九一七年春と夏の記事の中で、彼はロシア国民に新しい自由を祝っているが、しかし、同時に質問している――我々はそれに対する準備ができているか？　ほとんどすべての彼の十月以前の時評は、科学と創造にかかわれるよう、文化を保持し、無知を克服するようにとの呼びかけである。こうしたすべてを二重政権の最中に読むのは、多分、かなり奇妙なことだったろう。とりわけ彼を警戒させているのは、国で始まった開封検閲と［帝政ロシアの］保安課の秘密協力者一覧の公表である。協力者は思いがけないほど、説明ができないほど多かった。「これは我々に対する、恥ずべき暴露行為だ。これは国の瓦解と腐敗の特質のひとつ、恐るべき特質だ」、彼は

▼9　октябрский переворот　いまでは「十月革命」の語は使われない。「十月クーデター」と和訳してよいだろう。

記している。

ほとんど同時に『時宜を得ない見解』に、農民のテーマが現われた。ゴーリキーはまだ放浪時代から、農民に敵意と軽蔑を寄せ、初期の公刊論考から、農民には所有者――それも獣性の――しか認めない。いまは思いも寄らない獣性のますます新しい事実が彼を手助けし、「新生活」は倦むことなく、そうしたことを記述する。

最近のこと、百姓によって、フジェコフ、オボレンスキー、その他の多くの領地が略奪された。百姓はそれぞれの家に対して、連中から見て値打ちのあるものはすべて運び去り、一方、蔵書は燃やし、ピアノは斧で打ち壊し、絵は破った。学問、芸術、文化の用具の品々は村から見て価値がない――そういうものは都市の群衆から見ても価値があるのか、疑わざるを得ないが。

ゴーリキーが我慢できない人でも、彼の当時の時評の基本的特質が高貴であることを認めるに違いない。彼は失墜したロマーノフ王朝――昨日はまだその前でへいつくばっていた、酔っぱらいの群衆が見下して、バカ扱いしている――を擁護する。彼はまた、ロマーノフ朝を愚弄する風刺物がユダヤ姓で署名されているのに目を留め、即座に予言する。ロシア革命の醜悪さは間違いなくユダヤ人に転嫁される。彼らはこのためにあらゆることを行ない、驚くべき不手際と冷笑的態度をひけらかしているから。

私は――時代の状況によって――次のことを指摘することが必要であると考える。すなわち、ユダヤ人に対するロシア人の、および、ロシアの生活現象に対するユダヤ人の態度ほど、機転と道徳的センスの要求されるところはどこにもないと。

ロシアには、タタール人やユダヤ人が批判的に触れてはならない事実があるということを意味するものでは決してない。だが、故意でない過失でさえ――意識的な醜悪さはいうまでもなく――、それが大衆の感情を満足させたいという、心からの望みからなされたとしても、単にひとりの良からぬ、あるいは、愚かなユダヤ人ばかりか、ユダヤ人全体に解釈されるばあいのあることを想起することが不可欠である。

八

ゴーリキーの時評は革命の変貌のユニークな記録である。専制政治打倒のために掲げられた理想、旗印、スローガンは、ロシアの専制政権が崩壊するや、踏みにじられ、忘れられた。ゴーリキーがロマーノフ・ロシアの復古を夢見ているということはできない。彼はすべてをあまりにもよくおぼえていた。だが、周辺でなされていることは、彼が二十年間、資金や言葉で手助けしてきた社会民主党員に対して、きわめて批判的な態度を彼に取らせるのである。

のちに作られた伝説によると、レーニンの要求により十月二十五日に指定された武力蜂起計画の秘密を、カーメネフとジノヴィエフが、他ならぬ「新生活」で、臨時政府にひそかに漏らしたという。これは事実ではなく、ゴーリキーの新聞でのカーメネフとジノヴィエフの公表はなかった。反対に、彼ら二人——とりわけペトログラードの未来の主人ジノヴィエフ——はゴーリキーに、少なくとも一九一七年に、より良いとはいえぬ態度をとった。「新生活」は、カーメネフとジノヴィエフがレーニンの冒険主義的——と彼らには思われた——政権奪取計画に抗議して、党委員会［複数］に配送した封書のことを知っていた。恐らく、この公表のことでジノヴィエフはあとになってゴーリキーを容赦できなかった——公表はレーニンを激怒させたから——ジノヴィエフの立場を彼は熟知していたとはいえ。一九三七年の映画『十月のレーニン』——このロンム[10]の二部作に戻ろう——では、レーニンはカーメネフとジノヴィエフの裏切りに、まるでスターリン裁判の時代に起きたみたいに、大声で憤慨している。だが、スターリン裁判までは二十年残っていた。カーメネフとジノヴィエフは許されていた。それだけではない——スモールヌイで開催された、第二回全ロシア・ソヴィエト大会の舞台裏で、カーメネフがいったとか——「ばかげたことをして、権力を奪取した。いまは内閣を組織しなければならん」。だから、裏切りなど何もなかったし、ゴーリキーの新聞の伝えた異議は、多分、流血を防止しようとする希望からだった。だが、十月二十五日のクーデターは無事に、ほとんど無血だった。血は、そののち、赤色テロにより、内乱により流れた。このテロの最小の犠牲のひとつは自由な新聞だった——「新生活」は一九一八年七月二十九日閉鎖され、「時宜を得ない見

▼10　ミハイル・イリイッチ・ロンム（1901-71）映画監督、シナリオ・ライター。『十月のレーニン』はその代表作。

解」はロシアでは七十年間刊行されなかった。だが、今日、それはゴーリキーの作品――彼の名声を救い、不滅を確かなものとしている――の一つである。

他の彼の功績に入るのは、「芸術家の家」および研究者の日常生活改善中央委員会の開設である。芸術家の家、あるいはДИСК《デーイーエスカー》は一九一九年十月十九日に開設され、ЦЕКУБУ《ツエーイエーカーウーベーウー》（研究者の日常生活改善中央委員会）は一九二〇年に、銀行家アルチェーミー・ハラートフが代表となって誕生した。当時のペトログラードは徐々に崩壊していき、ネフスキー通りには木《もく》レンガの門に草が生長し、建物は崩れ落ちて老朽化し、すべての職業のうち、ひとり投機のみ繁昌した。こういう時期には、人々はひとかたまりになり、小集団で生き抜くのがならいとなる。こういう小集団は、例によって、職業的特徴によって集まるものだった。ゴーリキーは作家労働組合のようなもの――融資なり、ただの一杯のお茶なりにあずかれ、同僚と出会え、読書ができ、もしものばあい、家に薪が全然なかったり、ガラスが全部たたき割られたりしたら……、一、二週間、移って過ごせるような機関――を創設することを考えた。芸術の家には、モイカ［運河］岸二十九の有名なエリセーエフの豪邸が割り当てられた。この家だけでひとつの地区全部を占め、正面のひとつはモイカ岸、もう一つはモルスカヤ通りに面していた。

たちまち、そこには独自の文学共同体が出来上がった。チゥコーフスキーのように住まいのあった文学者は、そこで昼間を過ごし、しばしば泊まりもした。グミリョーフ、ホダセーヴィチ、グリーン、ピャスト、マンデリシュターム、シクロフスキー、「セラピオン兄弟」はそのままそこに居着き、ここで、グミリョーフの詩スタジオ「ひびく貝がら」が開かれ、ここで朗読、報告が行なわれ、配給食糧と薪を受け取り、ここで一九二一年、プーシキンの講義をブロークが行ない、トルストイの回想をゴーリキー自身が朗読した。芸術家の家は多くの詩の中で歌われ、何十もの回想録に詳細に描かれている。最も有名なのがオリガ・フォルシのノスタルジックな長編『気違い船』である。いかに奇妙であれ、文学者は平時、友情だの相互理解だのにはほとんどなじまないのに、危機には、相互扶助の驚くべき才能を発揮する。ДИСКでは、以前は和解できないほど敵対していた、アクメイスト、シンボリスト、リアリスト……が平穏に暮らし、つきあい、食事をした。ЦЕКУБУは主として、配給食糧の配布に従事した。ペトログラードの学問が戦時共産主義の時期を生きのびたのは、まったく以て、この機関のおかげである。

若い人々のうち、ゴーリキーはこの時期、主として、文学グループ「セラピオン兄弟」を支持している。グループは文学の前線で支配的立場を占めようとまじめに努力し、このために多くのことをした。「セラピオン兄弟」のゴーリキーへの手紙は露骨なご機嫌取りの気配が漂っているけれども、庇護の選択には、双方の立場の深い、ある種の共通性が現われたものだった。「セラピオン兄弟」は一九一八年ペトログラードで親しくなった、コルネイ・チゥコーフスキーの研究所生で、ムルジの家▼11の彼の養成所で翻訳や文芸批評を学んでいた。リチェイナヤ通り二十四のムルジの家は、当時は文学青年の集会場所で、ゴーリキーは彼らを将来「世界文学」(全世紀の精神遺産を監査し、その最善の模範を新しい翻訳でプロレタリアに与えることを使命とした)での仕事に就かせようと努力し――そして、かなりうまくいった。

▼11 **дом Мурузи** サンクト・ペテルブルクのリチェイナヤ通り(24/27)にある、5階建てのビル。伯爵А《ア》・Д《デ》・ムルジ(1807-1880)の求めにより、1874-77年に建てられた。1890年からは陸軍中将レインの所有となった。19世紀末から著名な作家が住み、革命後は文学活動の拠点になった。

ムルジの家へは物書きの若人が続々と向かい出した。ペトログラードにはもはや何もすることがなく、才能のある作家たちが数百人もいた。大多数が銀の時代の子らで、ロシア・デカダンスに育てられ、少年時代と青年時代のはざまで体験した革命の意味付けをしようとしていた。他ならぬ、この若者たちから、のちにオベリウ派▼12が成長した。こうしたサークルで傑出したのが、ニーナ・ベルベーロヴァ、ニコライ・チュコーフスキー、フセヴォロート・ロジェストヴェンスキー、ゲンナジー・ゴル、ヴラジーミル・ポズネル（テレビ司会者の父）――要するに、ペトログラードおよび亡命、双方の未来の星である。ここのチュコーフスキーの講義で知己となったのが、コンスタンチン・フェージン、ミハイル・ゾーシチェンコ、レフ・ルンツ、フセヴォロート・イヴァーノフ、マリーヤ・アロンキーナ、エリザヴェータ・ポロンスカヤ、ニコライ・チーホノフ、ヴェニヤミン・カヴェーリン、そして、ミハイル・スロニムスキーである（異なる時期にグループにさらに数人の人々が加わったが、しかし、彼らは中核とはならなかった）。ホフマンの物語▼13を記念して「セラピオン兄弟」と名付けられた。実をいうと、当時のピーテルは、実際のところ、よみがえったホフマン趣味の町で、集団的な幻想の熱中が完全に是認された。亡き人々の影の彷徨する、まぼろしの町は初期のセラピオン兄弟の散文にあざやかに描写されている。フェージン、イヴァーノフ、ゾーシチェンコには、帝国主義戦争、および、のちには内乱の体験があったが、しかし、結社の公認の統率者は、若くて才能豊かなレフ・ルンツ――哲学的戯曲や風刺的なグロテスク散文の作者――だった。他ならぬルンツが「セラピオン兄弟」の中心標語「『セラピオン兄弟』は『西欧へ』である」を宣言した。

▼12　ОБЭРИУ（「現実的芸術同盟」）　1927-30年代初めのレニングラードにあった文学・演劇グループ。詩人のヴァギノフ、ヴヴェジェンスキー、ザボロツキー、ハルムス、バフチェレフ、ヴラジーミロフ、散文作家のレーヴィンらがメンバーとなった。美術からもマレヴィチ、フィローノフが加わった。ロシア・アヴァンギャルドの第二波に属し、西欧のシュールレアリスムに対応する、ハルムスとヴヴェジェンスキーの戯曲は不条理演劇の美学に先んじていた。

この意味で彼らはゴーリキー――その親ヨーロッパ的立場、実際性、活力への志向の――に明白に近かった。ルンツは西欧に学ぶよう――何よりもまず、強い、ダイナミックな筋をマスターし、ロシア散文の永遠の無定型を克服し、読者に緊張を持続させることを習得するよう、呼びかけた。ゴーリキー宛てのルンツの手紙が保存されており、そこでは、彼は自分をロシア散文の異分子と感じるとこぼしている。また、自分はユダヤ人で、おのれのユダヤ社会と離別する気持ちがないならば、自分がロシアで文学活動をすることができるか否かを、まったくまじめに質問している。ゴーリキーは彼の手紙に同じまじめな態度をとり、作家職を裁可した[おどけて?]。

「最大の法規制、登録、兵舎的秩序の時期、全員にひとつの鉄の、そして退屈な規定が与えられたときに、我々は規約も議長も選挙もないまま、集まることを決めた」、ルンツは論考『なぜ我々は「セラピオン兄弟」なのか?』で記している。多分、かような大変動の中で作家はひとりで生き抜くことが困難だったから。グループは全体として沢山あったが、しかし、最も安定していて、才能があったのは、これ[「セラピオン兄弟」]だった。ルンツは一九二四年ベルリンで、リューマチ性心炎で亡くなった。ゾーシチェンコは最も人気のあるソヴィエトの風刺作家に成長したが、スターリンの叱責と迫害をこうむり、中途半端な名誉回復まで生きのびた。フェージンは文学の高官になった。カヴェーリンは第一級――いささか青春物寄りながら――の作家となった。

彼らは全員、この上ない優しさで、その生涯の同時期――ゴーリキーとの親密な交際の時期

▼13　ホフマン『セラピオン兄弟』《Die Serapions-Brüder》四巻(1819-21)。深田甫《はじめ》訳『ホフマン全集4-I　セラーピオン朋友会員物語　第一巻』(創土社)本文および訳者の作品解題参照。

――を回想している。フセヴォロード・イヴァーノフは、ゴーリキーが彼にブーツを用意してやりたく思った結果、一足のブーツの代わりに四足、手に入れたことを、いつも忘れることができなかった。ゴーリキーは総じて文学青年の世話をする――庇護し、助言する――のが好きだった。この配慮は彼にとって、単なる二次的な自尊心の源だったのではまるでなく――むしろ、そこには、自身の行路のはじめのこと、初期の出版の困難であったことの記憶があり、彼は終生、若い人々のために職業として自立する道が最大限容易になるよう努めたのだった。

同じ西欧――合理主義、文化、行動力――への変わらぬ志向は象徴的である。もっとも、フセヴォロード・イヴァーノフ、ロシア人中の最もロシア人――には、さようなものは何もなかった。とはいえ、「セラピオン兄弟」の中では、彼はまったくの身内と見られていた。グループ全体を結びつけているのは、単なる形式上の志向よりむしろ、職業への真摯な態度だったから。彼らはお互いを「今日は、兄弟、書くのは困難」というフレーズで歓迎した。ゴーリキーはフレーズに直接のかかわりを持っている。フェージンは手紙のひとつで打ち明けているが、それは自分の文学体験の中から得られた、主要な教訓であり、ゴーリキーは熱狂的に唱和した――そうだ、そうだ、上手に書くのはむずかしい！　彼の賛同により、フレーズは合言葉となった。ゴーリキーは会合には行かず、グループを指導しなかった。主として「セラピオン兄弟」を教え、彼らに影響を及ぼしたのは、チュコーフスキー、エヴゲーニー・ザミャーチン、そして、ヴィクトール・シクロフスキーだった。だが、他ならぬ彼［ゴーリキー］が彼らの唯一の年報の実現に力を貸し、グループの全参加者と文通した。「セラピオン兄弟」は彼の創造的友情の夢、——彼が「知識」で方式化しようと努めたものに似た牧歌を具体化したのだった。

九

興味深いことは、彼がこの時期、ますますインテリゲンチアに引かれ、プロレタリア作家を重んぜず、彼らの文学学習に取りかからなくなることである。革命の不気味なゆがみに向けられた文学は彼をすっかり満足させた。だが、マヤコーフスキーの『奇跡劇』も、エセーニンの革命叙情詩も、アルテム・ヴェショールイ、ピリニャーク、あるいは二〇年代の若者たち（オレーシャ、カターエフ、バーベリ）の散文も、彼の注意を引かなかった。どうしてゴーリキーは十月が呼び起こした幻想的な精神高揚を認めも感じもしなかったのだろう？　どうして革命的ロマンチズムが彼を素通りし、どうして地球の改造の熱情が彼を引きつけなかったのだろう？　まず思い浮かぶ答えは、そうしたものはすべてモダニズム的理想であって、ゴーリキーは、絶えず自分の美的保守主義に固執する、伝統的なリアリストだということである。アンドレーエフに関する手記で、実際に告白している。ブローク、ベールイ、ブリューソフをまともに受け入れることができず、彼らを本当の文学の外にあるものとして扱った……と。だが、ゴーリキーの伝統主義はきわめて相対的であり、いっそう複雑であって、まったくのところ、彼の革新性はたとえばベールイのものほど明白ではない。たとえば彼の朗読法を例にとると、それははじめは単純に思われたが、しかし、そのあとは、聞き手全員の回想によれば、緊迫、イントネーションの的確、登場人物への透徹は驚くべきものがあった。ゴーリキーは革新者として文学に登場した。ただ単に下層の最初の表現者（彼以前にはいなかった）としてだけでなく、きびきびした、あざやかな語り口、簡潔な外見描写、どぎつく辛辣な対話の大家として、彼の初期の小品の形式は厳密に考案されている。彼はほとんど二年間、書いたものをもっぱら机の引き出しに入れた〔出版しなかった〕というのも、もっともなことだ。

『マトヴェイ・コジェミャーキン』あるいは『滑稽な男の生涯』（この秘密工作員の中編は『告白』以前に完成していたが、一九一七年にはじめて発表された）には、ライトモチーフが巧みに利用されている。それは物語をリズミカルに整え、引き締め、はっきり現わされた筋立てなしに、読者の関心を保持することを可能にする（のちに、この風俗三部作のあたかも第三部を構成しているような『クリム・サムギンの生涯』で、この方法はほとんどナンセンスなまでに用いられた）。ゴーリキーは決して美学における復古主義者ではなかった。どのモダニストにも、かかる規範違反の決心をさせたいものだ。たとえば『告白』でもよい。それには大胆な哲学と、同じ程度の不遜な試み――生きた民俗譚をロシアの散文によみがえらせようとする――とがある。類似の――分離派の――題材で書かれた、ベールイの『銀色のハト』は『告白』の前に置くと、その構成の繊細さにもかかわらず、無理なこねあげ、こじつけで驚かせる代物にすぎない。勿論、ゴーリキーには、マヤコーフスキーの歓喜、彼の古典攻撃、彼の純粋な文学闘争の興奮は無縁である。彼は総じて文化における伝統破壊者を好まず、彼らを政治においてのみ評価した。だが、なぜだか、初期のマヤコーフスキー――「難解」、超印象派、過剰――は彼には理解できたが、成熟期のは、いらだち以外の何ものも呼び起こさなかった。

チャーチルがいったとされる古典的フレーズ――「若いときにラジカルでなかった者は愚か者だ。だが、年取って保守主義者にならなかった者はバカ者だ」を思い出すことができる。だが、ゴーリキーは決して保守主義者にならなかった。事実、保守すべきものは何もないし、古いロシアの破滅の運命を彼は大変よく理解していた。銘記すべきは、多分彼がすべての人のうち、ただひとり、革新の過度ではなく、その不足を目にしたことである。肝心なことは、これはすり替えだと彼が確信したことである。革命はすべての野卑なもの、嫌悪すべきものを解放し、繊細で貴重な唯一重要なものを破壊した。そして、ゴーリキーはこの貴重なものを急いで保存し出した。他でもない、それにのみ芸術の意味を見たからである。

彼は当時、クロンヴェルクスキー二十三にある有名な家に暮らしていた。のちに彼によって創設され、ペトログラードの作家たちの生命を救うことになった「世界文学」編集部が結集した場所である。多くの人々がこの建物の豪華さを彼のせいにした。実際、彼は絶えず芸術品を集め、厖大な中国の花瓶を蒐集し、そうしたものにすぐれた鑑識眼を発揮したが、この蒐集は資金を投入した成果でなく、自身の思想に従ったまでのことだった。ゴーリキーは真の雑階級人として、文化を精神面のみでなく、物質面の現象においても評価した。書物を単なるテキストとしてでなく、印刷術の成果としてあがめた。精巧な細工、名人芸の趣向、洗練を好んだ。こうしたことはすべて、彼がカネを好んだという事実を排除しない――少なくとも、その価値を知っていた。ボリース・ザイツェフのいうところでは、他でもない――富、抜け目なさがゴーリキーを別の、非ロシア的伝統の作家に変えてしまった。勿論、これはたわごとだ。第一に、レールモントフもトルストイも貧乏暮しはしなかったし、ネクラーソフは抜け目なさで有名だったし、オストローフスキーは根っからのすばらしい興行師だったし、それに、おしなべて、貧乏を美徳とするのは我慢のならない悪趣味だ。第二に、ゴーリキーほどに自分のカネを利他主義的に、広く、惜しげもなく使った人はほとんどいない。三十人の子どもと寄食者を扶養しながら、彼は自身の出版計画に変わらず融資し、要請があれば――あるいはまるきり要請などしなくても――文学者、流刑者、地方の教師に援助金を贈った……。彼は自分をこうした資金の所有者ではなく、再配分者と考え、国家が気づかず、気づきたいとは思わない人々に融資した。革命は彼から贅沢もカネも取り上げなかった。革命は物質文明それ自体の横領をはかった。屋敷を焼く、どんな理由がある？　それは誰を豊かにした？　再建の高揚は彼をとらえなかった。それは建設の高揚でなく、もっぱら饗宴的な、かなり低劣な破壊の興奮だったし、彼はその本性を知っていた。他でもない、ポグロムと制裁を何度も目撃していたからだ。ロシア革命の、このサディスティックな構成要素を、彼は多くの人々よりも早く感じていた。散文作品の中で彼が内乱に目を向けたのは、たったの一回――彼の本『一九二二～一九二四年の短編』の一片をなしている『異常なことの話』――だけなのは興味深いことだ。この本にはただ一つのテーマが追究されており、通しの登場人物がいる――たとえば、短編『隠者』の中の善良な伝道者がそれである。他ならぬ彼を――何の理由もなしに――『異常なことの話』の主人公かつ語り手は殺してしまう。この男をこの世で何よりもいらいらさせるのは、異常なこと、説明できないこと――すべて、彼の理解を超える事柄だ。彼の主たる課題は、世界を単純化し、合理化して、彼の単純な理解力でわかるようにすることである。革命と内乱は、この短編では、かるありとあらゆる簡素化、扁平化のまさしく饗宴である。重傷を負ったドクトルが主人公に、この男が自分にとどめを刺そうとしていることを知って、「でくのぼうめ、お前はおれを簡素化する必要があるんだな」というのも、もっともなことだ。簡素化とは、ゴーリキーの用語では、殺すことである。そして、革命に異常なもの、かつてなかったものを目にする代わりに、ゴーリキーは単に最も日常的、原始的なもの、最も退屈なもの――すなわち獣性を明らかにする。彼はそれを十分見知っており、だから、誘惑されることはない。

十

一九一八年以降、彼はペトログラードで奇妙な役割を演じている。一方では、彼の新聞は発禁となった（最終号は七月二十九日に出た）。彼はジノヴィエフ――市の公式の主人――の頑強な敵意を受け、『時宜を得ない見解』に書かれたことだけでも、最小限、追放には十分だっただろう。他方、彼はレーニンの友であり、そのことはみんなに知られていた。革命宣言、自由への讃歌の作者は専制主義、商人根性を強烈に暴露し、ミズナギドリ［嵐を告げる者］と呼ばれ、逮捕、流刑に遭い、七年も亡命生活を送った……。革命の古典的作家、ボリシェヴィーキ大会の賓客、ロシア文学の最も人気のある、最も巨大な人物、その人気にはシンボリストも、

▼14　風刺・ユーモア週刊誌、1908-14年、ペテルブルク。第9号から、アベルチェンコ編集。チョールヌイ、ポチョームキン、ゴリャンスキーが自作を載せた。1913年より（1918年まで）一部の同人が「新サチリコーン」を発行、こちらにはマヤコーフスキーも寄稿した。

「サチリコーン」[14]同人も、未来派の軽演劇役者も張り合えなかった……。ヨーロッパの名士、ウェルズ、ショー、バルビュスの友……。ボリシェヴィーキは彼に対するレーニンの好感（いうまでもなく、好感はあった――利益だけでなく）を知っており、彼には手をつけない。文学仲間は露骨な中傷は用心して控えた。迫害や飢饉のとき、すべての希望はゴーリキーに向けられていたから。彼ひとり「最高権力への」経路があり、無数の請願を行ない、奔走し、請願をかなえ、無理やりかちとった。「新生活」――ここで彼はボリシェヴィーキを、倦むことなく、明確な目的意識をもって罵った――の閉鎖後、彼の作戦は変わった。主要な変化は、多分、一八年夏に起きた。対決からは得るものはないが、文化と権力との間の模範的な仲介役として、多くの人々を救い出すことはできると理解したときである。この瞬間から、彼のレーニンとの往復書簡が復活している。その上、彼は合法的な賃金のかたちを探す。ペトログラードのインテリゲンチアは飢えと寒さで死滅しかけている。生活資金の調達にはどうすればよいのか――わからない。彼らの職業はすべて廃止されてしまった。ゴーリキーは天才的な活路を見つけた――トルストイの「仲介者」[15]のような、ただし、もっと強力な、プロレタリアのための出版所を創設したのである。彼はプロレタリアに（勿論、より多く作者たちを――読者でなくて――気遣いして）、最古のシュメール文献から始めて、世界文学に存在した、最良のものすべての集成を与えることを企てたのである。かような出版には、翻訳者、編集者、多数の専門職員が要求された。新しい政権はくしゃみをした［しばしとまどった］が、資金を与えた。世界文学文庫を編纂しているゴーリキーは、それでもまだ、自分の新聞で時評を書いているゴーリキーほ

▼15　啓蒙目的の出版所。1884-1935年、モスクワ（1892年まではペテルブルク）。トルストイの提唱により設立。1897-1925年はゴルブノーフ－ポサードフが主幹を務めた。平民の入手しやすい安価な文学本、教訓物、農業・家政本、雑誌「灯台」、「自由教育」などを刊行。1917年以降、主に児童図書を出版。

どには危険ではなかったからである。こうして「世界文学」——彼の最も野心的かつ非合理な新事業が出現した。だが、実現することのできた二百余巻は翻訳、注釈、解説の標準となっている。

「世界文学」の仕事——えらく奇怪な企画だった——についてもまた、沢山の回想録が残っている。中心となった編集者はアレクサンドル・チーホノフで、セレブノフのペンネームでも知られている。鉱山技師、作家、まだ一九一五年にゴーリキーと仕事を始めた。ゴーリキーがプロレタリアート作家の短編集を企てたときだ。チーホノフ自身も執筆し、その回想録はソヴィエト時代、何回も再刊されたが、しかし、彼の主たる才能は編集者、発行人にあった。彼に対するどれほどの非難が同時代人の日記に残されているにしても——支払いが不正確、本の出版を差し止めた——、この上なくきびしい用紙不足の状況の中で——このことについては、ゴーリキーは絶えずレーニンに手紙を書いた——、チーホノフがピーテルに出版所を創設し、「世界文学」の出版を維持しつづけ、それぞれの巻を当時としては莫大な二千部刊行したのは奇跡だった。編集部員はクロンヴェルクスキーのゴーリキーの住まいに集まった。砂糖抜きで薄茶をすすりながら、きびしい議論がなされた。聖書の物語を入れるべきか、それとも、それは拝礼用テキストなのか？　だが、聖書の物語はどこがシュメールの物語よりよくないのか？　カーライルを入れるべきか？　それともカーライルは不要か？　この時期のゴーリキーはチュコーフスキーの回想録にとりわけ詳しく描かれている。既述した通り［第一節］、彼はゴーリキーには懐疑的で、評価したのは『オクーロフ』に始まる彼の成熟期の作品——それも風俗描写ゆえ――だけである。ゴーリキーとの知己から受けた、チュコーフスキーの最初の印象は奇妙で、大部分、否定的なものだった。二人は一九一五年、クオッカラのレーピンのところで、ゴーリキーの帰還後ほどなくして出会った。ゴーリキーは言葉少なで、見せかけに終始し、断片的に含みのあるフレーズを繰り返した――未来派は聖書を読むべきだといったような……。いまのゴーリキー――「世界文学」時代の――はまったく別の見地から、愛情と歓喜と感謝をこめて、いささか皮肉まじりながら、描かれている。しかしながら、当時の文学者の中で、革命前のゴーリキーに嫉妬心を抱くなり、彼の誠実を疑うなりしなかった者はあっただろうか？　だが、革命後、ほとんどすべての者、メレシコーフスキーやギッピウスのような、ボリシェヴィーキの和解しえない敵を含めて、ときたまはゴーリキーの助力に感謝した。彼はЧК《チェカー》▼16から、裁判なしで捕えられた数百人以上の知識人を救い出し、弾圧に遭わなかった者にも、配給食糧なり翻訳の注文なりを手に入れてやった。それゆえ、「世界文学」の全メンバー――編集者、翻訳者、校正者――は彼を恭敬の念で見るのだった。それに、ゴーリキー当人は、この時期、気取ったところは少なくなった。それがすっかりなくなっていたところまではいかなかったが――それは古い浮浪人の自己防衛だったから。「世界文学」では、庇護のかけらもなしに、仲間として付き合える、同じ思想の持ち主たちに囲まれて、彼は荒れ狂う大洋のただ中、いかだに乗っているように感じるのだった。恐らく一度もロシアの文学者たちは、この年月のときほどゴーリキーが好きだったことはなかったろう。多くの偏見は四散し、指導者として彼は理想的だった。チュコーフスキーは優しく回想している。ゴーリキーは特別退屈な報告のとき、憤然として破

▼16　1917年12月20日に創設された反革命活動摘発機関（原語省略）の略称。チェキストはそのメンバー。1918年8月30日、ペトログラード・チェカー議長ウリツキーの暗殺、レーニン暗殺未遂事件が起きると、チェカーの活動は赤色テロの色合いを強め、以降、多数の市民が犠牲となった。1922年、ГПУ《ゲ・ペ・ウ》へ移行。

かれた新聞紙から、マストの代わりにタバコの吸いがらをつけた汽船を作り始めるのだった。一隻のかような汽船が「チゥコッカラ」〔クオッカラのチゥコーフスキー邸〕の中に糊《のり》付けられている。一度、紙の船隊までいったことがみんなに明らかだった――このことは割愛しなければならぬ。会議のあと、ゴーリキーは数時間、自分の生涯から諸事件を話し、役者の才のみか、お伽話的な――祖父の表現だと、馬並みの――名前と引用がいっぱいの、乱読者としての自分の記憶を披露するのだった。彼は知識の多様さと正確さで、フェージン、イヴァーノフ、ザミャーチンを驚かした。どこから彼がそうしたものを汲みとって、どうやって記憶したのかは謎である。他ならぬ「世界文学」で、彼は五十歳を迎えた――一年若くして、一九一九年三月十六日にそれを祝ったのである。ブロークの表現によれば、この日は「散文的」でなく「音楽的」だった。この日、彼〔ブローク〕は短時間だが、音楽的な世界感覚が戻った。彼自身の証言によれば、他の日は「すべての音が途切れた▼17」。

　この時期の最も驚くべきことはゴーリキーとブロークの接近である。ブロークの論説『箔でおおった天使』についての――手紙の中での――彼の極度に懐疑的な批評が知られているが、しかし、革命はすべてをごちゃごちゃにし、旧敵を引き合わせ、友人を離間させ、人為的な区分を消し去り、隠されていたものを明るみに出した。文学者たちは一艘のもろいボートに乗り合わせ、お互い、ねたみも敵意もなしに見つめ合い、荒れ狂っている世界での自分の職業の異様なこと、場違いなことをはっきり自覚するのだった。ゴーリキーはブロークを好きにも好きでなくもできたが、しかし、相手の完璧な率直さと伝説となった誠実さを目にしないわけには

して詩を書かなくなったのかという質問に対しては、『あらゆる音がやんでしまった。なんにも音がしないのがわかりませんか』と問い返したという」（小平武訳『ブローク詩集』〔彌生書房、1979〕の「ブローク素描」〔240ページ〕）。すなわち、たまたま、ゴーリキーの誕生日に「音楽」が聞こえたのだろう。

いかなかった。彼の論文『インテリゲンチアと革命』――革命のたき火に木片を愚かにも加え、あとになって火を恐れることについての――を、ゴーリキーは個人的に自分に宛てられたものと受け取った。多分、ブロークは具体的な宛て先は考えず、インテリゲンチア一般のことを語ったのだろうが、彼の正当さはあまりに明瞭だった――呼びかけ、呼びかけ、大声で呼び寄せ、呼び寄せた。ところが、びっくり仰天!?――。ゴーリキーは応酬した――呼びかけはしたが、びっくりはしなかったと。ブロークも同意した、「だが、我々が呼びかけたのは、こうした日々ではなく、未来の世紀だ」。だが、彼らの立場は根本的に異なっていた。ブロークは文化の破滅を歓迎し、ゴーリキーは残ったものを救おうと努めるのである。ここに『個人の破壊』と『ヒューマニズムの瓦解』との間の主要な差異がある。ゴーリキーは『破壊』において個人主義の瓦解を喜々として予言した。ブロークは『瓦解』において個性の瓦解を悲しげに迎え、大衆文化の世の中では、個人としての彼はもはや何もなすべきものはないと理解していた。そして、彼はこのことをゴーリキー――一九〇七年に、大衆は新しいモラルを携えてくると真摯に信じていた――よりよほど以前に理解していて、記していた。

ロシアの個人主義は成熟しながら、病的な性格を享受して、個人の社会的‐倫理的欲求の激しい低落をもたらし、知性の全体的な戦闘能力の衰退を伴っている。

まったくその通り、まったくその通りだ。そしてブロークはこの個人主義の宿命を認識して

▼17　（ブロークは）「詩は一八年三月二十六日を最後として、一篇も書いていない。チュコフスキーの回想によると、『十二』を書いていた時に、その直後に詩人の耳に聞こえていた音は、音楽は、その後まったく聞こえなくなってしまったという。あたりは静かどころではなく、殷々たる砲声さえ聞こえていたのだが、『わたしにとってはあれは静けさです。あの音とともに眠くなってならない……概してこのところわたしは眠気におそわれています』と言い、どう

いた。たとえば、彼の論説『皮肉』を想起すればよい。彼はヒューマニズムのすぐあとに、何やら、新しい、異常な……ものがやってくるとさえ思っていた。まったくのところ、彼は、この新しい社会では、彼や彼のようなものは居場所がないと理解していた。滅びるなら早い方がよい。この点で、彼はゴーリキーとは合致していなかった。ゴーリキーは残ったものを救おうと真摯に努めたのだった。

ただし、彼らが不死について論争したのは興味深い。ゴーリキーはこうした会話のひとつを詳細に書きとめた。彼自身そこで、自分の物の見方を記述しているが、それは、よく考えてみれば、彼にとってはなはだ当たり前のこと、そして、彼が文化において、ただその上辺の構成物、ただ作品、傑作、貴重品……のみ愛したという話を論破するものである。ブロークに告白しているが、彼の夢見ているのは、すべての物質の霊的なものへの移行、肉体労働の崩壊、思想の王国である。それは、いかに奇妙であろうと、彼のユートピアは、マヤコーフスキーの『飛行するプロレタリア』――そこでは、すべてのすばらしい未来が殺菌された空間で実現され、純粋な知的プロレタリアは思考によって製品を生産する――にいささか似ている。ブロークは不死をもはや信じていないと告白している。我々は信じるには賢明すぎる。だが、信仰なしに済ませられるほどには、まだ力が不十分であると。ゴーリキーは答えて、説得にかかる。宇宙の原子の数が有限であるならば、「永劫回帰」――勿論、ニーチェから借用した――はまったく可能であり、すべては再び構成され、ゴーリキーとブロークは再びレートヌイ・サード［夏の庭園］でペテルブルクの春の憂鬱な晩、話を交わすことになる……と。だが、この無限の繰り返しの地獄はブロークを納得させない。彼には何か、新しい、「建設にも破壊にも同様に似ていない」ものが欲しい。このことで、革命は、瞬時は人を魅惑した。だが、それは同じ地獄――ただし、もっと天井の低い――へ転がり落ちてしまった。どうしてこの地獄で、以前の文化の残り物を救い出すべきなのか、彼には理解できない。「世界文学」への彼の関与がチュコーフスキーのアルバムの即興詩作りとハイネの一巻物のやる気のない準備に尽きたのも、もっともなことである。ゴーリキーはさらにもう一つ、インパクトはあっても、途方もない計画――全世界史を簡潔な演劇シーンにしてプロレタリアに見せること――を思いついた。ブロークは古代エジプトの生活から戯曲『ラメセス』――その最後の芸術作品――を書いた。そこには、飢えた奴隷や二枚舌の高官がいっぱいの、恐ろしい、真空のエジプトのただ中に、ひとりぼっちの預言者が歩きまわり、おのれの神秘的な、エジプトの知らない主《しゅ》からの預言を、すべての人に知らせる。地平線上に巨大なシリウスがかかっている。奇妙な戯曲で、すぐれており、色調はいく分ワイルドの『サロメ』に似ている。

十一

一九一八～二一年のペトログラードは、エヴゲーニー・ザミャーチンの表現によれば、氷の空間を飛ぶ弾丸を想起させた。「弾丸の中でのおかしな計画」――ノスタルジックな優しさを込めて、ザミャーチンは「世界文学」を回想するのだった。だが、おかしいにせよ、おかしくないにせよ、計画はこの上なく恐ろしい年月を生きる助けとなった。一九二四年、ゴーリキーの出立のあと、出版所は閉鎖された。それでも、のちに彼はもう三〇年代だが――「アカデミー」出版所を設立して、この計画を復活させた。幸い、文化保存の思想は政権にとっては、すでにより理想的なものとなっていた。保守の時代がやってきたのだ。

他ならぬ、この時期、ゴーリキーは、その生涯の一番の愛に出会う幸せにめぐまれた。勿論、彼の履歴で、アンドレーエヴァの占めていた場をマリーヤ・イグナーチエヴナ・ザクレーフスカヤ‐ブドベルクが占めることはできなかった。二人は十年間だけ一緒に暮らし、その後はときおり、彼女のCCCP《セセセール》［ソ連］来訪時に出会う定めだったが、しかし、自分の主著『クリム・サムギンの生涯』を、ゴーリキーは他ならぬ彼女にささげ、しかも、自分の仕事机の上に、他ならぬ彼女の手のレプリカを置いていた。「理想的に優雅ながら、いつも清潔だとはまるでいえない」、彼女の別の偉大な愛人、ハーバート・ウェルズは記した。男爵夫人ベンケンドルフ・ブドベルクをゴーリキー自身は「鉄の女」とあだ名したが、それはかなり根拠あってのことだった。彼女は彼より二十三歳年下で、彼の作品がはじめて刊行された年の一年前に生まれたが、彼より三十八年長生きして、一九七四年イギリスで亡くなった。彼女の生涯には大変多くの事柄が含まれている。マリーヤ・ザクレーフスカヤは第一次世界大戦の少し前にロンドンのロシア公使館に勤めていた兄プラトン・ザクレーフスキーのもとにやって来、多くのイギリスの文学者、外交官、社交界のお歴々と知己になった。彼女は作家のハーバート・ウェルズとロシアの貴族イヴァン・ベンケンドルフ――ちなみに、彼女の兄の上司――と出会い、ベンケンドルフはたちまち彼女にほれ込み、彼女は彼に嫁いだが、ウェルズは彼女の三番目の夫となる運命にあった。以下――彼が一九二〇年にロシアを訪れて、旧交を復活したとき、彼女の容姿を描いたものである。

ムーラ（マリーヤ）が信じがたいほど魅力があるという私の確信は自己欺瞞のひとかけらもない。もっとも、どんな性質が彼女の特徴をなしているのかを決めるのはむずかしい。彼女はこの上なくだらしがなく、その額は不安そうなしわが刻み込まれ、鼻は折れている。彼女は非常に早く食べ、大きな塊を呑み込み、ヴォトカを大量に飲む。また、その声は、多分、ヘヴィー・スモーカーのせいだろう、荒れ気味でうつろである。通常、使い古したバッグを手にしているが、まれにしか、きちんと留め金がかけられていない。ところが、彼女が他の婦人たちと並んでいると、いつだって、彼女は他の連中より魅力があり、引きつけられる。私には思われるが、人を何より魅了するのは、押し出しのよさ、首の優美な構え、物腰の落ち着き払っていることである。高い額の上の彼女の髪はとりわけ美しく、幅広の、神のみわざの波をなして、うなじに垂れ下がっている。つぶらなひとみはくっきり平静に物を見、タタール風の頬骨は顔に友好的な平穏の表情を付け加え、ドレスの大まかなのも、力、肥満、スタイルの均斉の良さを強めている。どんなデコルテも、みずみずしく清らかな肌を際立たせる。どんな状況にムーラは置かれても、決して沈着さを失うことはなかった。

沈着さについてはまったく正しい。彼女は皮肉屋で、信じられないくらい生活力が安定していて、すこぶる迅速に、ときには、例のヴォトカの力を借りて、力をよみがえらせるのだった。この女性は二つのドイツ姓（初婚でベンケンドルフ、再婚でブドベルク）を持っていたが、古典的、理想的なロシア婦人だった。ニーナ・ベルベーロヴァは、彼女に関する自著（『鉄の女』）で、男の責任感が、ここでは男にもまれにしか本来的でないのに、彼女には、それはすぐれて本来的であったと指摘しているにしても。一九一二年彼女はベンケンドルフに嫁ぎ、一九一三年に息子パーヴェル、一九一五年に娘ターニャを生み、二人とも自身で育て、この時期には夫のエストランド▼18の領地で暮らしていた。一七年レーヴェル近郊に夫と子どもを残して、彼女はペトログラードに赴いた。そこに落ち着ける見通しがどれほどのものか、探り出すためだった。レーヴェルの目と鼻の先にドイツ人が駐留していたが、ドイツ人の監視下に入るのを、彼女は望まなかった。彼女の退去のほとんど直後、百姓がベンケンドルフの屋敷に放火し、彼女の夫を殺した。子どもは家庭教師のミッシーと一緒に奇跡的に逃れ、隣人のところに隠れた。ベンケンドルフのペトログラードの住まいは人が詰め込まれ、その後、コムベド――貧民委員会――が入ってきて、マリーヤは引っ越さなければならなかった。彼女は当時、自分の父親の老コックのもとに住まい、援助と食糧を得に、イギリス大使館に赴くのだった。そこでは多くの人が彼女のことをおぼえていて、そこには多くの友人がいたし、そこで、ブリュス・ロッカート――ドイツとの単独講和を妨害するためイギリスのスパイとして、ロシアに送り込まれた――

▼18　エストニア北部の歴史的呼称。

との彼女の恋愛関係が始まった。しかしながら、ブレスト講和が締結されて、ロシアが戦争から離脱するのを妨げることは、ロッカートもサマセット・モーム自身もできなかった。その代わり、ロッカートは別のことでうまくいった。ムーラとともに、彼の回想によれば、彼の生活には、何やら巨大な、彼の理解やら解釈やらを超えた、大きなものが入ってきた。彼がロシアから——彼が公使館とともに移ったモスクワから——追放されたとき、ムーラ（彼はマリーヤをあだ名で呼んだ）は彼からほとんど毎日手紙を受け取りつづけた。そして、そう憶測する人もいるが——指示も。

誰が、どのようにして、いつ、マリーヤ・ザクレーフスカヤ・ベンケンドルフを「世界文学」に採用したかについては、沢山のことが書かれているが、真実を知っている人はほとんどいない。一説によれば、彼女を採用したのはロッカートであり、他の説だとЧК《チェカー》で、彼女をロッカートと一緒に一九一九年モスクワで逮捕したときであるが、もう一説によると、彼女は二重スパイだったという。しかしながら、彼女はいかなるスパイでもまったくなかったということもできる。彼女は生き残らねばならず、ペトログラードに戻ると、コルネイ・チュコーフスキーに相談した。彼とはまだ一九一五年の彼女のイギリス訪問時に知り合った。当時、彼は作家ヴラジーミル・ナボコフの父——有名なカデット［立憲民主党員］——と一緒に、第一次世界大戦におけるロシアへの全面的支持をイギリス人に働きかけるためにやってきたのである。チュコーフスキーに彼女はすぐさま相談したが、彼は彼女の会話英語（ロシア語にさえ浸透していた。彼女の会話は英語の言い回しがいっぱいで、すばらしいアクセントが際立った）のことを知っていて、彼女をゴーリキー、その他の「世界文学」の同僚に紹介した。ザクレーフスカヤ・ベンケンドルフは即座に仕事を受け取ったが、しかし、肝心なことは、ゴーリキーが彼女に自分の理想を発見したことだった。

ここでゴーリキーの色欲の性質について少々述べておいたほうがよかろう。一説によると、結核患者は結核に伴う体内中毒の結果、亢進性《こうしんせい》の異常性欲、高揚した色欲を有するという。実は多くの人がゴーリキーの結核を疑問視する。彼が余りに頑強で、ほとんど死に際まで仕事ができたからで、あるいは、事実は慢性気管支炎であったかもしれない。しかし、高揚した色欲を疑問視した人はいない。彼の初期作品は無垢であるが、その代わり、後期のものでは、それが何であれ、遠慮しなくなり、ブーニンでさえ、ゴーリキーのエロチズムには遠く及ばない。もっとも、ゴーリキーのものはまるっきり美化されておらず、性は冷笑的、粗野に、しばしば嫌悪感を持って描かれている。カプリで語られているが、ゴーリキーはホテルにはひとりの女中も入れなかったという。アンドレーエヴァとの関係は、一九一九年、すでに冷えていた。アンドレーエヴァはレーニンの個人的任命により、当時、ペトログラード劇場人民委員だった。彼女は市民夫▼19よりはるかに前途有望だった。ニーナ・ベルベーロヴァの断言するところでは、彼女には当時、自身の秘書ピョートル・グリュチコフとロマンスがあった。彼はその後、ゴーリキーの文学秘書となり、彼の死後、ほとんどのゴーリキーの取り巻き同様、弾圧された。我々はゴーリキーの愛人のことはほんの少ししか知らない。彼はうまく隠しおおせたのだが（同じベルベーロヴァによると、彼はアレクサンドル・チーホノフの妻ヴァルヴァーラと関係

▼19　市民妻に対応する言い方（訳者には初見）。

があった。彼女の娘ニーナは実際、ゴーリキーと瓜二つだった）、しかし、彼の色事は多数あって、情欲は強烈だった。ブドベルクには美しさよりもむしろ、飾り気なさと、信じられぬほどのセックス・アッピールがあった。チュコーフスキーの回想によると、ゴーリキーはすぐさま彼女の前で自分をひけらかし、彼女とでなくても、もっぱら彼女のために話をした。ゴーリキーに起きたことはブロークにも起きた。彼の趣向ははるかに選択的であり、マリーヤ・ザクレーフスカヤに最後の詩のひとつ、彼女に贈られた後期叙情詩集と同名の『灰色の朝』を捧げた。「あなたは私に定められた人ではないのに、どうして私はあなたを夢に見たのだろう？」等々と、かなり機械的な、出たとこ勝負の詩ではあるが、ほとんどすべての詩集に、彼はかような献詩をつけなかった。

一九二〇年、ウェルズはロシアを訪問して、レーニンと会見し、ペトログラードでチェニシェフ学校（その学校の生徒はウェルズの作品を大変よく知っていたが、しかし、彼は信じようとはせず、チュコーフスキーが彼らにそうさせたと決めた）を訪問し、そうして、国の変化にはかなり懐疑的な見方をし、荒廃にぞっとして、文化の復活を信じなかった……。芸術の家で、彼を主賓とするレセプションがあった。シクロフスキーは彼に面と向かって叫んだ、「あなたのところのイギリス人に話して下さい。我々は封鎖ゆえに彼らを憎んでいると！　我々は我々の寒さと飢えゆえに、彼らを軽蔑していると！　すべてこうしたことを『滑稽な歴史体験』と呼ぶことは誰もできないと！」。ザミャーチンは会見を行なった。長くイギリスに暮らして、言葉を上手に操れたからである。彼はスキャンダルをもみ消した――姓[20]と完全に合致していた

▼20　動詞замять（発音「ザミャーチ」、意味「もみ消す」）に由来している。

が。ウェルズの巡行にはムーラが随行したが、二人の間にロマンス——彼女の生涯で最も長続きしたロマンスのひとつ——が突発した。どうして彼女は年取った、ぶくぶく肥えた、控えめなイギリス人が好きになったのかと聞かれて、マリーヤ・イグナーチエヴナは返事した、「彼から蜂蜜の匂いがしたの」。詮方なし。ロシアの男どもからは、当時、全然別の匂いがしたから。

当のザクレーフスカヤは、彼女のゴーリキーとのロマンスは純粋にプラトニックだったと、いつも断言していたが、しかし、ご両人を知りながら、この発言を許容するような伝記作者を見つけるのは困難だ。ザクレーフスカヤは難無く自然に、ゴーリキーの家の域内に、その巨大な住まいに、複雑に入り組んだ環境——ゴーリキーをどんな遠くへ連れて行こうが、彼は自分のまわりに作り上げてしまう——に入り込んだ。彼にかなう者がいなかったのは、日常生活の演劇化、当人が采配を振るっている、とぎれなく続く出し物作りである。もしかしたら、こうしたナイーヴな人生の装飾がなく、独自の出し物、長時間の喫茶がなく、高揚して彼に耳を傾けた聞き手（もっとも、物語は一挙手一投足まで復習され、リハーサルされた）がいなかったら、彼は生理的に生存できなかったろう。ゴーリキーの家の日常は騒々しく乱雑で、少しも内容が豊かでなかった。だが、大様でもてなしがよかった。クロンヴェルクスキー通りの彼の家では、元公爵、人民委員、プロレタリア、作家——ニジェゴーロトの新聞記者のひとりの、ゴーリキーの元同僚——あるいは、ひょっとすると、カザンの沖仲仕にたやすく出くわした。以下、一九一九〜一九二〇年に、他の人々より頻繁に彼の食卓に集まった人々のほぼ一覧である。

チーホノフ夫妻、発行人З《ゼー》・И《イー》・グルジェビン、研究者の日常生活改善中央委員会（Ц《ツエー》Е《イエー》К《カー》У《ウー》Б《ベー》У《ウー》）議長А《アー》・Б《ベー》・ハラートフ、東洋学者のアカデミー会員С《エス》・Ф《エフ》・オリデンブルク、А《アー》・П《ペー》・ピンケーヴィチ、В《ヴエー》・А《アー》・ジェスニツキー、К《カー》・И《イー》・チゥコーフスキー、Е《イエー》・И《イー》・ザミャーチン、Ф《エフ》・И《イー》・シャリャーピン、ボリース・ピリニャーク、ラリサ・レイスネル、その夫のラスコーリニコフ、人民委員バルトフロータ、М《エム》・В《ヴエー》・ドブジンスキー、映画監督С《エス》・Э《エー》・ラドロフ、ペトログラードに来ていたときは、クラーシン、ルナチャールスキー、コロンタイ、そして、ペトログラードへモスクワからやってきたときには、レーニンも。勿論、そこには、ゴーリキーの息子マクシーム・ペーシコフもやってきた。彼はモスクワの内務人民委員部に公用使として勤めていたが、定期的に父のもとを訪れ、食事中ひっきりなしのいたずらを企てていた。この家でムーラはすでに一九一九年には身内となり、一九二〇年には多くのゴーリキーの依頼——とりわけ彼の国外宛て手紙全部の翻訳——を果たした。ゴーリキーとムーラの部屋は隣り合っていた。ただし、多くの人々は、ゴーリキーはムーラの女の魅力よりもむしろ、彼のひとことひとことをとらえることのできる能力にほれ込んだと、考えている。このことを無視するのは困難である。彼は自分が興味深く思われていると感じたとき、生き生きするのだった。

十二

ところで、有名な捜索[21]——そのあと、ゴーリキーはレーニンに警備と公正を求めにモスクワに赴いた——は、これきりではなかったが、マリーヤ・ザクレーフスカヤのせいで起きた。彼女はあるいはイギリスのスパイ、あるいはドイツとの関係、そして、どんな場合でも、階層の異質性が疑われたからだ。他ならぬ彼女の部屋はとりわけ入念に捜索された。ゴーリキーはこの時期、しばしばレーニンと論争したが、しかし、レーニンの暗殺未遂のあと、不安に駆られた、激烈な電報を彼に送り、あらゆる反対運動を中止し、ピーテルのチェキストのテロに対する庇護を定期的にレーニンに求めた。そして、一九二〇年には間柄は最初の水準でないにしても、少なくとも友好的中立にまで回復された。ゴーリキーはモスクワでレーニン、ジェルジンスキー、トロツキーと会った。説明のためにジノヴィエフが呼ばれたが、恐怖のために彼には心臓発作が起きた（仮病を使ったと、ゴーリキーは確信していた）。ジノヴィエフは捜索の責任は問われなかったが、しかし、ゴーリキーは不可侵の保証を受け取った。それがどれくらいあれば十分なのか、彼は知らなかったが、幻想は抱かなかった。

レーニンのもとに彼はこの時期しばしば出かけ、ほとんどいつも、今日の歴史家にはナンセンスに思われることとごとを訴えた。だが、レーニンはゴーリキーの頼みに耳を傾け、彼を庇護するよう努めた。どうしてかをいうことはむずかしい。センチメンタルな考慮からではとうて

捜索した。これはペテルブルクの「主人」ジノヴィエフの指示によるもので、彼は「秘書」をイギリスのスパイと考え、これを証明するものを入手し、宿敵の作家に打撃を与えるためだった。ゴーリキーは激怒し、モスクワに直行、レーニンに直訴した。

いない。そうしたものはレーニンの性分でなかった。西欧にあるゴーリキーの権威もまた何のかかわりもない。より確からしいのは別の動機である。レーニンには、持って生まれた、生得的レベルで習得された、ロシア文学に対する畏敬の念があった。彼も彼の社会層——チェルヌイシェーフスキーの地下読書で育まれた、地方インテリゲンチア——も、この偏見から逃れることには終生成功しなかった。それゆえレーニンは創造的インテリゲンチアを「哲学汽船」で移送するにとどめ、彼らを撲滅しなかった。恐らく、ゴーリキーは彼には卓越した芸術家に思われた。彼の好みは伝統的なものであり、ゴーリキーの社会リアリズムは彼には身近だった。多分、彼はゴーリキーを党（党員資格をゴーリキーは再登録後、更新しなかった）とインテリゲンチア（ゴーリキーをそのとき、どんなときよりも信頼していた）との橋渡し役として有用だと考えた。要するに、ゴーリキーが教授を望めば、教授が付与される。「世界文学」の印刷されていた「コペイカ」印刷所からあまりにも多くの労働者が前線なり他の労働責務なりに徴用されていることを指摘すれば、「コペイカ」は手を触れないでおかれるのだった。ゴーリキーがレーニンの注意を、ペトログラードの街路にあまりにも沢山の砂袋——一九一七年夏秋の街頭戦から残された——が腐っていることに向けさせると、レーニンはチェックする、「資源ごみ部へ」。そして「資源ごみ部」はゴーリキーの計画——ぼろくずを集めて、製紙工場へ送付する——を実行し始めるのだった。

ゴーリキーの庇護によりブロークも助けられただろう。だが、残念なことに、彼の出国（妻と一緒の——妻がいなくては、彼はどうしようもなかった）許可は彼の死の一日前に下りたの

▼21　1920年10月（初旬？）、ペテルブルクのクロンヴェルスキー通りのゴーリキーの住まいはチェカーに二度捜索された。初回は爆弾があるとかで物置を調べただけだったが、二回目は住まいに入り、それもゴーリキーの「秘書」マリーヤ・ザクレーフスカヤの部屋のみ徹底的に

だった。同じ八月に引き続いた第二の死はゴーリキーを叩きのめした。彼のあらゆる抗議、擁護、請願にもかかわらず、反革命陰謀の摘発で、ニコライ・グミリョーフが銃殺された。他ならぬ、この二つの死――第一のものは新政権が間接に、第二のは直接に罪を犯した――のあと、ゴーリキーは、彼の名前はもう誰も守れないし、ロシア文学の偉大な事業にかかわっていることも、何の保証ももたらさないということを理解した。こうして、出国の考えが彼に熟した。だが、彼はこのことを自分自身にさえ打ち明けることはなかった。生涯、変革を呼びかけ、変革のあと、去った作家はまさにそのことで、人生の中心目標が瓦解したことを認めるのだった。レーニンはゴーリキーの動揺を目にして、彼にすばらしい考えを与えた。一九〇七年彼はゴーリキーを制裁から遠ざけて、合衆国へロシア革命の募金のために派遣したが、今度はロシアが一九二一年、旱魃のためにひどい目に遭っていた飢えとの戦いの募金のために派遣させるのだった。

いわゆる「ポムゴル」あるいは「プロククーシ」――「飢餓者救済組織」あるいは組織者の姓による「プロコポーヴィチ、クスコヴァ、キーシキン」は最終的にプロククーシとなった。数十人のモスクワおよびペトログラードの知識人はボリシェヴィーキとは直接協力せず、彼らに敵対的であったが、古くからの関係を利用して西欧からロシアの飢餓者の救済資金を得ようと努めた。資金は見込みどおりには得られなかった。何しろソヴィエト政権がことあるごとに委員会を妨害したからだった。「ポムゴル」は何ひとつ行政機能がなく、それにかかわりあるものは何ひとつなかったし、その大部分のメンバーはまもなく逮捕された（その後、ポムゴルの当のメンバーのほとんど全員が亡命することになった）。その間、ゴーリキーは西欧の友人や仲間に積極的に手紙を書き――多くの人々は呼応するが、しかし、彼らの援助は効果があるとはいいがたい。レーニンはゴーリキーの出立を主張した――募金を口実にして、あるいは治療のために（ここでもゴーリキーは出立の完全な権利があった。彼は実際衰弱しており、ネフローゼを患い、喀血に苦しんでいた）。すでに言及したロンムの二部作にあるエピソードでは、ゴーリキーがクレムリンにレーニンを訪問し、レーニンがプロレタリアの残忍さの必要性について、彼と長いこと論争するが、偉大なヒューマニストはひげを震わせながら、それでもやはり決してその必要性を認めようとはしないが、たまたま居合わせた普通の農民は階級闘争のすべての偉大さを結局のところ彼にわからせる。実際には、二人の間でかような論争はとうてい行なわれはしなかった。レーニンは一九一八、一九二〇、まして一九二一年はあまりにも多忙で、ゴーリキーにテロの効用を説き伏せるひまなどなく、多分、自身の論証の効力を信じないだろう。彼らの関係を理想化すべきではない。この理想化のために何より多く貢献したのはゴーリキーご本人で、回想録の中で、レーニンが、この時期、彼と数多く会い、彼の要請に異常に注意を払ったと書いた。ゴーリキーは多くの人々（とりわけホダセーヴィチ）により指摘された、事実の粉飾傾向のため、あまり信頼できる回想録者ではない。勿論、最初の国外滞在時の年月に書かれた回想録には驚くべきほど力のこもった章、生き生きした、あざやかな性格描写がある。だが、第一に、すべてのゴーリキーの主人公は、レーニンを含めて、同じイントネーション、ゴーリキー式の無数のダッシュ、そして、重々しい後置[22]（「わが人生の」、「きみの

▼22　постпозиция　［文法用語］本来は前にあるべき語句を後に置くこと。強調のために行う。「偉大なるピョートル」→「ピョートル、偉大なる」、「五月の朝は心が晴れ晴れする」→「心が晴れ晴れする、五月の朝は」

手紙」……）をつけて話す。第二に、彼は日付を前にずらして、自分に対する彼らのかかわりの畏怖と正当さを誇張するきらいがある。恐らく、トルストイに関する手記――当時の会話の熱っぽい痕跡の残るメモにもとづいた――のみ、完全に信憑性がある。レーニンに関してはまるきり疑わしいエピソードがある。ゴーリキーがレーニンをとある軍事専門家たちのところへ連れて行き、レーニンがそこで博識を披露して、異常に的確な質問をする。ゴーリキーに引用されている彼の質問はかなり凡庸で、それに人民委員会議長が――その上、プロレタリア古典作家と――新しい軍事発明を見に行こうという、行き当たりばったりの彼の呼びかけに応じて出かけるなど、ほとんどあり得ない。もっとも、レーニンは指導者絶対主義にはかかってはおらず、軍事には活発な関心を示した。多分、ゴーリキーは、そこは誇張はしていないかもしれない。だが、まさしく誇張しているところがある。それはレーニンの永遠の子どもっぽさ、負けん気、ユーモアである。総じて手記の第二版（レーニン没後七年に書かれた）には、子どもの口まね部分が行き過ぎている。たとえば「呪われた現世のすばらしい子ども」でも思い出せばよい――レーニンには何ひとつ子どもっぽいところはなかったし、ユーモアはレーニンにおいてはかなり手厳しく、ときには冷笑的であったたし、攻撃において何ら感動的なものなど見えなかった。彼から奪うことのできないもの――それは天才的な政治的炯眼《けいがん》（実のところ、基本的には狭い範囲であって、そういうところがいかなる手段もいとわない政治家に常に備わっている）である。あるいは、彼は余分な残忍性を避けようとしたかもしれない。だが、余分がどこから始まるのか、そうしたものすべてが総じて余分ではないのかどうか、いわくいいがたい。

彼自身、ゴーリキーに尋ねている――喧嘩で殴った数を数えている人がいるか？　どんな殴打が行き過ぎなのか？　一九二〇年、ゴーリキーはペトログラードでの第二十回コミンテルン会議に出席した。レーニンの、この都市――ほどなくして、彼の名前で呼ばれることになる――への最後の到着のときである。彼はモスクワに出立する前、ゴーリキーの家で客となり、大会のために発表され、刊行されたばかりの『共産主義の左翼小児病』を、友情のサインとともども彼に贈った。二人はタヴリチェスキー宮殿の柱廊のもとで一緒に写真に収まった。ひげをそりおとし、やせ気味のゴーリキーは、レーニンを取り巻いている群衆の中で右往左往するのを望まず、ほんの少し離れて立った。この写真での彼の表情は高揚している――あるいは、むしろ、それでもやはり、とまどっているように思われる。

十三

一九二一年八月、ゴーリキーはレーニンの強い要請に譲歩して、子どもや家人を連れて、だが、アンドレーエヴァは連れず、ヘルシングフォルスへ出立した。こうして彼のほとんど十二年（一九二八年の祝賀典施行期間の中断を入れて）の追放――文学関連では、最も実り豊かな時期が始まった。ヘルシングフォルスのあと、彼はベルリンに住まい、そこで雑誌「対話」を亡命者およびロシア作家の力を借りて立案しかけた。国境はまだ最終的に遮断されておらず、ロシア文学の統合の期待はあるという幻想は長いこと彼には保持されていたし、実際、他ならぬレーニンの死までは比較的通りやすく、道標転換派▼23の新聞「前夜」はロシアへ自由に浸透し、退去者も居残り者も自由に寄稿できたし、そして、他ならぬ帰還者たち（たとえばアレクセイ・トルストイ）は新しいロシアの利益に献身的に尽くす決意であったなら、赦免を期待できた。だが、雑誌「対話」は数ではただの六号しか出ず、ゴーリキーがひどく落胆したことには、PCΦCP《エルエスエフエスエル》［ロシア社会主義連邦ソヴィエト共和国の略称］へ雑誌を入れるのをソヴィエトの検閲機関は拒否した。彼はこの刊行物に自作（一部は自伝、一部は創作）の新シリーズを掲載し始め、いま、ようやく新規に書けると思ったのだった――簡潔に、的確に、余分な細部や登場人物（批評家たちが常日頃彼をとがめ立てた）を入れずに。彼は作品のひとつ『あるロマンスの物語』を匿名で発表しさえした。新しい方法がたやすく認知されるかどうか、テストしようと思って。アイデアはホダセーヴィチのものである。彼は当時、ゴーリキーと大変親密で、ドイツの町サアロフに彼と一緒に住み、ロシアに妻を置いて、そこから連れてきた美女のニーナ・ベルベーロヴァを同伴していた。ホダセーヴィチはゴーリキーとの論争で、批評家ユーリー・アイヘンヴァルトの公平性を擁護したが、ゴーリキーは強く主張した――アイヘンヴァルトは、彼［ゴーリキー］がゴーリキーであるがゆえに、作品そのものからでなく、彼を好かないのだと。その結果、『あるロマンスの物語』は匿名の「ヴァシーリー・シーゾフ」で出たが、ゴーリキーが一入喜《ひとしお》んだことには［反語?・］、アイヘンヴァルトは匿名の持ち主を罵倒し、すなわち、自身の文学的誠実さを証明した。しかしながら、実をいえば、この新しいゴーリキーの散文でも、爪を見ればライオンだとわかる。たしかに、それはより控えめであり、より無駄がなく、より

▼23　白系ロシア人の文学団体。

つつましく、こういってよければ――細部において、よりざっくばらんであるが、――しかし、それは従来のゴーリキーであって、とりわけ、彼の人間観を侮辱するものすべてに対して、すべての醜悪なもの、屈辱的なもの、倒錯したものに対して、敏感であり、執念深い。

ところで、彼のホダセーヴィチとの親交は興味深い。彼の共感および反感は驚くべきほど的確に彼自身の状況を理解させてくれる。彼は道連れを、いうまでもなく、自分の好みで選ぶことができた。［一］九〇〇年代にはチェーホフ、アンドレーエフ、ブーニンと親交があり、革命後はブロークと、亡命後はホダセーヴィチと……。ホダセーヴィチにはブロークのロマンチズム、ブロークの滅亡陶酔がなかった。それは――トルストイのところで、あるフランス人がアンドレイ伯爵についていったのだが――「神経質で短気な人物」であり、シクロフスキー――ご当人も厄介な代物だ――が、ホダセーヴィチには「血液の代わりに蟻精［蟻酸に水とアルコールを加えた薬品］がある」と記したのも、もっともなことである。まさしく実際に他の人々とのかかわりに幻想を持たなかった人間だった。当人は著作『ネクロポリス』▼24および『白い廊下』となった回想録では、同時代人よりも、好いている人々さえよりも、いつも賢明で、先見性があり、高潔である。ホダセーヴィチは、実際、例外的に賢く、かつ、短気であり、それがために、断絶後、ゴーリキーから同様な毒を含んだ性格付けを受けたゆえんである――生涯、ほんのわずかな旅行用品を持って、それがトランクであるふりをして、通り過ぎたと。もしかしたら、ホダセーヴィチの天賦の才の規模は、著者が辛辣な評価や毒を含んだ判断を受けずに済む程度ではなかったかもしれない。だが、彼は偉大な詩人――道を踏み外したロシアの

▼24　**Некрополь**　1939年ブリュッセルで刊行された、ヴラジスラーフ・ホダセーヴィチ（1884-1939）の回想録。刊行時、彼は生存していたが、直後、急死した。本書には9人の詩人、作家の回想が収められており、ゴーリキーも入っている。それは30ページに満たないものの、恐らく、最もすぐれたゴーリキー評伝であろう。

現実やヨーロッパの戦後の夜を内容とした、高貴な古典的構成の詩を書いた——であったが、そうでなかったとしても、彼の叡智と先見性は疑いの余地がない。ホダセーヴィチはロシア亡命社会の最良の回想録家、かつ、批評家であった。悲劇的な幻滅、全体としての隔離の恐怖、致命的に傷つけられた希望——これこそ彼のテーマである。世界の人間性喪失、人類全体が耐えるに値する唯一のものの喪失を前にした恐怖——これこそ彼の叙情詩の基調であり、一九二二年のゴーリキーも世界と自分をほぼ同様に感じている。彼は当時、落ち着いた、賢明な相談相手を必要としていた——ペトログラードの混沌のあと、この上なく的確に彼が新しい人生哲学を形成するのを助けてくれるような。そしてほどなくゴーリキーはこの哲学を形成する。それは人間の宿命的な倫理的不全に、そして、人間を改造しなければならないことに帰着する。彼は人間の本性についての歓喜から始めて、人間が新たに神を創造しなければならないことを夢想しつづけたが、二〇年代、亡命生活で彼は総括に達した——従来の人間は自己の倫理的破産を呈したと。さしあたり、新しい人間を創造すべきだ。このばあい、誰に頼るべきかは、当面、不明瞭だった。はじめに、かつてない力で、従来の世界の醜悪さと忌まわしさを描き出さねばならない。そして、著作『日記からのメモ。回想』は全体が人間の無知の無意味な情景に満ち満ちている。ゴーリキーは序言で予告しているが、彼の記憶にこの上なくひどく執拗に重荷を負わせているものすべてを頭から放出する決心をしたかのようだった。そして、著作は恐ろしいものとなった。前にも後にも、彼はかほど端的に力強く書いたことはなかった。その熱情で著作は同じ時期のホダセーヴィチの詩——「私には自分のままでいることはできない。私は気が狂いたい……」を想起させる。あるいは「うなだれる人は幸いだ。世界は彼にとって、たとえ一瞬であっても、別なものだ」。これは、ゴーリキーにより描かれた世界には人間らしさの場がないということではない。ある――だが、人間らしさの行く末は悲惨であり、とりわけて、それは誰をも救わない。

十四

全体として『一九二二～二四年の短編』と『日記からのメモ』は彼の生涯の最良の作品である。これらのかげには、しばらく前に体験された大きな苦悩とそれによる恐るべき疲労が感じられる。『隠者』には、ルカとは異なった、善き慰め手が登場している。あちらは、自分が畏敬され、依存されるよう、自負から慰めるが、こちらは全員をあわれに思う森の神に似ている。同じ痛ましい、こみ上げるあわれみが、ゴーリキーの最上の短編、三ページの『ケムスコイ兄弟のお母さん』――自殺未遂により自分を損なった、酔っぱらいの暴れ者が好きになった、女学生を書いた――に満ち満ちている。彼女は彼の五人の息子を生み、いまでは全家族の食糧を得るため、休まず働いており、やつれて、気がおかしくなり、町の笑いものになっている。町はというと、彼女の苦悩を冷笑のまなざし――あらゆるロシアのオクーロフの永遠のまなざしで眺めている。たぐいない音楽的な力と、作品構成の的確さをもって書かれた、この短編一作でも――『老婆イゼルギリ』など問題外！――ゴーリキーは記憶されてしかるべきである。

ケムスコイの生存時、彼女は音楽と図工の授業で稼ぎ、家具や調度を売って、ケムスコイと子どもを養い、ケムスコイが死んだとき、二階家の十三の部屋はすっかり空っぽになり、「お母さん」と子どもらは二つの部屋に隠れた。

ちらり、ほくそえみながら、ビュッフェの主人は話す。

「みんな売り払ってしまいました。子どもらは床に寝、ご当人は床にごろりとなる――あるとき、干し草、わらが盗まれてしまって。まったく野蛮になりました……」

彼、ビュッフェの主人はいく分太い声を上げながら、歓喜するのだった。

「鏡ひとつない、何にも！　心の善い人々は彼女に関心を寄せませんした。どうして彼女はあんな苦しみを背負ったんだ？　『家族を支えなければなりません。このような家族がなくなるなんてありえません。ケムスコイ一門は何度もロシアを救いました』だなんて。勿論、これはバカげた空想です。何からロシアを救うんだ？　ロシアを誰も分捕れない。ロシアは馬じゃない。ジプシーだって、ロシアを盗まない」

二十八年間、「ケムスコイ兄弟のお母さん」は町の通りを走りまわった。やせこけ、ぼろをまとい、飢えた狼は顎を動かし、いつも何かつぶやいていていた。

お祈りのようなものをくり返した――腹を立てていても。

彼女はボロボロになり、着古し、野蛮になり、「ちゃんとした人々」はもう彼女を家に入れなかった。そして、彼女は彼らの子どもたちに、音楽、図画を教えることはもうできなかった。自分の子どもらの腹を満たそうと、彼女は菜園の野菜を盗み、屋根裏でハトを捕まえ、ニワトリを盗み、夏はスイバ、食べられる根、キノコ、草の実を採った。冬の夜、吹雪のとき、薪を盗みに森へ行き、柵の板を折って取り、崩れかけた家の一つの暖炉でも焚こうとした。町中、「お母さん」の涸れ尽きないエネルギーにびっくりした。彼女を泥棒の疑いで、あとをつけることはしないみたいだった。

「ときおり、ちょっと叩いたりしたが、警察に突き出すのは一度だって！　彼女をかわいそうに思いましたから」

彼女が物乞いをしないのに町の人々はびっくりしたし、そのことで彼女を尊敬までしましたが、誰ひとり一度だって、彼女が生きるのを助けてやらなかったのです。

「で、どうして？」、私はたずねた。

「何ていったらいいのか？　えらく性質《たち》が悪くて、傲慢で、この傲慢がどこまでもつのか見たいと思っているかも。いまはもう四年目ですが、彼女に施しを与え始めました。彼女はすっかり気が狂ってしまいました。そして、何のために——あなたはお思いになります？　何とまあ、子どものためだって！　『私の子どもは——叫ぶのです——王室の生まれです。ボリスはポーランド王、チーマはブルガリヤ王、サーシャはギリシア皇帝です』。何てこった！　我々はこうしたツァーリを叩きます。連中はみんな母親そっくりに——泥棒です。ボリスはその上せむしです。赤ん坊のとき、窓から転げ落ちてしまって。チモフエイは間抜け、アレクサンドルは耳が遠く、もうひとり、末っ子は生まれ損ない。困った

ことに全員泥棒です。ボリスはとりわけこの点で破廉恥です。ただ、一番上のクロニード
はまともな人間になりました。彼は屠殺場で働いています」

我々の前に、ロシア――気の狂った、だが、過去の栄光と離れることをやはり望まない乞食
――の見事な隠喩がある。ところが、同じ一九二二年に、ゴーリキーはロシアについて、この
上なく恐ろしい言葉を書いた。彼は小冊子『ロシアの農民階級について』を刊行した。それは
作者の祖国では、八十年間、再刊されなかった。実際、ここでは、ロシアのことがそのように
語られており、そして、かようなことは――以前は、いかなるチャアダーエフ[25]も自分に許さな
かっただろう。実は、ここでは、土台には相変わらずの機械的な二分法がある。以前はヨーロ
ッパとアジア、いまは何と、町と村が対置されていた。

思うに、ロシアの国民にはもっぱら――イギリス人にとってのユーモアの感情のように、
もっぱら――特別な残虐性の感情が本来そなわっている。あたかも、痛みに対する人間の
忍耐の限界を試しているような、生命の粘り強さ、屈強さを研究しているような。ロシア
の残虐さには、悪魔的な繊細さが感じられ、それには、何やら洗練された、念入りなもの
がある。この特質は「精神異常」、「サディズム」という言葉では――本質的に、そして、
おしなべて、何事も説明しない言葉では、とうてい説明することはできない。アルコール
依存症の残存？　ロシア国民が他の国民よりアルコールの毒に侵されていたとは思わない。

▼25　1794-1856。哲学者、著作『哲学書簡』。彼はこの『書簡』で、ロシアの過去・現在・未来をすべて否定し、ニコライ一世から「狂人」と呼ばれた。

ロシアの農民層の悪い食事が他の国々（国民の食事が質量とも豊かである）よりもロシアでは強力に働いているにしても。入念な残虐の発達に大殉教聖者の伝記読み物（僻遠の村々の読み書きできる者のお気に入りの読み物）が影響したと考えることもできる。残虐の諸事実が個々人の倒錯した心理の表現であったとしたら、そうしたことには言及しないでいることもできた。このばあいは、そうしたことは病理学者の材料であって、民俗記述者のそれではない。どちらが残忍か——白系か赤系か？ 多分、同様だ。どちらもロシア人だから。ただし、残忍の度合いには、歴史が答えてくれる——最も残酷なのは、最も活動的なものだ……

すなわち、結局のところ、主として、農村の国としてのロシアに罪があるのだ。ボリシェヴィズムは同じ嫌悪すべき残虐性の方向に進んでいるが、しかし、それには、閉ざされた環を破り、ロシアを何か別なものに変える歴史的チャンスがある。恐らく『ロシアの農民階級について』は、ゴーリキーにとっての総決算の書、ロシア革命についての彼の久しい思索の結果、そして、要するに、それ［革命］を——まったくのところ、国にとっての最小限の悪として——受容する精神的覚悟の証明である。

十五

それにしても、ロシア革命とは何ものであったのか、そして、それを今日からは、いかに評価すべきであるのか？　なぜゴーリキーはボリシェヴィズムの実践を拒否したにもかかわらず、ボリシェヴィズムと最後まで断絶しなかったのか？　ロシア的なものとボリシェヴィズム的なものとはいかなる関連があるのか、そして、両者のいずれかを、いかにして選択したらよいのか？　このことについては、九十年間議論されたが、何の結果も出てこなかった。他でもない、いうも愚かといった事柄もあったが、しかし、それを、みんなに聞こえるように口に出していうのは困難だったからである。恐らく、ゴーリキーひとり、このことにあえて立ち向かった。ロシア革命の支持者と反対者の主要な相違点は、ソヴィエト的なものをロシア的なものの継承および凝縮された表現とみなすか、みなさないかという点にある。こういってよければ、彼らのところではすべてがかくも残忍に起きることに、ロシア人は責めを負うべきか、ということである。

歴史はこの問題に完全に一義的に答えることを手助けした。コミュニズムは、それがどこで勝利したにせよ、多かれ少なかれ、同一の結果をもたらす。それでも中国とカンボジアの恐怖をロシアは知らなかった。コミュニズムの残忍性はロシア・サド－マゾヒズムの結果ではなく、何かしら根本的に別なもの、すべての全体主義体制にとって共通するものである。だが、ここで最も恐るべき考えが生じるのだ。もしもロシア的なものがさらに恐るべきものとなるとしたら、どうなのか？　もしもソヴィエト的なものとロシア的なものとのどちらかを選ぶとしたら――恐るべき終焉と終わりなき恐怖とのいずれかを選ぶという、まさしくも絶望的な試みがある――どうなのか？　ソヴィエトの計画は、その野蛮性にもかかわらず、ロシアの歴史を無限の循環的繰り返しの環から引き出す試みだった。それは長い年月を経た、希望のない遅れを克服して、ロシアの歴史に何らかの全面的な機動性をもたらし、階層間の障害を除去し、エリートと大衆の間の巨大な間隙を破壊した……。ソヴィエト的なものがいかに恐るべきものであるにせよ、一〇年代のロシアに、それは試練だけでなく、進歩をもたらした。七十年後、すべての進歩からは外され、試練は滞りなく継続したのは、ロシア自身の選択である。別ないいかたをすれば、ソヴィエト的なものは、悪い生命が無生命に対しては、血の歴史が先史時代の、超時間的な機構――まして、それ自体にも残忍さが十分にあった――に対しては、進歩であるという、ちょうど、その度合いで、ロシアにとって進歩であった。

こうして一九二二年のゴーリキーの論考『ロシアの農民階級について』はロシアとの決別の行為ではなく、帰還の礎《いしずえ》であり、ボリシェヴィーキ――その無条件の恐るべき悪徳にもかかわらず――が祖国の原初からの野蛮性と獣性を処理することのできる唯一の権力であるという固い信念の証明であった。

一九二三年のゴーリキーは自分の長年の夢を実現する――いわば『フォマー・ゴルジェーエフ』を正しく書き直す――に十分な、新しい、簡潔な散文方法を有していることを感じている。

彼の心を占めていたのは、数世代にわたる、富裕で、繁栄しているロシアの商人家族を描き、同時に、なぜかような家族が国の支えにならず、早晩、崩壊するのかを説明する試みだった。「大長編を簡潔に書く」――彼は手紙の中で方式化した――ことは彼の長年の夢である。『アルタモーノフ家の事業』はロシアの『ブッデンブローク家』を創設する試みであると同時に、ゴーリキーが一八年から夢見た主著――二つのロシア革命についての多巻構成の叙事詩――以前の最後の力だめしだった。

第四部　囚われ人

一

『アルタモーノフ家の事業』が刊行される前に、ゴーリキーは、はじめはフランス語で「メルキュール・ドゥ・フランス」に、のちにロシア語で年報「ひしゃく」に、最後の自作短編、あるいは、少なくとも、この分野での最後の傑作を発表した。それが『ゴキブリについて』で、シリーズ『一九二二～一九二四年の短編』に主題面では属しており、ゴーリキーの永遠のテーマ（一九一八年のメモの一つに方式化された）――「人々のように生きるのは退屈だが、そうしないのは困難だ」――で書かれている。そして、この短編の主人公、プラトン・エリョーミンはゴーリキーの主人公たちのもつ同じ永遠の退屈に悩まされている（遺憾ながら、この退屈自体、芸術表現においては退屈きわまり、そこからの脱出路はない――エクセントリック、半ば狂気に向かう以外は。そうしたことが『ゴキブリについて』では生じていて、他ならぬゴキブリども[1]がロシアの田舎の永遠の憂いを体現している）。

▼1　ゴキブリ（擬人化した）の話ではない。ゴキブリ並みの「人間ども」の話である。

すべての者が退屈に暮らしていた。手代はおどおど、せかせか、お針子を追いまわしながら、索然と暮らしている。まさか、模造宝石入りの指輪をはめたトップのテノールが退屈に暮らしていないなんて！　退屈のあまり、屋敷番のフョードルは弁護士のイントロリガーチンのコックとカルタをやり、弁護士の方は、毎晩、クラブへカルタをやりに出かけた。暮らしが興味津々だったら、誰もカルタをやりはしなかったろう。ますます重苦しく、彼はこの退屈――いたるところにまるで煙のようにしみ込んでいく――を感じていたが、しかし、自分が何を欲しているのかわからず、すべての人間が従事しているものには似ていない、興味津々なものが隠れているところを探そうとはしなかった。

この人間、プラトン・エリョーミンは、他のゴーリキーの変人――そして同じ退屈に悩まされたゴーリキー本人――に大そう似ている。それで、この気違いじみたタイプを短編『青い生活』により知っている、腑に落ちない読者は問いただしてもよい――どうして、再三再四、同一の変てこな時計師、退屈な医師、放埒な女中、けちん坊、商人を、同じ無限のオクーロフに行きつく生活を描くのかと。しかしながら『ゴキブリについて』は、ゴーリキーが見聞したものを、無数の、たとえ区別しがたいにせよ、主人公として定着させ、自分の長編および短編に載せつづける、その驚くべき執拗さの原因を解明させてくれる。どの主人公にも自分のことを物語ってよいだけのものがある。短編『ゴキブリについて』は、すべてはたまたま見聞した死人の生涯を臆測しようとする試みである。

勿論――『行きずりで』死んだ、『見ず知らずの』人間は私の物語った人間でなく、彼は違った生き方、違った感じ方、考え方をしたということは、十分ありうる。だが、すべては彼を物語るためにのみ存在している。そして、ある男が、夜、水たまりの辺《ほとり》の石のそばで死人となって倒れていた、だから、一切物語るべきでないなんて、まったく許容できない。

この点に、ゴーリキーが世界、とりわけロシアについて行なっている目録作りの意味がある。物語ること、あとかたもなく消え失せさせないことは、少なくとも何らかの意味を付与することである。もしかしたら、他に意味はないかもしれない。著者は半ば偶然の混沌とした情報の重荷を背負いかねている。だが、もう何も残ることのない人生の文書化、定着化という自発的な徒刑からどこへも逃げ出すことはあり得ない。

絶望的に沢山、私は逸話を知っている。私にはそうしたものが、さながら船の竜骨の貝さながら、いっぱい付いており、そのせいで、私は望んだほどに早くは完全な真理にたどりつくことができない。真理こそ、私には不可欠だ。あらゆる自尊心のある人間同様、私はそれ相当の墓に葬られたい。

ただ、遺憾なことに、真理（芸術上のものを含めて）は、彼にはそれ相当な墓でしか、例の虚構の約束事でしかなかった。実際、短編には、真理は把捉されないということも、死者についての真実は、ちょうど我々が自分自身についても真実を知らないように、誰にも決して理解されないということも触れられる。この完全に相対主義的だが、何やらきわめて人間的な思想が、ゴーリキーの方法から成長した、多くの西欧の長編――無名の伝記の復元による――の動機となった。そのようにして作られたのがチャペクの『流れ星』（最上のチェコ長編小説の一つ）であり、そのようにして考え出されたのがマイケル・オンダーチェの長編『イギリス人の患者』（映画化されてオスカーをとったおかげで有名になった）である。短編――とりわけ、芸術的課題が簡潔に述べられている、詩的な導入部[▼2]――は、西欧の散文学に強い影響を与えた。ロシアではこの作品を認めた人はほとんどいないが。

二

その代わり『アルタモーノフ家の事業』は一致した歓声で迎えられた。ほめ言葉は主として簡明、平易なスタイルに向けられた。実際、『アルタモーノフ家の事業』は平易な長編小説で、登場人物は端的、モラルは明瞭である。これはロシアの『ブッデンブローク家』というよりも、むしろ、そのダイジェスト版である。しかしながら、『アルタモーノフ家』に認めないわけに

▼2　さような箇所（「芸術的課題が簡潔に述べられている」）はないように思われるが、上記の引用文、および、本文にあるように、すべての人間の生涯は、想像であっても語られなければならないし、善き虚構は悪しき真実より有用であるということであろう。

いかないのは、叙述の興味津々さ、簡潔さだ。イデオロギー面もちゃんとしており、そのことが示しているのは、いかほどゴーリキーが人間関係の無意味さを嘆こうが、いかほどこの世の人間のみじめな運命に辛辣な言葉を吐こうが、マルクス主義は依然として、彼にとって、世界認識の手引きでありつづけたということだ。長編はロシア資本主義の歴史、その短期間の開花、怒濤の青春期、自覚したプロレタリアートの打撃による壊滅について物語る。ゴーリキーは亡命作家ではなかったし、なろうともしなかった。彼の長編はレーニンの『ロシアにおける資本主義の発達』の絵解きとして完全に役立っている。アルタモーノフ家同様の、元農奴が第一級のロシア工場主に速やかに上昇したという歴史は多数あったということも本当である。

すでに一九二七年、彼はソ連に帰国する強固な決心をした。一説によると、息子マクシームを通して彼に働きかけたとか。マクシームにはЧK《チエカー》との多面的なつながりがあった（彼はそこに出立まで働いていた。そして、この出立は教唆されたものであり、彼は父のすぐあと出立させられた——「しかるべき立場から」父に働きかけるために）。別の説によると、ゴーリキーはノーベル賞を期待していた。それが彼の金銭上の問題をすべて解決しただろうから。だが、賞はうまくいきそうになく、彼は別の栄光と別の収入を求めることに決めた。もっとも、こうしたことはすべて、二次的な事柄だった。彼は自分の名声で曲りなりにも生活費は稼げたろう。彼の戯曲は上演され、小説は刊行されたし、ロシアの亡命者の大部分とは異なって、彼は富裕の身で国外に出ていた。主要動機はまっさらな（もしかしたら、すっかりまっさらではない）羨望だった——社会主義を建設中の者たちに対する、世紀の人類の夢および彼自身の夢（彼には思われた）を実現中の者たちに対する――。彼が社会主義に新しい宗教としてかかわっていたことについては、多くのことが立証している。事実、彼の考え方は建神主義のままだった。新しい人間、神のいない新しい宗教、新しい型の社会（圧制者のいない、あるいは、もっと正確には、全国民に支持された集団主義的圧制者のいる）を建設すること……。この夢に彼は生きてきたし、彼の奇妙な幻想を肯定するものが毎日ソ連から到来していた。革命のルツボで鍛え上げられたような、驚くべき人々が彼を訪れた。レオニード・レオーノフ――二十七歳足らずで二巻の大長編（その一つの『泥棒』はこじつけなしに古典とみなしてよかった）の著者である。フセヴロート・イヴァーノフ――あれっという間に大作家（外見はリアリスト、内的には幻想家）に成長した。ミハイル・コリツォーフ――若いジャーナリスト、巨大な新聞・雑誌総合体を統帥し、彼［ゴーリキー］を報告・質問の手紙攻めにした。そして、ゴーリキーは新しいロシアのジャーナリズム作りの大事業に参加したくてたまらなかった。まとめ役として彼は申し分ないし、思想の生み出し手としては疲れを知らなかったから。かしこには生が、ヨーロッパには死があり、アメリカでは景気後退が進行していた（そして五年後、それが突発すると、アメリカ人の間にソヴィエト体制の支持者の比率が増大し、彼らはソ連に押し寄せた――以前、移民の集団がアメリカ合衆国へ、平等な可能性の自由な社会へ、世界のエネルギッシュな変革者の国へ殺到したのと同様に）。ゴーリキーの選択はあらかじめ決められており、ソ連では彼をさほどせきたてさえしなかった――彼自身の機が熟していることがわかって。彼は一緒に帰ろうとシャリャーピンを説得したが、相手は断固拒否した。そしてゴーリキーは家族同伴で、一九二八年五月二十六日、ベルリンの列車でソ連に出立した。国境の駅ネゴレーロエで、彼のために会見が設けられたが、その先——五月〔六月の誤り〕十日から十一日——の彼の全行路には絶え間ない凱旋の出迎えが伴った。中心となったのは、モスクワの白ロシア駅広場で、壮大な祝祭と化した。彼は手車されて、トヴェルスカヤ通りのエカチェリーナ・ペーシコヴァの住まいまで運ばれたが、ほどなく住まいとしては、マーラヤ・ニキーツカヤ通りの百万長者リャブシンスキーの屋敷が供与された。

ゴーリキーの帰国の決心と彼の生涯の最後の八年間（彼のいたく恐れていたことだが、多くの点で「彼の伝記を損なった」ソヴィエトの年月）はソヴィエト、とりわけ、ポスト・ソヴィエトの作家の、彼に対するきわめて懐疑的な態度の原因となった。以下、彼について、すぐれた散文作家であり、歴史家のヴャチェスラフ・ピエツフが辛辣な題名のエッセー『ゴーリキー・ゴーリキー〔苦々しいゴーリキー〕』で書いていることである。

我々全員、罪深きロシア人は強大な権力にうっとりしてしまう。プーシキンがムチ打ちニコライ一世に感謝せず、ベリンスキーが『ボロジノ記念日』を書かず、ゲルツェンが解放者アレクサンドル二世の改革に感動せず、我々自身——十月大革命の孫、曾孫《ひまご》——が、皓々《こうこう》たるまなざしのひげ面のおじさんの肖像画に出くわしても、勿論、ヨシフ・ヴィッサリオーノヴィチはけだものだったが、しかし、身内だったなどとは、胸の内で思わないことをのぞけば。収賄で投獄された、偉大なベーコンがいったように、これは私の罪でなく、私の世紀の罪だ。事実、ゴーリキーは狡猾漢でも、けだものでも、幼児帰りした先生でもなかった。彼は普通のロシアの理想主義者で、人生が望ましからぬ特質を帯びている時点から始まって、人生を喜ばしい方向にとことん考えがちだった。自分の心の目をわざとぼんやりさせるのが常の、ゴーリキーの酔っぱらいよろしく、ゴーリキーも辛辣な芸術家、激烈な社会活動家、祖国文化に心から傾倒した、魅力ある対話者、誠実な同志、穏和で善良で無分別な百姓であった。すなわち、彼はよい人間だった。ただし、文学にとっては、こうしたことはどうだってよいことだ。

ところで、ここには多くのことが事実に準拠しているばあいですら――とりわけ、ゴーリキーの善良さについては不正確である。ゴーリキーに理想主義者を見るのは、つまりは、一方では彼を理想化することになる。何となれば、かように厳しくて、悪意を持った人間はめったにいないからだ。そして、強者にはゴーリキーはまったく魅了されなかった。彼は多分、この強者の現象を目にしなかった。何となれば、テロの真の規模を認識せず、すべては彼の旧敵の撲滅に限定されると思っていた。ともあれ、ジノヴィエフには彼はペトログラードでは沢山我慢した。そして、彼の心に浮かぶのは、テロでなく、再教育だった。そして、彼の気分が損なわれたとき、彼は彼らにかかわる真実――どんな度し難い皮肉屋でもいおうとはしなかったような――を人々にぶちまけるのだった。「善良で無分別な百姓」は冷淡で、苦々しい、打算的な人間、肝心なことは、何らかの素朴で生き生きした人間感情の完全に欠如している人間だった。

『クリム・サムギンの生涯』が真の文学の創造のために、おのれの悪徳を利用した見事な例である所以《ゆえん》だ。

三

ただし、クリム・サムギンはゴーリキーの性格のただ陰の面に過ぎないが、書物そのものは彼の隠された自伝であるという説は、現実に対して何のかかわりも持っていない。この説はペレストロイカ以降の時期に活発に発言され、ボリス・パラモーノフのような明敏な研究者さえ、何やら同様なことを書いている。実際のところ、サムギンはゴーリキーとはほとんど何ひとつ共通するところがない。たとえば、サムギンはどんな状況においても正しいあり方を知っているが、ゴーリキーは終生、頭に思い浮かんだことのみ行なっている。当初の本の題名は『空虚な魂の物語』であるが、ゴーリキーの魂を空虚とは決して呼べない。彼は常にさまざまの理念（主として建設的な）に取りつかれていたし、それに加えて、彼には神、宇宙、人間の独自の概念があり、彼は積極的な行動の支持者で、いかなる仕事も、この上なく決まり切ったものも含めて、拒否しなかった。要するに、サムギン――その唯一の才能は、どんな衝突にあっても、すべてを見てとる才能である――は決してペーシコフの alter ego［別の自己（ラテン語）］ではない。彼らを近似させる唯一のものは、人間の裏面に、この上なく嫌悪すべきものを見つける、ゴーリキーの作家としての能力、目をそむけさせるごとき細部や薄気味悪い事件に集中できる能力である。サムギンにもこうしたものがあり、そこではゴーリキー的な狙い定めた視点が役立っている。だが、サムギンはこれを作家として見つけているのではなく、彼には、それが、職業上、周囲の人々をおとしめるため、必要なのである。いかにして自分を優位に置き、他者を破滅させるかということ以外のどんな目的も、彼にはない。

『クリム・サムギンの生涯』（ロシアの二十世紀を理解したいと思う、どんな人にも不可欠な、実際に偉大な長編小説）は祖国の文学では孤立しており、実のところ、当のゴーリキー（類似したもののない奇怪な人物）みたいである。決して（その前も、その後も）ロシアでは暴露的な叙事詩は書かれなかった。だが、このばあいはきわめて真摯であって、四巻では物足りない。というのは暴露の対象になっているのは、最も普遍的で、その上、有害なタイプの一つだからである。ゴーリキーはまだ一〇年代にアンドレーエフと一緒に、このタイプを嘲笑し、おどけた戯曲にインテリゲンチア集団「我々は発言していた」を取り入れた。この常に右翼のインテリゲンチアは何もなさず、すべてを俗っぽくさせ、優位に立つための口実をすべてから引き出すのだが、しかし、これがよく見える唯一の方法なのだ。ロシアでは誰であれ、信念を持った者は早晩、名声がおびやかされてしまう。この点に同年輩者の間でのサムギンの及びがたい魅力があり、この点に女たちにとっての彼の魅力の本質がある。魅力的であり、魔術的かつ悪魔的に誘惑するのは、あらゆる空虚であり、人はみな、それに自分の中味を満たす。サムギンは賢明、控えめ、確固としているらしく見えることができるが、彼の全精神的蘊蓄《うんちく》は、あらゆる激しくて直接的な人間的行動に対する懐疑である。サムギンはすこぶるロシア的タイプである。

他でもない、ロシアでのみ、立派な思想や高貴な企図はすみやかにおとしめられ、万人の万人との悪しき無限の戦いに引きずり込まれてしまう。ここでは、英雄や偶像に非常にしばしば取るに足らないものがなる——他でもない、巨人は決まって、何やかやで正しくないし、何やかやに汚点があり、誰やらを満足させないからである。サムギンはロシアの革命前の現実の中心的人物、俗物で、すべてについてすべて知っているが、何ものにも熱中せず、すべての人間を非難し、ひそかに軽蔑しているが、しかし、何ひとつできない。すべての近代の風潮——社会革命から性革命までの——の犠牲者であるが、しかし、何ひとつ、熱中にすっかり身を任せることはない。ゴーリキーの課題に入っていたのは、この永遠に順応する主人公が最も優越した地位を第一、第二、第三ロシア革命の時期にまんまと獲得し、すべての主要登場人物——リュートフ、マカーロフ、トゥロボーエフ、賢くて炯眼なリージヤ・ヴァラーフカ、美女の分離派教徒マリーナ・ゾートヴァ、そしてボリシェヴィーキのクトゥーゾフ（党の仕事や配慮に没頭しすぎ、サムギンに真剣に注意を向けることができなかった）——を、まんまとだますのを示すことだった。だが、他ならぬサムギンこそ彼の主たる敵なのである。他でもない、彼には正当性が重要であって、真実は全然重要でないからである。サムギンはソヴィエト社会へも組み込まれ、その中で異常にはびこり、例の「我々は発言していた」を繰り返すだろう——何かをする、あらゆる試みに対する応答として。ゴーリキーが都合よく本を終わらせ、結局、フィナーレを書けなかったのも無理はない——デモのとき、たまたまいた労働者によるサムギン殺害のシーンで、彼には何やら偽りめいたものが見えたから。総じて、小説を一九一七年のサムギンの死で終わらせることが、拵《こしら》えごとを最も少なくすることだ。（生きていたら）サムギンはその後もどこにも隠れなかっただろうから。彼は居残ることも、亡命することもできたが（サムギンの特質は戯曲『ソーモフ、その他』の中のソーモフにたやすく見てとれる）、しかし、内面的には微塵も変わらなかっただろう。ソヴィエト上層部の大部分はサムギンたちから成っていた。彼らはインテリゲンチアの間でのみ繁殖したのではないのだ。ところで、ゴーリキーの長編を反知識人的と呼びたくなるのだが、絶対にそれはできない。他ならぬインテリゲンチア（とりわけ自分の階級にとっての革命の破壊性を理解しつつも、恐れを抱かず革命を歓迎しに行くトゥロボーエフ）は、小説では、愛情、理解を添えて、しばしば感動をも添えて描き出されている。そして他ならない登場人物の大部分はサムギンの皮肉なまなざしで見られているが、完全に共感できる人物である。加えて、ゴーリキーはいいつくろいなどせず、ヴラジーミル・ホダセーヴィチに語ったのだが、将来、ゴーリキーが思い出され、彼は何を書いたのかと尋ねられたら、答えを得よう、「ほとんどみんな駄作だった。良い本は一つだ」と。そして『サムギン』は実際、大変よく書かれている。

四

……帰国後、ゴーリキーは長いこと、長編小説の仕事を中断した（イタリアで臆測していたことだが）。新たな苦労が現われた。彼の旅行、計画、会見、彼の家庭、人との接触はチェキストががっちり監督した。ニージニー・ノヴゴロト生まれのゲンリフ・ヤゴーダ――ОГПУ《オーゲーペーウー》［全国国家保安部］部長メンジンスキーの次長――はゴーリキーの家庭に入り込み、ミズナギドリの最も親しい知人のひとりとみなされていた。このヤゴーダこそ、後日、クーデター計画及びゴーリキー毒殺容疑で起訴された。クーデターを彼は夢見ていたかもしれない。他でもない、病的な出世主義者だったからである。だが、実際に彼に起きたのは、彼が倦むことなく他人に行なってきたことにすぎない。彼は自らまとめ上げた「シャフチンスク」事件▼3のようなでっち上げ事件の犠牲となった。ヤゴーダはゴーリキーの家では身内の人間で、噂によると、ひそかに彼にソロフキ▼4旅行のアイデアを助言したという。イギリスではその時期、ソロフキ特別使命収容所の唯一の生き残り脱走者、イングーシ人ソゼルコ・マリサゴフ▼5の著作『地獄の島――極北のソヴィエト監獄』が出版された。マリサゴフの語った恐怖を至急くつがえす必要があった。だが、ゴーリキーは自身の動機で、ソロフキ行きを熱望した。彼は新しい人間を育成する実験場を目にしたかったからである。この旅行は彼の次回の訪問のときに実現した（最終的に帰ったのは一九三一年になってしまった）。

ゴーリキーは一九二八年に驚くほど沢山巡回した。すぐさま彼はフェージン（「セラピオン兄弟」のお気に入りのひとり）を呼び寄せ、フェージンはレニングラードからマシコフ通りの彼のもとにやってきた。ゴーリキーは最初の妻エカチェリーナ・ペーシコヴァのところに居住していた。

「ほとんど七年間、私はゴーリキーを目にすることはなかったのに、ずっと彼とは別れてはい

▼3　第十二節参照。
▼4　北海のソロヴェツキー群島に作られた強制収容所。

なかったみたいな気持ちで彼のところに赴いた。私が小さな食堂に入るか入らないか、ドアをすばやく開けて、ゴーリキーが隣室から入ってきた。彼は身じろぎしなかったが、それから両手をさし出した。彼は――私には思われた――やせてしまい、驚くほど細く、華奢《きやしや》で、大変背が高くて、部屋がまるでいっそう小さくなったみたいだった。彼は年をとった。彼の顔にわずかの老衰の気配も見つけることはできなかったとしても、しわは大変太くなり、頭髪は明るい色となった。彼の腕力は以前のままだった――私は抱きすくめられたとき、そのことがわかった。

『ほら、ご覧の通り……』、彼は小声でいった。

彼の指はテーブルを叩いた。モスクワの生活をゴーリキーは新しい教育メソッドの学習から始めた。彼は夢中になって私に労働研究所の話をした。これぞ、多分、私のほとんど知らない、新しい特質――ゴーリキーは柔和だ」

柔和さが呼び起こされたのは、全般的な上昇と熱意の雰囲気だけでなく、何よりも、彼が取り囲まれている、かつてない注目のせいだった。彼はフェージンに打ち明けたが、ときおり彼には思われる――こうしたすべては彼のことでなく、他の人間、いとこか何かのことだ。多分、彼はこの全体的な神格化熱を実際に示したいだけで、フェージンを呼んだのだ。特別に彼を自動車に乗せて、国立出版所に連れていったが――そこでは人々、何十人もの人々（ファイル、原稿、声明文を持った）が二人をしたたかもみくちゃにし、聞いて、読んで、わが身になって……と頼むのだった。どうやら、ここにいるのは文学者だけでなく（ソ連の著作熱は、当時は

▼5　Мальсагов　ソゼルゴ・アルタガノヴィチ（1895-1976）。ロシア軍士官。白衛軍将兵。1924年1月以降ソロフカに収容されていたが、1925年5月仲間とともに脱走、ただひとり成功した。フィンランドからリガに移り、そこでソロフカの回想記『地獄の島――極北のソヴィエト監獄』を執筆、1926年イギリスで出版した。

まださほどの集団的規模になっていなかった)、普通の請願者――ゴーリキーをどこで見つけたらよいのかを知っていた――だった。ともあれ、彼がこれほどの信頼も名声も得ていなかったイタリア生活と比べて、それは幸せだった。幸せでいっぱいになろうとして、彼は倦むことなく国中を旅行しつづけた。一九二八年七月二十日、彼はバクーの「アズネフチ」油田へ赴き、その後、現地のソヴィエト総会に登場し、労働通信員と語った。七月二十二日、彼はすでにトビリシにいた(そこで祝賀会)。七月二十四日、彼はコジョールイの児童コロニー訪問を望んだ(監禁施設および再教育施設に対する、この執拗な関心の理由については、あとでふれる)。七月二十五日、彼はエレヴァンにおり、二十六日にトビリシに戻り、二十八日、ヴラジカフカースへ向かい、そこからツァリーツィン、当時のスターリングラードへ、そして、そこからカザンまでの慣れたルートのヴォルガの船旅に出立した。八月二日、彼はサマーラに現われ、カザンに着き、八月四日の晩、ニージニーへ向かい、八月七日、そこに着いた。故郷で三日間過ごし、八月十日、モスクワへ向かった。かようなお膳立ては、他の若い人には耐えられまいが、ゴーリキーはちょうど六十歳になったところだった。注意すべきは、一八九二年にウラルからカフカースへ赴いたのと同一の行程(ただし逆方向)を自動車と汽船で通過していることである。書物『ソヴィエト同盟をめぐる』の構想は、[一]九〇〇年代の回想記の入っている、自作の『ロシアをめぐる』に呼応することにあった。いうまでもないが、自動車の窓から、それに絶え間のない祝賀会やら労働通信員との会見やらのとき、それに、あのようなスピードで、何やら目にすることは現実離れしたことだ。手記に「急がずに行こう」が強調されているとはいえ、彼の移動一覧は語るに落ちたというべきである。たしかに彼は多くのことに気づき、炯眼と物覚えの良さを確証はした。手記には、沢山の名前、事実、一目瞭然の諸成果がある――彼はショーケースのみを目にしているとはいえ、このショーケースを注意深く見ている。何より彼を歓喜させたのは労働組織と清潔だった。

五

最もしばしばゴーリキーが非難されるのは、一九二九年ソロヴェツキー群島で過ごした二日間（一九二九年六月二十日および二十一日）の成果により書かれたルポルタージュ『ソロフキ』（ソロフキに囚人を運んだ、遺憾ながら名高い汽船「グレープ・ボーキー」で、彼は当地に着いたが、しかし、注目すべきことだが、当のグレープ・ボーキー[▼6]と一緒に着いた）、同様に、白海運河の書物（ソルジェニーツインが「奴隷労働を賛美した、ロシア文学の最初の本」と呼んだ）の編集である。この裁定に反論はしないが、しかし、まさしく、こうしたゴーリキーの罪は最も無理からぬもの（総じて、こうしたことを決めるのは我々でない）というより、むしろ、最も説明可能なもの、彼の才能および世界観の性質そのものから出てくるものである。錯誤ではなくて、非の打ちどころのない、基本的な方針からのしばしばの逸脱でなくて、真の彼の本質の現われである。「人間とは克服されねばならないものである」とはニーチェの決まり文句であるが、これはゴーリキーに熱烈に受け入れられ、もしかしたら、ニーチェをさまざ

▼6　Глеб　Бокий　グレープ・イヴァーノヴィチ（1879-1937）。チフリス生まれのウクライナ人。ペテルブルク鉱山専門学校時代、学生運動に参加、1900年ロシア社会民主労働党員となった。1917年の十月武装蜂起に進んで参加、1918年8月から10月まで、暗殺されたウリツキーに代わって、ペトログラード・チェカー議長を務めた。以降、昇進をつづけたが、1937年4月7日逮捕され、銃殺された、スターリン没後、名誉回復された（1956年6月27日）。

いま知る以前に独立して獲得されていたかもしれない。人は絶えず自己を克服し、自己を超越し、自己を陶冶《とうや》しなければならない。もし人が自分でこうしたことをやらないのなら、それを他の人々がやる。ゴーリキーはソロフキを新しい人間の育成実験場として受け入れた。というのは恐ろしいが、あらゆる科学実験室同様、実験用として、ここには不良品としてはねのけられた、破損した人間材料が持ち込まれた。それはナチスの人体実験と何ら異なることがないということができるが、しかし、ナチスの実験が殺人技術を完成させるものなのに対して、チェキストのは、いずれにせよ――少なくとも、囚人労働がまだそれほど集団的に利用されなかった二〇年代には――まったく新しい人間の種の形成に向けられていた。ソロフキの囚人たちに化学実験はなされず、彼らを毒殺せず、酸の中や冷凍室へまるまる入れることはなかった。要するに、チェキストをメンゲレ博士と対比しようとする試みは均等主義者たちの愚かさをのみ実証するにすぎない。だが、ソロヴェツキー強制収容所の創設を囚人労働の集団的利用のような経済的構想のみで説明するのは正しくない。ソヴィエト政権には経済的というよりむしろ理論的な野心があった（それによりソヴィエトの計画は、進歩的人間の目に、かくも生き生きしたものに、かくも正当なものに映ったのだった）。実験室的手段で、泥棒、詐欺師、および反体制派から別の人間種を作り出すこと、単に再教育するのではなく、完全に改造すること！　が意図されていた。実験用に、他ならぬこうした種類の連中が採用されたわけは理解できる。彼らはすでに実験者たちに管理されており、彼らをわざわざバラックに追い込む必要がなかったからである。うまくいかないとしても、惜しくはない。粗悪品、犯罪分子、そして、死滅するほかない古いインテリゲンチア。

　ゴーリキーはルポルタージュ『ソロフキ』で、起きていることの実験的性格をとりわけ強調している。「これは、町人が監獄で痛めつけただろう人々の力によってつくられた」。ゴーリキーによる、町人とはいかなるものかについては、我々は戯曲や『町人に関するメモ』から十分知っている。それは他でもない、最も普通の人々（改造されるのを望まず、世界の改造にかかわる大きな課題を自分にもお互いにも課さない人々）である。それは彼の詩の中で「あなたがたは、盲目の芋虫が生きているように、この世で暮らしている」といわれてきた。つまり、お伽話はひとつとして、あなたがたのことは語らず、ほら、歌はひとつとして、ほら、このようには、あなたがたのことは歌わない。普通の世界、町人の世界では、犯罪者は監獄で痛めつけられただろうが、ここでは、彼らはユニークな人間学実験室で痛めつけられる（「人間学」は、少しも偶然でない、ゴーリキーの造語である。問題にしているのは、単に研究のことでなく、積極的活用のことである。たとえば、自然学には、抽象的、認識的な関心からでなく、周囲の自然の秘密を利用することを学習すべく、とりかかる。人間的自然に対しても同様で、それは合目的な介入の対象でなければならない）。ゴーリキーは、囚人を何もさせないでいるために損なう、ブルジョア監獄を憎悪する、だが、ここでは、彼は囚人の激しい作業を目にしている。彼らの仕事――大変過酷――そのものは、彼にはよいことのように思われる。それは外気にふれることなく独房に居たり、流刑地で朽ちたりするより、よいことなのだ。徒刑労働はまさに無意味ゆえに恐ろしいが、ここでは、それは建設的である。そしてゴーリキーは、囚人は仕事から満足を得ていると、いたるところで強調する。

養殖場は町そのもの、「通り」で分割された、幾列かの金網の檻である。檻の中には、穴のような沢山の出入り口のある小家があり、それぞれの檻の中には、けものにはありふれた「調度」の木や枯れ枝がある。すべてのけものが人々から隠れているのではないが、キツネの中には、子どもを穴に追いやっているものもいる。子どもをとられた黒テンは檻を気が狂ったみたいに走りまわり出し、枯れ枝の山に隠れ、そこから醜い、円錐形の頭を出してうなり、鋭い、カマスみたいな歯をむき出しにしている。「すごく気性のはげしいけものです——管理者は愛情を込めて話す。そして、そのあと、誇らしく——ごらんなさい……。子どもを産みました！　初めてのケースです。アメリカ人はまだ黒テンから子どもを得るのに成功していません」。

海からよそよそしい風が吹いてきて、乱暴に波をボートの舷《げん》に追いやる。我々の頭上にはカモメが飛んでいる。ときおり、水中からウが浮かび、少しばかり飛んでゆき、再び重たげに水面に落ちる。まるで翼を持った石のように。

私と並んで、古い、ゆるぎない気質の「ボリシェヴィーキ」革命家のたぐいの人間がすわっている。私は彼の人生のほとんどすべて、仕事のすべてを知っており、彼のタイプの人々への私の敬意、個人的に彼への共感をいいたいところだった。彼は多分、そのような『感情の発露』に当惑した態度をとり、そうしたことを余分な、もしかしたら、こっけいな感情とみなしたことだろう。

「プロです。よく働きます」と、養殖場支配人、元コルチャーク士官についていわれる。

馬を見せながら、彼はどの馬についても、大変くわしく根気強く話した——まるで馬がそうなっているのを感謝したいみたいに。

「あなたは、勿論、騎兵ではありません」、大変残念そうに彼は来訪者のひとりにいったが、彼のいわんとしていることは明白だった。「馬とはどんな代物かを理解することは、勿論、あなたにはできない。何て不幸な人だ！」。その後、彼は重さ四三二キログラムの去勢ブタ（ひどく醜悪な、むっつりした自己満足の代物）を見せた。ブタの体重と繁殖能力は大変自慢されている。ブタは非常に多くて、どこでもどうやら、生にすっかり満足しているが、しかし、勿論、ブーブーいっている。

最後の引用文はきわめて雄弁だ。それは全ソロヴェツキー・コロニーのポートレートそのままである。たしかに、ブタ（ゴーリキーはツァーリ時代のスパイに嫌悪をおぼえているが、連中をここでも観察した）だが、しかし、連中は生活に満足している！　ブーブーいっている——連中がブタたるゆえんだ！　ここでは、連中から人間を生々しく作っている。そして、C《ス》ЛОН《ロン》——ソロヴェツキー特別強制収容所——全体が、ゴーリキーの描写では、モロー博士のソヴィエトの島か何かに思われる。残念ながら、我々はウェルズの——多分、最良の——この小説へのゴーリキーのかかわりをほとんど知らないが、経歴が正反対であるにもかかわらず、ウェルズとゴーリキーに多くの共通なもの——少なくとも彼らが提起した問題のレベルにおいて——がある（ちなみに『モロー博士の島』から、ソロフキに関する最良の書物——ユーリー・チリコフの回想録『それはその通りだった』のエピグラフが取られている。実は、チリコフはソロフキには、そこの環境が百倍も厳しくなった一九三五年以降にいた）。人間の本性を、強制的にであれ、完全なものにすることはできるのか？　人間にかかわる神の意図に、外科的にでも入り込むことはできるのか？　ウェルズのモローは今日の優生学者、生物工学者、社会学者、遺伝子工学者、クローン技術信奉者の先駆者である。二十一世紀は、二十世紀に大規模な人間集団に対して行なわれたことを、個々の人間単位のレベルに移している。モローはけものから人間を作るが、ソロフキでは人間のくず（そこではそう理解されている）から超人を作っている……。こうした人間のくずのテーマは常にゴーリキーにとって大変重要だった。いずれにせよ、彼らの間で彼は十二歳から十八歳まで過ごした。そして、常に彼に思われたのは、社会から放り出された者たちこそ、この社会の勝利者、因習を拒否した、特別な、高貴なたぐいの人間だということだった。彼らからでなくして、誰から超市民を作れるか？　ソロフキがゴーリキーにかくも関心を呼び起こし、彼の時評のテーマとなるのは、ここでは、彼の夢見ていたことが現実に行なわれているからだった——新しい人間、半神を何も失うもののない者たちからのみ作ることができるという。ちなみに、ここに——クリャージのマカレンコのコロニー▼7およびジェルジンスキー記念コムーナ▼8（彼は一九二八年七月八日と九日、ソ連へ帰国直後に訪問した）への関心の根拠がある。たしかに、祖国には彼の熱烈な関心にとっての別の対象も

▼7　マカレンコの創設した浮浪児教育施設。ゴーリキー記念コローニヤ（コロニー）と命名。
▼8　1928-35年、マカレンコは所長を務めた。

十分あったが、しかし、彼は他ならぬマカレンコのコロニー（ちなみに、彼の名前で呼ばれていた）から始めたのだった。そして、他の改称（彼の名は続々と付けられた）とは違い、それは意味があった。はや、一九二七年に移住を最終的に決断し、『サムギン』第二巻を書き終えることのみを意図しながら、ゴーリキーは立案した（以下、彼の国立出版所への手紙――将来の書物『ソヴィエト同盟をめぐる』の計画について――の中から）。

私は新しいロシアの本を書きたい。私はすでにそのための多くの興味深い資料を蓄えた。私は、出不精の人間として、出かけねばならない――工場に、クラブに、農村に、ビアホールに、建設現場に、コンソモール員、上級学校生のところに、学校の授業に、社会的危険な子どものいるコロニーに、労働通信員と農村通信員のところに。見に行かねばならない――婦人代表を、イスラム婦人を、等々、等々。これは最重要なことがらである。私がこのことを考えると、私の頭髪が興奮でゆらゆらする。

社会的に危険な子どもたちのためのコロニーは最初の計画に入っている。他でもない、そこに彼のテーマ（新しい人間の創造）があるのだ。そして、このことに――すべての産業面の成功よりもずっとずっと、彼の心が真剣にとらえられている。実際、比べてほしい――亜麻布かレンガを作る工場と、超人を養成する工場とを！

六

ソロフキで実際に行なわれたことについては、多くのことが多くの人々によって語られている。ゴーリキー訪問の回想録をアカデミー会員リハチョーフは残した。彼は一九二八～一九三一年の間、まったく何の罪もない学生サークルへの参加のせいで、そこに入れられたのである。アレクサンドル・ソルジェニーツインは、この訪問の伝説を作っていた、多くの囚人の言葉から、彼のことを詳しく書いている。そして、こうした伝説は証拠があり、ゴーリキーをヤキールナヤ山地近くで重たい丸太を引いていた囚人たちが呼びとめたのを、あまりに多くの人々が目撃していたのだ。縦列の人々から彼へ悲鳴が上がった、「助けて下さい、アレクセイ・マクシーモヴィチ、死んでしまう！」。同房だった囚人のひとりが彼だとわかったのだ。一九〇五年にゴーリキーと同じ監房にいたとかいう、干からびた、険しい老人を描きながら、ユーリー・チルコフはソロヴェツキーの伝説を伝えている。ただし、パラドクスがある――ゴーリキーは一九〇五年にいかなる共同房にも入ったことがなかったのだ。我々はおぼえているが、彼は一月十二日から二月十四日までの一カ月、ペトロパーヴロフスク要塞の独房で過ごし、そこで『太陽の子ら』を書いた（逮捕は、彼が血の日曜日直後に書いた、反政府声明と関係していた）。老人はゴーリキーと一九〇一年に同室だったのか、あるいは、ゴーリキーが信じてくれるのを期待して、ちょっとウソをついたのか（ソヴィエトの監獄には、ソヴィエトのビアホール同様、ヴィソーツキー[9]と同席したとかいう語り手はごまんといた）、あるいは、ここでは、目撃者の誰かしらが間違えているのか。昔の同房者との出会いが作り話だったかもしれないとしても——筋立てはすこぶる明瞭だ。ミズナギドリがソヴィエトの監獄にやってきて、ツァーリの監獄の同房者に出会う。相手は彼に（チルコフの伝えるところでは）話す——「ツァーリの監獄では耐えられたが、ここは耐えられない」。十四歳か何かの少年についての伝説はさらにいっそう根強く、少年はゴーリキーにソロフキの本当のことを話し、それは作家の涙と必ずすべてを調査する誓いを引き出したとか。この伝説をソルジェニーツインは芸術的論文『収容所群島』の中で繰り返した。

「それは一九二九年六月二十日だった。名だたる作家がブラゴジェンストヴィエ湾の埠頭に着いた。彼と一緒に、全身革づくめの彼の息子の妻がいた（黒い革の帽子、革のチョッキ、革の乗馬ズボン、そして、丈高の細身のブーツ）——ОГПУ《オーゲーペーウー》［全国国家保安部］のシンボルが文学と肩を接して。

ГПУ《ゲーペーウー》のコムソスターフ［幹部］に取り囲まれて、ゴーリキーはすばやい足取りで、いくつかの共同宿舎の廊下を通り過ぎた。部屋のすべてのドアはあけ放たれていたが、彼はその中にほとんど入らなかった。医務室では、ま新しい白衣の医師と看護婦が彼に向かって二列に整列していたが、彼は見ようともせず、退出した。УСЛОН《ウスロン》［ソロヴェツキー特命強制収容所地区］の チェキストたちは大胆にも彼をセキールカへ連れていった。いいじゃないか？——営倉は人員過剰でなく、肝心なのは、丸太棒[10]ひとつない。ベンチには泥棒（とうにソロフキには連中が

▼9　ヴラジーミル・セミョーノヴィチ・ヴィソーツキー（1938-80）俳優、シンガーソングライター。絶大な人気を博した。

▼10　このあと、本文に説明あり。

大勢いた）が腰かけ、そして、みんな……新聞を読んでいた！　彼らのうちの誰も起立して不平を訴えようとはしなかったが、彼らは思いついた——足で新聞を持ち上げる！　そして、ゴーリキーはそのひとりに近づいて、黙って新聞をきちんとまいた。気がついた！　推察した！　そのままにしてはおかない！　守ってやる！

　子どものコロニーへ向かった。何と文化的なこと！——めいめい、それぞれの板張り［ベッド］のマットレスの上にいる。みんなもじもじし、みんな満足そう。と、突然、十四歳の少年がいった、『聞いて、ゴーリキー！　お前さんの目にしているのは全部、それは本当でない。本当のことを知りたい？　話していい？』。うん、作家はうなずいた。実際、彼は本当のことを知りたいのだ。（ああ、男の子、どうしてきみは、文学の長老の、どうにか整えた平穏をこわすのか……。モスクワの宮殿、モスクワ郊外の領地……）。そして、みんな——子どもも、付き添っているゲーペーウー・メンバーも、出ていくよう命じられ——そして、少年はひょろ長い老人に一時間半すべてを話したのだった。ゴーリキーは涙にむせびながら、バラックを出た。彼には別荘の収容所長のところへ赴くため、馬車が出された。少年たちはバラックへ押し寄せた。『蚊責め[11]のことはいった？』——『いった！』、『丸太棒のことはいった？』——『いった！』、『馬代わり[12]のことはいった？』——『いった！』、『階段から突きとばされたのは？……。袋のことは？……。雪の中の寝泊まりは？……』。みんな、みんな、みんな話した、正義を愛する少年は!!!

だが、彼の名前すら、我々は知らない」

▼11　同様に、このあと、本文に説明あり。
▼12　вридло　そりや荷車を馬でなく（一列になった数人の）人間が引くこと。

この事件もまた、真実というにはあまりにドラマ仕立て、むしろメロドラマ仕立てが過ぎる。しかし、他面、回想録を残した、ほとんどすべてのソロフキの住人は、収容所でこのことが語られていたことを回想している。たしかに、一九二九年のソヴィエト政権は、十四歳の子どもたちを、ゴーリキーへの提訴があったからといって、銃殺してしまうことは多分なかったろうが、しかし、政権はほとんどどんなことにもひるまなかった。すっかり真実を話した、この少年が実在したのか、それとも捏造されたのか、いずれにしても、ソロフキで何かしら語られていたことがあった。そこでは広く体刑が行なわれていた。既述した丸太棒——人間を何時間も丸太棒に腰かけさせ、落ちると殴打する——、蚊責め——囚人を一晩中、森に置き去りにし、蚊、アブのたぐい（ソロフキでは猛威をふるっていた）に刺させる——、その他のいじめ、飢え、絶え間のない殴打はいうに及ばない。それだけではない。修道士が建造し、整備したものの多くを、ゴーリキーは囚人の手によるものとみた（修道士のことは、彼のルポルタージュでは、きびしい、嫌悪をもよおす、侮辱的な言葉が使われている。何よりも彼を侮辱したのは、彼らが彼と話をしないことだった。彼が彼らの言葉をどれほど嘲笑しただろうか！　想像にかたくない！　だが、彼は、彼らに差し出されたソーセージに彼らが殺到したさまを嘲笑して、やり返すことができた）。だが、彼は騙された——あるいは進んで騙された？　大方のところ——、あらゆるものを十分目にし、ロシアの現実を完全に理解しているから、ゴーリキーは、ロシアを強制なしに再建できるとは、新しい人間の形成が外科的処置なしにできるとは、思っていなかった。一九一八年には彼を嫌悪させた残忍が、このときは、逆の見方から——彼には是認されるものに思われるのだった。一九三五年の手紙で自分の当時の立場を書いているが、それはもっともなことだ。ソ連へは、西欧の嫌悪すべき生活体験のあと、やってきたが、このことからして、ここの変革を評価したと。いわく――乞食の教授も、宿無しの音楽家も、「尾羽打ち枯らした、ブルジョア文化の物書き」も目にした。これに取って代わるものが残酷であるにせよ、強制力なしにはすまないにせよ、いずれのばあいも歓迎せざるを得ないのだ。亡命体験は多くの人々にとって、ソヴィエトの忌まわしい事々の是認となった。ゴーリキーが真実を虚偽と区別しなかったということはほとんどなかった。むしろ彼はかかる真実と妥協する覚悟だった。

総じて、事件はすっかり彼の流儀にかなっている。少年はいたのか？　もしかしたら、少年はいなかった？　だが、一般人の認識に少年は不可欠のように作られており、ゴーリキーの伝記から少年を除外することはできないのである。

ところが、ソロフキには新しい人間の形成の意味で、何かしら見るべきものがあった。そこには密告も屈服もせずに、生き抜く知恵を発揮した、新しい人々ばかりでなく、ユニークな詩人も、ユニークな思想家もいた……。すばらしい、たとえば、ユーリー・カザルノフスキーがいる。そのパロディーをソロフキで刊行された囚人誌、まったくの官用の「ノーヴイエ・ソロフキ」が掲載した。一九三〇年にこれらの詩を公表できたことを説明するのは不可能だが、実際のところは、かような自由が特命強制収容所にのみ付与されていたのかもしれない。だが、そこでは多分、これらのパロディーは自分への嘲笑、鍛え直しの証明として受容されていたのだろう。詩は見事で、たとえば以下のように、アレクサンドル・ブロークがソロフキを描いたみたいだ。

晩、ソロフキびとの上に
春の大気は霧深く、湿っぽい。
酔っぱらいの大声を、粗野な
騎兵隊長が操る。
　そこ、余儀なきはるかかなた
日々の退屈のほこりにまぎれて
スロン［スロヴェツキー強制収容所］はうっとりと銀色に光り、
誰かの「ノック」がひびきわたる。
さらに遠く、かの哨所の向こう、――
川の揺らぎにふれながら
運河の間をレディー［複数］とさまよう
危うい目に遭いながら、洒落者［複数］が。
　そして、毎晩、暗くする
霧が大気に満ち、
私はやはり減らない

期間の残りにぼう然とする。
当直の机のところに並んで、
点検のメモがつき出ている、
歩兵たち——ウサギより嫌な——が、
「情報を渡せ」と叫んでいる。
　そして毎晩
　　決められた時間に、
あるいは、それは私だけ夢に見る、
　娘の四肢が、
　　ブシラート▼13につつまれて、
　官舎の窓に動いている。
そして、ゆっくりと小隊の間を通り、
監視はなく——ひとり、
協同作業にうみつかれ、
娘は輪切り丸太に腰を下ろす。

まさしく、ここに超人がいる——協同作業場でかように書ける。だが、ゴーリキーに、この雑誌は見てもらえなかった。これが発行されたのは、彼のソロフキ訪問の一年後だったから。

▼13　囚人用の綿入れジャケツ（ふつうは水兵の着るラシャ地のジャケツをいう）。

六月二十一日、彼はそこからムルマンスクに着いた。

七

ゴーリキーの反スターリン伝説とは、いかに悲しかろうと、別れなければならないだろう。だが、半面、この反スターリン主義を認めるならば、我々はゴーリキーに偽善、不首尾、初歩的な不誠実といった、およそ彼に無縁な罪の房《ふさ》をかけることになったろう。ゴーリキーには、ひょっとしたら、彼の描出した典型的なプロレタリアの特質（決意、非の打ちどころのない階級意識、階級の敵に対する仮借のなさ）は備わっていなかったかもしれないが、しかし、自分の主人公たちの一つの特質、すなわち実直さを彼は完全に保有していた。ずるく振る舞うのは一度も気に入ったことがなく、そして、めったになかったが、人々に乱暴な言葉をぶつけることから、彼はある種の満足さえ味わうぐらいだった。党におけるレーニンの影響と事実上の専横も、一九一二年にも一九一八年にも、彼を抑止しなかった。何かが彼を三〇年代に警戒させたならば、彼はそのことをいっただろう。我々はゴーリキーの二心を立証するような事実を一つも持っていない。それだけでない。このようなとき、自己保存本能は彼にはまったくきかず、一九〇五年には彼はヴィッテ本人を罵り、一九二〇年にはジノヴィエフ（レーニンと「おれ、お前の仲」だった）と衝突するのを恐れなかった。パステルナークの言葉「三度異なった見方をするようには、私は生まれていない」を、もし誰かに当てはめるとしたら、それはゴーリキーだ。何が肝心なことなのか——個人の特質か、あるいは、前にふれた、ホダセーヴィチの「生涯を損なうこと」を望まないことか、いわくいいがたい。それに、そうしたことはゴーリキーの実践にあっては混在している。彼が経歴のために何をやり、良心の呼び声にしたがって何をやったのか、わからないだろう。しかしながら、すべての彼の三〇年代の声明、降伏しない敵に関するすべての論説、すべてのスターリン賛美は百パーセント誠実なのである。彼の態度は一貫しており、世界観は後半生の四十年間変わっていないから。ただし、ボリシェヴィーキは、短い冷却期間のあと、再び彼には建設的、積極的な力に思われた——だが、このとき、彼はいわゆる道標転換派、共産主義者に未来の赤い帝国の建設をはじめて認めた政治運動の路線に動いていた。

　肝心なことは誰もゴーリキーをロシアへ追いやったのではないことである。誰も彼を弾圧でおどかさなかった。一説によると、ミズナギドリはおどされ、プロレタリア古典作家は手足をしばられたとか。これはペレストロイカ年代だけでなく、雪解け年代にも広まり、そのときは一口話が作られた。

「アレクセイ・マクシーモヴィチ！」（これはグルジアのアクセントで発音される）。「以前、あなたは非常に時宜にかなった本、長編『ハハ』を書きました。いまはまさしく、劣らず時宜にかなった長編『チチ』を書くべきときだと思われませんか？」

「私はど力してみます、ヨシフ・ヴィッサリオーノヴィチ、努力してみます……」

「ど力してください、努力してください、努力（パピートカ）は拷問（ピートカ）ではないのだ

から、違いますか、同志ベリヤ!?」〔以上、ナマリだらけの文〕

だが、誰も説得したり、同意させたり、まして、拷問したりしたわけではない。ペレストロイカ全盛時に、テレビ画面に怪物の伝記シリーズ『サソリの旗印の下に』が出現した。その中で、スターリンはじかにゴーリキーをおどかし、彼に対して下品に振る舞い、作家を恐喝し、総じて、モスクワの屋台のデート・スポットの中どころのゆすり屋みたいに振る舞っていた。残念なのは、スターリンを有名なイーゴリ・クヴァシャが演じ、ゴーリキーは卓越したプスコフの俳優ヴァレーリー・ポローシンの最後の役だったことである。「おれはお前にチェカーの桶から食わしてやるぞ!」、スターリンは叫ぶ。「淫売野郎、犯罪者!」、ゴーリキーは叫び返す――批評家ヴィクトル・マチゼンの的確な表現によれば、「放浪の昔」を思い出しながら。ところで、たしかにペレストロイカには、そんなたわごとでないものも撮影されていた。問題は画面のことでなく、ゴーリキーをスターリンの反対者として想像する誘惑が、実際、強かったということである。ロシア人の良心は、偉大な――実際に偉大な、全世界に有名な――作家がテロの時期に生きていて、テロを強烈に是認しているということに折り合えないのである。ゴーリキーがこの時期、生きていたではないか。スターリンのテロが一九三七年に始まったということをそのまま承認はできない!　ニーナ・ベルベーロヴァ（飛びぬけて正気の婦人）のいうところでは、スターリンは集団弾圧を展開するため、とりわけゴーリキーの死を待っていたとか。だが、そうなると、彼はなぜもう一年待っていたのか?――理解できない。いわゆる大粛清はトゥハチェーフスキーおよび数十名の上級軍事司令官の逮捕と粛清から――一九三七年十月に始まった。ゴーリキーは彼の周知の党員――ブハーリンやルイコフの弁護に必ず介入しただろうという見解もまた、遺憾ながら、何の根拠もない。カーメネフとジノヴィエフに対する弾圧は一九三七年でなく、一九三四年、彼の生存時に始まったし、ジノヴィエフはゴーリキーに涙ながらの手紙を出したが、しかし、このことから、何の結果も生じなかった。それだけではない。ゴーリキーは、総じて、伝説とは反対に、ほとんど誰かしらを弁護することがなかった。一九一八年及び出立間際――いっそう稀ながら――彼はインテリゲンチアをチェキストの手中から奪い取るよう、実際に努力し、何よりもしばしば成功した。だが、三〇年代には、若干の彼の要請（常に細心・慎重な）が知られているにすぎない。そして、常にこの庇護は党幹部でなくて、個人的に彼の知っている、生涯において親しい人物（国の運命に大きな役割を演じていなかった）にかかわるものだった。ジノヴィエフとカーメネフはゴーリキーの友人でなかったばかりではない。彼はジノヴィエフを私的な敵とみなし、カーメネフには決して友情をおぼえなかったし、多くの点でブハーリンとは同意しなかったということを忘れないようにしよう（ブハーリンは、第一回ソヴィエト作家大会で報告を行ない、そこで公然と論戦を張り、マヤコーフスキーの誇張された役割を禁じた。彼が全体として、マヤコーフスキーの批判を中止したのは、スターリンがリーリャ・ブリークの手紙への決裁で、彼を最もすぐれた、才能ある人物と呼び――これにかなう生きた人物がいないため――、死者を世紀の詩人に押し上げたあとだった）。だからして、彼がジノヴィエフ、カーメネフ、あるいは、ブハーリンの擁護に立つように期待するのは、実際には不可能なことだった。「トロツキスト」という言葉は彼にとって拭いとれない烙印であり、党幹部間でのトロツキーの名声の度合いを、彼ははっきり記憶していた。直接のトロツキーに関する発言は彼にはあまりなく、それに彼らは人生においてほとんど交わることがなかったとはいえ、一八二七年のトロツキーの追放時、彼はトロツキーのことを異常なほど憎悪をこめて批判し、反対派に対する党の制裁方針に一瞬たりとも疑いをはさまなかった。

ゴーリキーが制裁を未然に防いだり、「人民の敵ども」の運命の緩和をかちとったりしたことの証拠は一つもない。反対に——決定的な制裁を呼びかける、彼の激烈な公開書簡、同じく西欧のインテリゲンチア（実は、人間の権利ではなくて、人間が妨害行為をするという、具体的な権利を擁護する）に対する呼びかけが知られている。そして、強圧的な自分の要求には彼は大変自信があった。なぜなら、スターリン主義はファシズムにとって代わる唯一のものであると、真摯に思った（あるいは、自分をうまく納得させた）からである。ある程度、その通りだった。このスターリン主義を、それに人間の顔と西欧の見栄えを付加して改良し、完全なものとする権利は自分にはないと彼は思ったし、それが必要だとは、恐らく考えなかっただろう。国がファシストの包囲に遭って、疲弊しているのだから！　彼にとっては西欧の知識人の大部分にとってと同様、三〇年代の問題が控えていた。自らの破滅の運命に荒れ狂い、何だってやる覚悟の帝国主義者とその前衛のドイツおよびイタリアのファシスト（ファシズムのイタリアでの人気の高まりを、彼は個人的に観察することができた。彼は干渉されなかったが、ムッソリーニは、わかりきったことだが、彼の共感を呼ばなかった）か、それともロシア（誤りも悪徳もあるが、しかし、歴史的ゼロから始めている、未曾有の実験途上の）か、である。そして、この未曾有の実験の空間の中、彼には自分の場が分与されている。彼は古い文化から最良のものを選び出し、新しいものを建造し、賢い庭師のように、余分な新芽を切り取り雑草を抜きとって、文化を守るのである。彼は自分には、大衆が何を必要としているかを判断するための十分な知識があると考えた。他でもない、彼はこうした大衆の中から登場したのであり、ソ連のありとあらゆるコルホーズ員およびプロレタリアに、かかる知識へ激しい欲望と情熱への愛があることに気がついていたからである。このばあい、どんな選択があるだろうか？　一瞬たりとも、ソ連の偉大な達成を疑う者は誰でも、ファシズムの利益になるように行動しているのであって、第三の道は与えられていない。同時代人の回想の中にある、わずかばかりの、ちょっとした言及――「老人を取り囲み」、閉じ込め、どこにも行かせない――は、彼を思い浮かべるとき、きまってきこえてきた、いつものぼやきだった。彼には本物の能力があり、影響力は疑いなかった。それで、もしも彼が実際にどんな犠牲を払ってでも、発生していることがらに反対の声をあげていたならば、彼はそれを果たすチャンスを見出しただろう。いわんや、外国人が彼をしょっちゅう訪問していたのだから。だが、ロランも、ウェルズも、三〇年代における彼との会見を語りながら、彼を正真正銘のスターリン主義者と特徴づけていた。

八

彼の庇護についていうと、そのばあい、彼は自身の最晩年の性格から典型的なルカとして振る舞った。すなわち、自分の精神的平安を動揺させないために慰めたのである。たとえば、プラトーノフは『チェヴェングール』の出版の助力を願い出た。彼は相手に色よい返事をした、「すべてが通り過ぎる、ただ真実のみが残る」。だが、プラトーノフの代表的長編作の刊行のために何ひとつしなかった。仕事に対しても、出版に対しても、一度も彼を助けなかったのである。それだけではない。弾圧の是認という、醜い事柄では、彼はいささか先んじて行動したほどだった。たとえば一九三四年の論説『不良少年について』は、パーヴェル・ヴァシーリエフ、ボリス・コルニーロフ、ヤロスラーフ・スメリャコーフ（ずば抜けた才能のある詩人たち）の前途をばっさり切って捨てた。それにより初めの二人は命を失い、三番目は二回の刑期を勤めた。好きなように推測を立てることはできる。曰く、ゴーリキーがいなくても、彼らは軽率な行為で災いを招いたことだろうと。だが、最初に新聞・雑誌で彼らに反対したのは他ならぬ彼であり、この論説の動機となったのは、彼らの当時としてさえかなり無邪気な気晴らしだった。勿論、乱暴も酔っ払いの殴り合いもあったが、しかし、やけになれば、何でもやってしまうものだし、息苦しい空間でどうしたら憂鬱を追い払える？　他ならぬゴーリキーの論説のあと、ヴァシーリエフとコルニーロフは厳しい精査に付された。そして、才能に対する彼の勘は衰えなかった。三〇年代の若いソヴィエト詩壇で、彼らは実際のところ最上だったのだ。一方、言葉の純粋さのための彼の闘い（グラトコフおよびパンフェーロフに対する、老セラフィーモヴィチに対する）は？　勿論、これは文学的論戦であって、それ以上のものではない。だが、こうした論戦では、彼はケルベロス的警備の立場から発言した。文学論争も当時はまんざら無害ではなくなったのだから！　言葉の差別をなくし、その的確さのための闘いながら、彼は形式上は文学のわかりやすさの獲得のために闘ったが、しかし、実のところ、ひとつ櫛で文学を整えたのだった。方言や言葉のわざとらしさと闘うというものの、少数のもの（どんな風《ふう》にしろ、ぎこちないにしろ、平穏な文化の滑らかな表面の上にそびえたっていた）に立ち向かったのだ！

彼は若い人のうち、誰に助力したか？　彼が切れ目なく、献身的に目を通していた、これら数十の原稿は誰のものであったのか？　認めねばならないのは、十のうち九はアマチュアの、プロでない――あるいは文学に初登場した、あるいは革命前の初登場時代から、そのまま何も書かなかった――作者の作品だった。日常生活の物語、自伝――革命あるいは内乱に参加したことを示す記録としてのみ価値のある。彼はプロの作家の二、三人、たとえばレオーノフを読んだ。だが、『大洋への道』（レオーノフの代表的な長編の一つで、複雑で成熟した、入念に暗号化された本）についての彼の手紙は無理解と悪意のきわみさながらである。多くの、言葉のいいがかり――これはいままでは彼の日常茶飯事であるが、困ったことには、レオーノフの叙事詩の複雑で重層的構造に関しては絶対的に耳を貸さない。すべてを簡素に、平板的なものにしたいという、同じく激しい、納得のいかない願望……。バーベリ、オレーシャ、パステルナークを彼が助けた証拠はまったくない。パステルナークは直接彼に助力を願い出た。すでに「ズヴェズダー［星］」[14]に載せた『安全通行証』[15]を再刊して、それを散文の巻へ入れる必要があったが、しかし、作品は観念論的であるという批判に遭ったので、奇跡的に一九三一年にパスしたものを、一九三三年に再刊することはもはや許されなかったのだ。ゴーリキーは何の手助けもしなかった。できた？ 多分、できた。だが、パステルナークは彼には——審美的にも、社会的にも——無縁だった。唯一、ゴーリキーが援助したのは、元「セラピオン兄弟」の中のミハイル・ゾーシチェンコである。だが、このばあい、助力はあまりにも奇妙な性質のもので、それを何といい直したらいいのやら——よからぬ嘲笑か、それとも、ゾーシチェンコの才能の性質の完全な無理解なのか、わからない。ゴーリキーは啓蒙、知識の大衆化の考えに取りつかれつづけていて、ゾーシチェンコに、勝利した町人階級の言葉で書けるという、そのユニークな能力を啓蒙のために、すなわち、プロレタリアと農民のための本を彼らの現在の言葉で書くことに、役立てるよう提案し、この本に残忍および奇跡の全世界史が表現されるよう注文した。ゾーシチェンコはまったく誠実に、この仕事に取りかかった。三〇年代のはじめ、彼は岐路に立っていた。笑いとばしたり、否定したりしたくなく、肯定し、賛美したかった。だが、例外的な叡智を持った作家であるから、彼は勿論、自分には何が現われているのかを理解しないわけにはいかなかった。『空色の本』は言葉の退化に関する恐ろしい本であり、彼の激変の記録である。世界史の主要事件をコムーナ［コンミューン］の調理場の言葉で伝えることは、どこ

▼14 1924年以来のソ連作家同盟の総合（文芸・社会経済）月刊誌。労働赤旗勲章（1973）。
▼15 自伝的エッセー（1931年刊）。多くのページをマヤコーフスキー（の自殺）に割いているが、その記述が不適切だとして1933年発禁処分。

へ国は勢いよく向かっていたのかを、ありありと国に示した。本は、すべての聖物（その賛美のために書かれた）に対する恐ろしい愚弄に見えた。ゴーリキーへの前書きの手紙と彼への献呈によって、このユニークな文集は救われたが、しかし、どんな恐るべき結果が最も若い同僚に現われたのか、ゴーリキーにもわかったと思われる。

ゴーリキーはブルガーコフの才能の程度を十分推察していたが、しかし、凡人連中が偉大な作家を非難して苦しめたとき（たとえば一九三四年の『モリエール』の上演取り消しのとき）、彼の庇護のためにひとこともいわなかった。彼はアフマートヴァもマンデリシュタームも援助せず、酷評のとき、シクロフスキーも、トゥイニャーノフも庇護しなかった。批判された作家の擁護に彼が発言した唯一のばあいは、一九三二年ラップ［ロシア・プロレタリア作家協会］が中傷され、廃絶され始めたときで、彼はスターリンに、レオポリト・アーヴェルバフ――恐ろしい、根っからの狂信者、無数の非難キャンペーン（文学を、非の打ちどころのない身元の凡庸な著者からなる、統一戦闘ラーゲリに変えようと努めた）の旗振り――のことを手紙に書いた。ゴーリキーは発言した。たしかに、同志には誤りがあったが、しかし、同志は心から文学を愛していると。アーヴェルバフと彼の同志たちが文学をどんなに強く愛していたかは、何人《なんぴと》も、雑誌「哨所に立つ」の綴じ込みに目を通せば、わかる。もっとも、そこにある文学批評の大部分は、かまどにある箒でなければ、鎖分銅で書かれたみたいに思われるが。アーヴェルバフは一九三八年に失墜し、彼に代わって作家たちの指導に、まるっきり無原則的な人々がやってきた。だが、ロシア文学の抑圧者に対するゴーリキーの愛情は甚だ特徴的である。彼は相手を人間としてあわれんだということはできる。だが、ブルガーコフのほうは、彼は人間としてあわれまなかった。それに、政府の迫害から作家を守るためになされた、二〇年代の彼の唯一の発言は一九二九年のことで、それは九月「イズヴェスチャ」に載った論説『エネルギーの消費について』だった。その中で、彼は穏やかに、慎重に、彼のお気に入りのザミャーチンと気に食わないピリニャークを、二〇年代末に始まったキャンペーン（ソヴィエト・ロシアで、自立、そして無遠慮をさえ保持できることを期待した、最後の散文作家に反対する）から守っている。きっかけは、ピリニャークの『赤い木』と（日付を前にずらしての）ザミャーチンの長編『われら』の国外発表だった。だが、二人の無条件に才能のある文学者の、きわめて控えめな擁護をしたゴーリキーの論説も、新たな罵倒の突発を、このときはもはやゴーリキーに対して呼び起こした。彼の回答『すべて同じこと』は新聞・雑誌に現われなかった。そして、彼は自分にとっての結論を出したらしい。そのときから、彼は二度と――このことを強調したい――誰かれの文学者を党の批判から擁護する発言を公にしなくなった。恐らく、彼は影響力を保持することを望み、いたずらにわが身をさらすことを単に望まなかったのだろう。だが、何のために、彼はこの影響力が必要であったのか、歴史は沈黙している。彼がこれをもっぱら行使したのは、彼の意図が党の路線と合致しているときだった――このことを認めるのは、いかにつらいことであろうと。

九

一九三四年の自分の論文『文学の気晴らし』（ここでも言葉の錯誤は――しばしば隠喩も――ファシズムと同一視される）で、ゴーリキーは三〇年代の自分の信条を、強い、極度に明快な表現で公式化している。奇妙なことだが、このことについて、いまだに論争が生じている。当人がすべてをいったとか、彼の文章法がのちに、数千の暴露的な、もしくは単に弾圧を呼びかける論説のなかで借用されたとか。

見よ――悪党どもがセルゲイ・キーロフを殺した。党の最良の幹部のひとり、プロレタリアートと農民階級を新しい生活のため、社会主義建設のために再生させる事業における模範的な働き手を。質朴、明快、ゆるぎなく強固な人間を殺した。彼がまさしくもかくも善良であり――そして、敵にとって恐るべきものであったがために殺した。キーロフは殺された――そして、明らかになった。ボリシェヴィーキの党の中に腐った人間どもが隠れていること、共産主義者の中に「革命家」――革命がテルミドールで終わらなければ、それはよからぬ革命だと考えている――のいる可能性のあることが。殺人者どもの耳にとどいているのか？　彼らの白痴的で卑劣な犯罪に対する応答として、社会主義ソヴィエト同盟のプロレタリアートの咆哮しているのが。キーロフは殺された――そして明らかになった。敵は絶えずわが国に、我々の幹部狩りに、世界を変革するエネルギーの持ち主たちの撲滅のために、何十人もの殺人者を送り込んでいることが。敵は祝杯を挙げている――もうひとつの勝利だ！　と。

ジミトロフを殺すことは成功しなかったが、キーロフは殺した。テールマンを殺そうとしており、毎日、どこでも、何百何千の社会主義実現のための最も勇敢な戦士を殺している。それとともに、何百万もの労働者および農民を根絶する、新たな国際的虐殺が準備されている。この虐殺が必要なのは、小売店主たち――武装したプロレタリアートと農民階級の力により勝利する――が、敗れた小売店主たちの支配から、土地と住民の一部を略奪できるようにするため、略奪した土地で「無税、免税で」自分たちの貧しい労働者と農民の労働の生産物を商売することができるようにするため、愚かにも、私的利益のために、他人の土地の宝物と征服した住民の労働力とを枯渇させるためである。ますますマルクスの学説の無謬性が明白である。「いかなる言葉でブルジョアの政治がまとわれようと、実際は、それはつねに掠奪を目的とした殺人である」

だが、同じく争う余地がなく明白なのは、すべての国のプロレタリアートの革命的法意識が速やかに成長し、我々が全世界的革命の前夜に生きているということである。ソヴィエト同盟のプロレタリアの強力かつ上首尾の労働は、ツァーリの赤貧のロシアの土地に豊かで強力な社会国家を建設しながら、そのすばらしい事業をはたし、全地上のプロレタリアートに、土地および農地における集団的な自由な労働が奇跡を作っていることを示している。労働者・農民大衆の最も深い愛に真に値した人物を統率者とする、レーニンの中央委員会の賢明で炯眼な指導――この指導は「歯ぎしりして」認識されるばかりか、資本主義者たちを感嘆させ、その上、恐怖させている。感嘆は、勿論、小売店主たちの野獣的憎悪の成長を妨げない。そして、無論、銀行家、ロード〔卿〕、公爵、男爵、山師、そして、総じて、富裕なペテン師どもが殺し屋を買収し、連中を我々のところへ送り込み、最良の心の持ち主、プロレタリアの最も輝かしい、革命の叡智の持ち主に襲いかからせようとしている。こうしたことはすべて不可避である――資本主義と呼ばれる膿瘍から流れ出る、すべての、ありとあらゆる醜悪なことがらが不可避のように。だが、この膿瘍に向かって、その嫌悪すべき、吐き気を催させる、血にまみれた、いまわしい行為をますます明白にしながら、すでに無敵なものが現われ、成長している。この年の出来事を列挙はしまい。それらはみんなに周知のことだから。プロレタリア独裁の第十八年は、プロレタリアとコルホーズ農民の例外的に強力な結集の年である、ソヴィエト〔連邦会議〕選挙は、大衆の文化的、革命的成長の深さと高さを意味する。

この先もずっと同じ轟《とどろ》き、たぎる精神のまま。何が理解できない？　何を論争する？　このあと、この「嫌悪すべき、むかつく、血まみれのけがらわしさ」の文体で、無数の銃殺の手紙、集団逮捕と制裁を肯定する手紙が作成されよう。ゴーリキーはこの体制に単に反対しなかったのではない。彼はそれに論理、用語を加え、総合的基礎づけを考え出した。そして、この彼の行き方はまったく理にかなっていた。彼は自分の原則に背反するたぐいの人間ではなかった。個人的見解のあらゆる変更は彼には苦痛だった。彼は二〇年代に、ボリシェヴィーキ以外にロシアを救うことのできるような勢力はないと決めると、この立場からどこにも移らなかった。これは非難のみならず、敬意に値する。いい逃れはすまい。

十

彼はすでに聖なる牛であり、新聞雑誌で彼を批判することなど考えられなかった。直々の誹謗に反対しようとした者たち――見事な長編『マスク』のため、彼にさんざん悪罵されたベールイ、同じくセラフィーモヴィチ、パンフェーロフ、ヴァシーリエフ――は、真先に批評に謝意を表し、その後はじめて、控えめに弁明するのだった。実は、ソヴィエト文学において、ひとつのカムフラージュされた、だが、非常に強力な、彼に対する攻撃がある。大胆なイリフとペトロフが一九三一年『黄金の仔牛』のまえがきで打撃を与えたのだ。

「お話し下さい――ソヴィエト政府をイギリスより若干遅れて、ギリシアよりほんのちょっと早く承認した国のとある厳格な市民が我々に聞いた――お話し下さい、どうしてあなたがたはお笑いぐさを書いているのです？　再建設時代に何たるお笑い草です？　どうしました、気が狂ったのですか？」

このあと、彼は長いこと、そして腹を立てて、我々を説得した――いまは、笑いは有害だと。

「笑うのはけしからん！」、彼はいうのだった。「そう、笑ってはいけない！　ほほえむのもいけない！　この新しい生活、この進歩を目にすると、私は祈りたくなる！」

「でも、我々は笑っているだけではないのです」、我々は反論するのだった。「我々の風刺の対象は、他でもない、再建設時代を理解していない人々です」

「風刺はお笑い草ではありえない」、厳格な同志はいうと、彼が百パーセントのプロレタリアートとみなした、とあるバプテスト派職人に腕を貸して、自分の住まいに連れていった。

退屈な言葉で記述するようしむけ、「パラサイトは決して！」という題名の六巻の長編に挿入するようしむけた。

かような絶賛する市民のほしいままにさせたら、イスラム女の被り物を男にまで被せるだろうし、ご当人は朝から聖歌と雅歌をラッパでかなでるだろう――まさしくそうやって社会主義建設を助けねばならぬと考えて。

ゴーリキーだと、ここではすべてが明らかにする――革命に関する六巻の長編ででも（作者たちは誇張しており、彼は四巻物を書いたのだが、しかし、退屈な言葉のことをいわなかったのは、当時、怠け者だけで、ベズイメンスキーすら、エピグラム――『クリム・サムギン』はかなりよき代物なり、されど、ああ！――をもって現われ出たほどだった）。そして、ゴーリキーご本人がソヴィエト政権を承認したのは、いまでは彼が批判している多くの人々より遅かったことででも。ソ連帰国のほとんど直後にいったこと――我々は自分の欠点のことは沢山話をするが、しかし、我々の成就したことごとについては少ししか、それも悪くしかいわない

――ででも。さらに雑誌「我々の達成」――そこに自身の絶賛だらけのルポルタージュを載せた――を案出した。そして、勿論、ゴーリキーのプロレタリアは、実際のところ、一本立ちの家内工業の職人に比較的似ている（バプテスト派、その他の分離派のテーマは、彼には伝統的に親近感があり、他ならぬ『仔牛』の少し前に、鞭身派の熱狂的儀式の大場面のある▼16『サムギン』第三部が出た）。これは非常に辛辣な当てこすりであり、その上、古いゴーリキーの罪をほのめかしている。ところが、ゴーリキーは「これらの偉業」を自ら絶えず賛美して、人々――生活や進歩を「自動車の窓から」でなく見聞し、直接肌に感じていた――を飽き飽きさせることができた。同じイリフとペトロフはオデッサとモスクワで、飢餓が襲い、血にまみれた革命後の年月を過ごし、厳格な市民よりもかなり多く、再建時代を曲がりなりにも知っていた。この攻撃はうまく暗号化されていた。それで、まえがきは一九四六年まで平穏に再版されていたが、その年になって、ベンデルの二部作▼17の再版は特別な決定によって政治的に誤ったものとみなされた。

十一

三〇年代、ゴーリキーは再び演劇に積極的に取りかかった。いまになってはじめて理解できるのだが、彼の芝居は主としてアジテーション的、プロパガンダ的であり、戯曲に彼が向かうのは、自己分析をしたり、スタイルを改善したりせねばならないときでなく、すみやかに何か

▼16　名称はからだを鞭打つことに由来する。ただし『サムギン』第三部の終わり近くにある「鞭身派」の儀式はもっぱら円舞で、鞭打ちは見られない。

▼17　どちらも愉快な詐欺師ベンデルが主人公のイリフ－ペトロフの代表作『十二の椅子』（1928）と『黄金の仔牛』（1931）。

を大衆に最大限わかりやすいかたちで説明するときだった。彼の成功はこのばあい、偶発的で、それは作者が何かしら簡単で実用本位のことを考えていながら、才能のおかげで、一義的でない、思考を引き起こすものが彼に現われるときである。三〇年代の戯曲は『ブルイチョーフ』をのぞき、何ひとつ、傑出したものはない――ソヴィエトの舞台では、それらは長く上演されたが。

『エゴール・ブルイチョーフ、その他』――この戯曲から、のちに、セルゲイ・ソロヴィヨーフがミハイル・ウリヤーノフ主演の上々の映画も作った――には少なくとも演ずべきものがある。老いてはいない、強靭な百万長者の商人が死の病にかかっており、生物学的宿命と折り合いをつけたくない。だが、この宿命には階級的なものが透けて見え過ぎる。こうした強靭な人間の死の病は、イグナート・ゴルジェーエフやイリヤー・アルタモーノフの破局同様、とるに足らぬ小人の世界での彼の居どころのなさ、はけ口のないまま、滅びた力の隠喩となっている。何にこの力をイグナートの息子、フォマー・ゴルジェーエフは向けるべきだったのか――ゴーリキーにはわかっていなかった。ところが二〇年代、『アルタモーノフ家の事業』を書いていたとき、彼はすでにはっきりわかった――あるいはわかるものと思っていた。アルタモーノフ家の「事業」に代置できるものを。すなわち、ボリシェヴィズム――これぞ強靭、完璧な人間の向かうべきものだ。『エゴール・ブルイチョーフ』は永遠のゴーリキーの葛藤、なすべきことなく滅びていく、強くて魅力ある主人公である。実のところ、正しい仕事に従事している登場人物は、ゴーリキーのばあい、なぜか、いつも魅力に欠けている。パーヴェル・ヴラーソフはいうまでもなく、『クリム・サムギンの生涯』の正統派ボリシェヴィーキ、クトゥーゾフはまったく何ひとつ読者に記憶されない。『エゴール・ブルイチョーフ』では、中心の登場人物に対して、総じて誰も対置されることがない。ゴーリキーは、できれば喜んでそこに革命家を書き入れたかったろうが、しかし、芸術性のすべて、発明力のすべてがブルイチョーフに注がれ、革命家はこのばあい、大局的には不要なのである。『ブルイチョーフ』は闘争ではなくて、宿命の劇だから。事件は第一次世界大戦の開始後ほどなくして起きるが、ブルイチョーフは戦争が誤りであり、その上、それにより、帝国が不可避に滅亡するたぐいのものであることをはっきり理解している。自身の滅亡の予感は呵責なき終末論的な臆測に痕跡を残している。いかに奇妙であれ、『ブルイチョーフ』（一九三〇〜一九三一年に大部分ソレントで書かれた）は自伝的、おそらく告白的作品で、その意味では唯一のものである。三〇年代の他の作品は一貫してイデオロギー的だから。ブルイチョーフはほとんど逐語的に、死を始末できない医学はだめだというゴーリキーの言葉を繰り返す。ここでは再び、また『娘と死』ではじめて認められる、古いテーマがひびいている。まさか——みんなの運命だって？　そんなこと、あり得ない！　ゴーリキーは常に病的に、死ぬことの秘密に憂慮し、そのことについて、自分の最良のスケッチの一つ、一九一九年の掌編『死ぬこと』を書いた。その中では彼の目の前で、狭くてゴキブリだらけの炊事場で、完全に意識のある状態で、賢い、しらふの人間が死んでいくが、その臨終に居合わせている語り手には、慰めひとつ、言葉ひとつ——死のような最終的な真理と並んでも侮辱的な虚偽とは思われないような——見つからない。この限界（ゴーリキーの確信によれば、その先は無だ——しかしながら、最終的な「無」を彼は許容しようとはしない。他でもない、そうでもしないと、すべては無意味になってしまうから）への凝視は、彼のしつこい思考の対象となっていたが、あまりに病的で、散文にはこの思想を入れまいと彼は努めたほどだった。苦悩に満ちた、死の不容認は、はたからは臆病と思われかねなかったが、ゴーリキーには臆病などない。お望みなら、彼には、世界秩序との本体論的、存在論的論争がある。どうやら、こうした死および不死の秘密に集中した結果、彼はトルストイに引きつけられたのであり、もっともなことながら、このトルストイへの集中の原因を説明しようとして、彼が何かの中で、自分のことについてつい口をすべらした——（まさか私が死ぬ!?　私が——こんなにも蓄え、こんなにも記憶し、能力のある——!）。『エゴール・ブルイチョーフ』は、表面上は、宿命的な帝国と、その中にいる破滅の運命にある人間の物語だが、本質的には、自己の運命への抵抗の呻吟である。まさにこれゆえに、ここにはどんな革命家もありえない。彼（革命家）は社会体制を克服できようが、生物学的法則には何ができよう？　注意しておくが、他ならぬ革命家の欠如が『ブルイチョーフ』を帝国の破滅の正確な戯曲にしているのである。ボリシェヴィーキは帝国を滅ぼしたのでなく、彼らの役割は無視できるほど小さい——帝国はみずから倒壊したのだ。まさしくこのゆえに、ゴーリキーはヴァフタンゴフの演劇演出者、ボリース・ザハーヴァに、彼の考案したフィナーレ——窓の外で「マルセイエーズ」をうたっている。まるで、ブルイチョーフの葬儀を歌いおさめ、新しい世界を歓迎するかのように——を断乎禁止した。このフィナーレは、ザハーヴァが腹立たしげに指摘しているが、劇場ではみんなに大変気に入られたのだった。だが、ゴーリキーはそれを断乎退けた。戯曲のかかわるのはマルセイエーズでなく、全世界が取り返しのつかないほど押しのけられ、あたりには、頼りがいのある、賢い、ただ単に尋常な人間ひとりいないということだから。そして、このことは同じく示唆的である。破滅する人間を誰も助けない、頼りにできる者は誰もいない。人はそれぞれ、ひとりぼっちで死んでゆく。こうしたことがすべて、『ブルイチョーフ』を強靭な――もしかしたら、レオーノフの『吹雪』までの、三〇年代にソ連で書かれた、最も強靭な――戯曲にしている。ゴーリキー本人は芸術的成果に驚いて、急いで『ブルイチョーフ』に第二部『ドスチガーエフ、その他』を書き足した。ここでは、もはやさかんにボリシェヴィーキのリャビーニンが行動し、フィナーレはひげの生えた農民が登場する。戯曲は捜索で終わる。ちなみに、これは当時の演劇にとっての特徴的な現象である。ブルガーコフの『ゾイキンの住まい』のフィナーレの逮捕と捜索、『ソーモフ、その他』（この戯曲をゴーリキーは出版も上演もさせなかった）の逮捕と捜索、そんなわけで、『ドスチガーエフ』も捜索で終わっているが、ここでは、劇のリハーサルをしているヴァフタンゴフ市民との会話のときの、ひげの生えた兵士の、作者の性格付けが面白い。

彼を明確に作らなければならない。彼は勇壮な兵士である。彼がその半生に経験しなかったことがあるのかわからない。彼は何かを理解したというのではないが、しかし、感じた、その全存在で感じた、「これがなすべきことだ！」と。それはその時代の典型的人物だ。彼は理解した、「これこそやらねばならんことだと――主人を全員殺さねばならない」と……。そして、殺しにやってきた。実をいうと、彼には、これらの人々は――そして彼の元の主人さえも――それ自体、差異はない。彼はそんなタイプで、時代がかような人物を大勢作った。そんなわけで、彼は大変落ち着いた、勇壮な人物だ。彼はわずかばかりユーモアを交えて話す……。彼は何やら大衆的人物で、誰かの手先である。彼は特別に心配したり、特別に話したりするには及ばない。彼は落ち着いて話す。彼は人の不幸を喜ばないにしても、あわれみもしない。必要なら、自分から発砲する。

それにしても、この性格付けには恐怖が感じられる。ゴーリキーは実際にかような銃を持った人物を一九一七～一九一九年に多数目撃していたし、知っていた――彼らのわざとらしい無関心、勇壮な平静さ、制裁の気軽さ――を。新しい世界の凱旋行進は、ゴーリキーにおいては、ひげの生えた兵士の軽い冗談が添えられている。それゆえ、『ドスチガーエフ』の幕切れは、決して歴史的オプチミズムを歓喜させるものでない。ゴーリキーは商人階級の破滅の定めを、それが実際に明瞭であるよう、そして、強靭で権力のある主人公のそばに明瞭な対立者が現れるよう、何らかのやり方で示す希望を捨てなかった。だが、一九一〇年の戯曲『ヴァッサ・ジェレズノーヴァ』（ヴァッサの獣性があくどく、強調されていた）の改作でさえ、この課題を果たしていない。ジェレズノーヴァ以外に、戯曲には強靭な登場人物はいないのである。ゴーリキーはヴァッサの息子の嫁、女革命家ラヒーリを書き加えたが、しかし、女革命家の出現は、通常は、きわめて説得力に欠けるものだ。心臓麻痺によるヴァッサの死自体、何事も説明せず、変えもしない、わざとらしい結末になっている。ゴーリキーは、ともあれ、リアリストだった――現実の論理を理解していたという意味で。ロシアの商人階級が破滅の運命にあったのは、能力のある強靱な人間と、弱い欺瞞的な、しばしば単なる精神病患者との比率が――ゴーリキーの登場人物の一覧だと――ほぼ一対二十だったからである。勿論、ヴァーシカは創造の精華ではないが、しかし、彼女を取り巻いている連中はまったくの役立たずだ。勝ち誇るソヴィエト・フェミニズム、強い女と弱い男の時代に、他ならぬこの戯曲に、ほとんど同時に、映画監督グレーブ・パンフィーロフと演劇改革者アナトーリー・ヴァシーリエフが目を向けたのも偶然ではない。一九八三年の映画『ヴァッサ』と演劇『ヴァッサ・ジェレズノーヴァ。初版』(一九七八)は時代の重要なシンボルとなった。パンフィーロフ監督ではヴァッサをチュリーコヴァが、ヴァシーリエフ演出ではニキーシチヒナが演じた。両者とも、力と破滅の悲劇を表現している。パンフィーロフのヴァッサは賢明で、どこか自己犠牲的だが、ニキーシチヒナのは残忍さが優位を占めている。ヴァシーリエフには残忍さを是認する意図はなかったが。ロシア資本主義是認の思想、商人階級に対する歓喜、その他のポスト・ペレストロイカの現実の特質が二〇〇四年のゴーリキー記念のＭＸＡＴ《ムハト》の演劇に現われたのは興味深い。ここでは、ヴァッサをタチヤーナ・ドローニナが演じた。彼女は彼女――ヴァッサ――を好ましいものにしようとひたすら努めたが、それは、勿論、芸術的成果には相応しないものだった。

十二

ゴーリキーの創作で孤立しているのは戯曲『ソーモフ、その他』で、ソヴィエトの最初の公開裁判である、産業党裁判と「シャフチンスク」事件[18]を題材にしたものだ。裁判では、被告がすべてを認め、死刑判決（当面、種々の量刑に変更）を受けた。これは科学技術インテリゲンチア（主として、古い「スペッツ」[19]メンバーからなる）裁判であり、その狙いは国民経済のすべての失敗を容易に転嫁できる「害敵」をすみやかに発見することであった（失敗にはこと欠かなかった——飢餓、労働生産性の破局的低下、正常な生産刺激の欠如）。第一に犯人、第二に恐怖が必要だった。ゴーリキーは新聞の裁判記事を「激怒で息を詰まらせて」読んだと、一九三〇年十二月十一日、レオーノフに書いている。いうまでもないが、憎悪は同じ手紙で「卑劣漢」と呼ばれている人民の敵に向けられ、見せしめの裁判の演出者たちには全然向けられていなかった。他ならぬ一九三〇年、ゴーリキーはとりわけ激怒して、西欧の知識人（自分たちのロシアの同僚を擁護し、告発側の調書の明白な齟齬を指摘する）に襲いかかっている。ゴーリキーは人間の権利のために戦う西欧の人々と異なって、すべての告発を信用し、ここではアジテーション戯曲の制作に着手したのだった。この中で最も興味をそそるのは、他ならぬ「害敵」ソーモフの形象で、それはゴーリキー芸術の重要な路線の完成である。わが正教的ニーチェ主義者の本では二つの強靭なタイプ——話したことだが、すでに『老婆イゼルギリ』で指摘

▼18　1928年3月10日、ドンバス炭鉱のシャフチンスク市で「摘発」された、技術専門家と外国機関を巻き込んだ「反革命陰謀」事件。事件はでっちあげられたもので、ヤゴーダがまとめあげた。

▼19　（非党員）専門家、技術者。1920年代半ばまで用いられた。（英語風にいうと）スペシャリストの略。

された――にお目にかかる。それは人々のために自分を犠牲にするダンコと人々を侮辱するラッラである。ニーチェ主義は善悪二つある。ひとりぼっちの主人公が人々を救い、傑作を創り、恋情をおぼえるとき、彼は作者の歓喜を引き起こす。彼が居丈高になり、他の思索家たちを考える芦《あし》とみなして、至るところで自己肯定するとき、作者は彼を断固非難し、ありとあらゆる不同意を表明する。ソーモフは、人々を軽蔑する、まさしく第二のタイプのニーチェ主義者である（指摘しておくが、殺人者のニーチェ主義者、狂人のニーチェ主義者は、ゴーリキーのばあい、最も多いのは知識人であり、肯定的超人は、通常、浮浪人か、あるいは後期では、ボリシェヴィーキである）。ソーモフが害敵となったのは、ソヴィエト政権に対する恨み――それはむしろ、古い時代を哀惜する彼の母アンナの動機である――だけではない。ソーモフを左右しているのは、個人的な復讐でも、政治でも、ソヴィエトの行儀や趣向に対する美的嫌悪でもなくて、栄誉および自己是認の過度の肥大化した欲望である。彼には、自分は空虚な生活をしているように思われる。真の仕事、本物の志向がない。彼が害敵となっているのは、それが大衆の上に立つための、唯一、彼に可能な方法だからである。だが、大衆は、古い労働者のクリィジョーフとドロズドーフの口を通して、害敵を暴露し、工場を救う。自分の権力の限界を試し、自身の良心の呼び声を聞こうと空しくも努める人間の形成は、その上、ゴーリキーにとって新しくはない。短編『ガガンボ』の秘密工作員を思い出せばよい。ソーモフは虚栄心や自己肯定願望が良心にとって代わった人間である。妻リージヤは彼をファシストと呼んでいる。他でもない、ファシズムはゴーリキーの理解するところでは、傲慢から始まるからだ。内面的には、この考えは大変整然としているが、その唯一の欠陥は、それが現実とは何の共通性も持っていないことである。ソーモフは虚構された、抽象的な人物である。悪魔的なソーモフはゴーリキーの試み――自分にとっては公開裁判を是認し、害敵にとっての動機を考え出すための――であるが、さほど成功していない。本来、害敵などいなかったのだから、ソヴィエト政権を害敵とみなさないとすると、劇の芸術的説得力は無に等しいのだった。主として家族と友人のサークルからなる聞き手の一斉の歓声にもかかわらず、ゴーリキーは『ソーモフ、その他』の出版も上演も拒否した。それは彼の直観の鋭さを示すものである。さもなかったら、コンスタンチン・シーモノフの『他人のかげ』以前に、ソヴィエトの舞台に、自分を過小評価されているとする害敵どもと、勇敢ながら、慇懃なチェキストたち――速やかに事柄の核心を掌握することを約束する――とを中身とする戯曲が上演されたかもしれない。

十三

しかしながら、ゴーリキーのアジテーション活動は、勿論、とうてい演劇に尽きるものではなかった。三〇年代、とりわけソヴィエト同盟への最終的移転（一九三二）直後のソ連におけるほど、彼が大量の設立活動をしたのは、生涯二度となかった。何より多く、彼は自分の二つの強迫観念に取りつかれて奔走した。第一は図書シリーズで、世界文化、市民戦争、「個々の」工場の沿革を、なるべくわかりやすいかたちで、プロレタリアートに述べたもの（おしまいの提唱はこの上なく理解しがたい。いったい誰に工場の沿革など必要なのか!? 誰がそれを読むだろうか!?――とりわけ、そうした工場で働いているばあい）。集団的作家業務を導入することは不可欠だった。ゴーリキーの考えでは、集団労働の導入にソヴィエト神話のすべては立脚しており、農業は集団化に遭ったが、それだけからでも文学も集団化すべきである――彼がかつて「知識」ですでに努力したように！ 最良の人々を呼び寄せ、課題を分与し、歴史を章分けし、各人に一章ずつ依頼し――わき目もふらず、書いてくれ！ かような経験はすでに「サチリコーン」にあり、完全に成功したが、しかし、ここではすべてが真剣だった！ かような行動形態が他に優越するところはまさしくひとつ――作家に報酬を与えられたということだった。だが、工場のファイルを調べ、プロレタリアの話を聴き取り、成功した商人（有能ながら、歴史的には滅亡する定めの……）の生活を描く必要がある。工場でのボリシェヴィーキのアジテーションの経緯を再構成し、ボリシェヴィーキの新聞のもろい黄色いページをめくり、文体を感傷的、激情的な『母』の文体に合わせる……。何とまあ、こうしたすべてがうるさく付きまとわり、この工場の沿革を書くことも読むこともできない！――有能な人々は苦しみ、死にかかっているヴァギーノフは電球を製造している工場へ出かけるのだった……。マリーヤ・シカプスカヤはイヴァーノフ織物の沿革を記述していたが――ゴーリキーが死ぬと、シリーズは中止され、原稿はそのまま印刷されずじまいだった……。彼にはもっと成功した企画もあった。今日まで存在している「詩人文庫」、「偉人の生涯」（同じく繁盛している）、「若人の履歴」……。彼は「アカデミー」出版――新しい改版シリーズ「世界文学」を思いついた……。同じ集団的作家作業はゴーリキー個人により考案され、編集された、白海－バルト運河建設（もっぱら囚人労働を利用した、社会主義のはじめての建設事業）の本も生み出した。ただし、刑法犯と政治犯はすでにほぼ等しい割合を構成していた――一九三三年が過ぎていった。当のゴーリキーは、彼に引率された、忠実な文学グループで建設現場を訪れ、チェキストたちに優しい言葉をかけた。「厚ラシャの鬼！　きみたち自身はわかっていない。何てえらいことをここでやっているのかを！」。そして、涙ぐんだ――彼はこれを上手にやってのけた。

本は一九三四年一月二十日出版され、開催されたばかりの第十七回党大会（その後、『勝利者集会』という呼び名を得た）に献呈された。これら勝利者の三分の二はのちに弾圧された――集会で総書記選出のさい、投票数で、キーロフがスターリンをすんでのところで追い越すところだったので。協同編集主幹はゴーリキー、同じくラップの長レオポリト・アーヴェルバフ（失墜したが、しかし、まだ弾圧されていなかった）だった。チェキスト側からは計画をフィーリンが監査した。作家は三十人ほど集められたが、ブルガーコフのように、招待を断った人もいた。受け入れたのは、アレクセイ・トルストイ、ニコライ・ポゴージン、ヴィクトル・シクロフスキー、ミハイル・ゾーシチェンコ、アレクサンドル・アヴジェエンコ、フセヴォロード・イヴァーノフ、ブルーノ・ヤセンスキー、ヴェーラ・インベル……。アンドレイ・プラトーノフも出席したいと申し出た。恐らくは、文学における自分の地位の公認のためというより、この旅行で目にできるかもしれなかった、現実のユニークな題材のためだった。彼は入れてもらえなかった。興味深いのは、この本は一九三七年には発禁となり、協同編集者のうち、二名が逮捕され、三人目は死んだことである。だが、一九三四年には、本はゴーリキーの夢の具現化に見えた――協同作業、生活に通暁すること、見事な装丁！

作家作業班は文学制作の主要単位となった。こうした作業班（そのメンバーには、時代の最も偉大な作家も、日雇い作家も、むき出しの能無し順応主義者もいた）はロシア中を駆けまわり、偉大な仕事にいい加減な仕事、無意味なものに功業、文化伝達に対敵協力をかきまぜた。その中には、ソ連の諸民族の言語から、限りのない、同じような民衆の口承文学を翻訳したものもあった（ときとして、単にこうした口承文学を作ることもあった）。こうして、重要な詩人たちが翻訳者たちの壁龕《へきがん》に押し込められて生き残った――リプチン、タルコフスキー、シュテインベルク、シェンゲリ、ペトロヴイフである。他の者たちはグルジア、ウクライナ、白ロシアの同僚、ダゲスタンの吟遊詩人やカフカースの吟遊詩人を翻訳した。また、鉄道を賛美し、アジテーション列車に乗って出かける者もあり、そのメンバーはラザーリ・カガノヴィチ（交通人民委員で最も誠実なサトラップ[20]）が個人的に認可した。作家領域でのゴーリキーの設立活動の頂点となったのは作家同盟の創設だった。これは一九三二年解散させられた、悪名高きロシア・プロレタリア作家協会［ラップ］とは、量的には比較にならないほど大きな組織である。ラップは全文学者をプロレタリアと同伴者に分け、後者には純粋に技術的役割を振り当てた。彼らはプロレタリアに形式面の技術を教えたり、あるいは鋳直《いなお》しへ、すなわち生産現場へ、あるいは再教育へ、すなわち労働強制収容所へ向かったりした。スターリンはまさしく同伴者に重点を置いた。他でもない、帝国復活コース（二〇年代の国際主義的、かつ、すべての超革命

▼20　古代ペルシアなどの総督、太守。帝政時代の専横な知事などにも使われた。

運動スローガンは忘れられて）がもはや明瞭だった。同伴者——古い流儀の作家で、ボリシェヴィーキを認めたのは、彼ら［ボリシェヴィーキ］の力のもとでのみ、ロシアの崩壊を阻止し、占領から免れるからだった——は元気を取り戻していた。新しい作家同盟に求められたのは、一面では、住居、自動車、別荘、治療、湯治場の世話をする労働組合のようなもの、他面では、駆け出しの作家と注文先の党との仲介役だった。ゴーリキーは一九三三年中、この同盟の設立にかかわった。八月十七日から三十一日まで、元の貴族集会（の家）の柱廊ホール[21]、現在の同盟の家で、その第一回会議が開かれた。基調報告者はブハーリンで、文化、技術、ある種の多元主義への志向は周知のものだった。彼を基調演説者として指名したことは文学政策の明瞭な自由化を示唆するものだった。ゴーリキーは数回発言したが、それは主として、以下のことを再三強調するためだった。すなわち——我々はいまだ新しい人間を示すことができない。我々のところの彼［新しい人間］は確乎としたものではなく、我々は達成について語ることはできない……。とりわけ、彼の歓喜を呼び起こしたのは、人民詩人スレイマン・スターリスキー——着古したハラート[22]、灰色のすり切れた羊帽の、ダゲスタンの吟遊詩人——が大会に出席していることだった。ゴーリキーは彼と写真を撮った。彼とスターリスキーとは同い年だった。総じて、大会の期間、ゴーリキーは大変集中的に自分の客人、老労働者、若い降下兵、地下鉄建設者と写真を撮った（作家とはほとんど撮らなかったが、そこに彼の基本方針があった）。とりわけて言及するに値するのはゴーリキーの演説中に聞こえていた、マヤコーフスキーに対する攻撃である。彼はすでに故人のマヤコーフスキーを、その危険な影響、リアリズムの不足、

（1880年のドストエーフスキーのプーシキン祭記念演説は有名）が開かれた。十月革命後は「同盟の家」と改称、本書にあるように、政治・労働組織関連の集会に流用された。現在の建物は1970年代、1990年代に修復されたもの。正面は華麗なコリント式柱廊に囲まれている。

誇張の過度で非難した。恐らく、彼に対する敵意は個人的なものではなく、イデオロギー的なものである。第一回作家大会は、新聞・雑誌で、広範囲にわたり、喜々として解明された。ゴーリキーは自分のかねてからの企画——作家組織を創設すること——を誇るすべての根拠を持っていた。これは、文学者たちに、彼らがどう、何にかかわるべきかを示しながら、付随して、彼らの日常生活を確かなものにするがごときものだった。これらの年のゴーリキー自身の手紙の中には、物惜しみしない伝播者然として彼の分配する構想、助言があふれている。すなわち——人間が決定的な意味を持つということについての本を書け！　信者に対する宗教と教会の略奪関係の歴史を！　少数民族の文学史を！　作家はあまりにあまりに喜ばない。もっと楽しく、もっと明るく、もっと激昂して！　この彼の喜びへの絶えざる呼びかけは二通りに理解できる。もしかしたら、彼は、発生していることに対する自身の恐怖を、かようにしゃべり出したのかもしれない。だが、彼のこの時期の雑記のどれ一つ、恐怖のかげはなく、ソヴィエト同盟の領域における無条件的な正義の勝利についての疑念すらない。ただ歓喜のみだ。となると、恐らく、別の原因がある。それは、三〇年代の文学が上手にウソをつくことを結局は習得しなかったこと、ウソをついても、まるきり下手なことにある。ゴーリキーはこうしたことを目にして、真底、当惑していた。彼は、いかに奇妙であれ、ロシアの文学者の大部分の生活から——彼らの描いた民衆からはいうまでもなく——非常に離れたところにいた。この生活についての彼の知識は、主として、新聞から読み取ったものだった。彼の文通は、明らかに、我々のすでに周知の秘書ピョートル・クリュチコフによって厳重に監視されていた。このことを、一

▼21　Колонный　зал　1783年にモスクワに開設された世襲貴族の社交クラブ施設の中心建物。1812年焼失、1814年ニキートスカヤ通りに再建された、ここでは貴族の集会が開かれ（「貴族集会の家」という名称の起こり）、19世紀後半には有名音楽家のコンサート、講演会

九三五年ゴーリキーを訪問したロマン・ローランが指摘している。ゴーリキーは、天国に住んでいると心から信じていた。そして、他でもない、天国の描写を若い同僚に要求し、自分の永遠に若い熱狂に彼らを引き込もうと空しい努力をしたのだった。

十四

我々はここで、ゴーリキーの伝記において、最も論争的で、からみ合った（わざとからみ合わされた、実は非常に単純な）テーマの一つに移ることにする。話は――はじめは、内務人民委員部で働いていた、彼の息子マクシームの、そのあとは、ゴーリキー当人の殺害である。この二つの説（現実を血にまみれたシェークスピア劇に変えた）は、そのための何の根拠も持っていない。血にまみれた筋の好きな人々に、数え切れないほど何回も語られたにもかかわらず。スターリンはトロツキー－ジノヴィエフ連合裁判のために、正しくない治療をした医師たちによるミズナギドリの殺害説が必要だった。スターリンの暴露者にはスターリンによるゴーリキー殺害（勿論、恐ろしいチェキストの毒の助けをかりて）説が入り用だった。同じく、スターリンの指示により、マリーヤ・ブドベルクがゴーリキーを殺害したという説も存在する。彼女と作家は一九三四年以降、純粋に友好的な関係にあったが、しかし、彼女はソ連へやってきつづけ、死の床にある作家を訪ねることができた。彼女は四十分間、彼と二人きりでいたが、毒入り菓子だか、有毒の錠剤だかを彼に与えたとかいうのだ。こうした説はきりがないが、はな

▼22　農民の外衣。長くて、下に広がり、裾前は左前に深く重ね、ホックはない。長く広い袖、詰め物のない、広い、刺し子縫いをしたショール襟があり、クシャーク（布帯）で締める。道中、上着や半シューバ（毛皮外套）の上に上着として着ることができた。

はだ遺憾なのは、ゴーリキーを一度もきちんと読んだことがなく、彼のことを何も知らない人々が、彼の豊かな伝記のこの局面にのみ興味を示すことである。起こったのは以下のことだ。一九三四年の祝祭日に、ゴルキのゴーリキーの別荘（彼は五月から九月まで過ごした）に大勢人々が集まったが、その中に「赤色教授」、ソヴィエトの哲学者、ダイナマイトの専門家、作家同盟の組織秘書のパーヴェル・ユージンがいた。彼は同時にスポーツマンで、寒中水泳者、強い飲み物の愛好家で、マクシーム・ペーシコフの大親友だった（彼らを近づけたのはスポーツ狂、自動車、強い飲み物だった）。コニャック一びんを持って、彼らはモスクワ川へ出かけ、そこで飲み干し、じかに地面で寝入った。ユージンは目をさまし、ペーシコフを起こそうとはせずに、川岸へ上っていったが、マクシームはさらに一時間、冷たい地面で寝過ごし、翌日、肺炎で病床に就いた。もしかしたら、彼を救えたかもしれない。ゴーリキーの家に定期的に来ていた教授のプレトニョーフとスペランスキーがお互い敵意を持っていなかったなら。マクシームはスペランスキーを呼ぶよう頼んだが、プレトニョーフは自分の方法で治療をつづけた。それでも、マクシームの最後の晩、スペランスキーを呼びにやり、彼の方法で遮断[23]を行なうよう頼んだが、もう手遅れだと彼はいった。一九三四年五月十日から十一日にかけてのマクシームの最後の晩、ゴーリキーは別荘の下の一階で、スペランスキーと、実験医学研究所について、その支えのためになすべきことについて、不死の問題について会話をかわした。マクシームのことは話さなかった。夜三時、上から人が下りてきて、ゴーリキーのところへ、マクシームが死んだことを告げると、彼は指でテーブルを叩いて、「それはもう問題でない」といい、不死

▼23　**блокада**（英blockadeから）　中枢神経系統と器官、組織との結合を一時的に遮断することに基づいた治療法。

について語りつづけた。これを、鉄の明確な意志および偉大さの特徴と呼ぶことができるし、精神的無感覚とも、悲劇に直面しての茫然自失とも呼ぶことができる。パーヴェル・バシンスキーの回想によると、一九〇六年、アメリカで、脳膜炎による娘のカーチャの死を知ると、ゴーリキーは捨てた妻に手紙を書き、その中で、息子を守るよう強くいい、当時執筆していた長編『母』を引用——自分の子ども、自分の血をなおざりにできないと述べている。これはもはや許容できない精神的麻痺である。悲しんでいる母——しかも、新しい妻のために彼に捨てられた——を、自分の作品の引用で慰めるとは。しかしながら、無感覚はまさしく真の偉大さ——個人的な、過ぎ去るものを犠牲にして、唯一の重要なことに集中すること——の特質と思われる人がいつも見つかるであろう。

とはいえ、マクシームの死はゴーリキーから元気を奪った。それは他ならぬマクシームという名の二人目の、彼に最も近い血族であり、彼はその死の原因が自分にあると感じたが、それもかなり根拠があった。最初は、彼は自分の父にコレラをうつした。そして、この罪なき罪は彼の全生涯の呪いとなった。他でもない、自分の周囲の人々をほろぼすことが、この先も彼に運命づけられていたからである。ほとんどすべての彼の側近は、彼の死後、同じく破滅し、ほとんどすべての彼の近親者は彼の死に責任を取らされた。いま、死の二年前、彼は自分の息子、同じくマクシームの、同じく罪なき死滅の原因となったのだ。表面的には、マクシームをほろぼしたのは偶然であるが、しかし、彼は出生以来、父の栄光と父の生活様式の人質だった。彼は二〇年代、カプリの父のもとを訪れ、ソレントでは彼のところでずっと暮らしたが、三〇年代、とうに妻帯していながら、そのままで、別個の家で暮らし始めなかった（ゴーリキーには、この上なく芳しからぬ説があって、それによると、作家にはマクシームの妻のナーシャ・ヴヴェシェンスカヤ――家庭での通り名のチモーシャで知られた――との秘密の色事があったとか。この説は九分九厘、ゴーリキーの短編『筏《いかだ》で』に発している。異様に魅力的で軽率なチモーシャとの情事はゴーリキーの取り巻き連中の多くから、とりわけヤゴーダから出たものとされた）。マクシームは常に父の栄光のかげにいた。父からは魅力と芸術家的才能を受け継いだが、ホダセーヴィチの証言によると、永遠の子どものままで、浅薄、軽率、幼稚、自己保存本能は、彼のばあい、軽減していた。彼は何度もゴーリキーの自動車で事故を起こし、最高速度で走らすのが大好きだった。総じて、彼の教育も躾《しつけ》も、ゴーリキーは秩序立てて行なわなかった。彼はおどけて、家庭に秩序を導入するとおどしたが、しかし、それは話だけに終わった。彼はマクス［マクシームの口語形］の無分別な生活と偶然のばかげた死の責任を感じていた。だが、死には、彼には自身の破滅の予告があるように思われた。父マクシームと息子マクシームは去り、彼、肝心のマクシーム（初めの者の記念に、この名前を取り、これを第二の者に贈った）、ロシア文学の肝心のマクシマリストは生き残った。そして、二年後、同じく春、クリミアの別荘（ミスホール[24]――かつて肺炎でレフ・トルストイが危うく死ぬところだった――近郊、テッセリにある）からモスクワへ帰った直後、彼は重いインフルエンザにかかった。一説によると、彼はモスクワに帰ってすぐ、ゴルキに赴く前に、息子の墓を訪い、その墓上で風邪を引いたとか。

▼24　ヤルタ西南12キロの海岸にある保養地。海水浴に好適の砂浜がある。

このインフルエンザが肺炎になったが、ゴーリキーの肺は一九三六年にはひどい状態になっており、全肺組織の十〜十五パーセントしか生きていないと、教授のプレトニョーフが診断したほどだった。驚くべきことは、ゴーリキーが外出し、仕事をし、無数の訪問客と会い、ゴルキやテッセリで自分のお気に入りのたき火を起こし（彼は火遊び好き、火を見るのが大変好きだった）、何百もの手紙に返信し、何千もの原稿を読んで直す能力を保持していたことだった。彼は最後の数年間ずっと病気であり、彼の毒殺のことをいえるのは、このことについて知らないか、知ろうとしたくなかった人だけだった。この説がなぜスターリンに必要だったのかは納得できる。彼はヤゴーダが準備したとかいう国家クーデターの摘発を脚色しなければならなかった。だが、どうしてこの説が他の主要な憶測ともども真実であるのか――ポスト・ソヴィエト時代のジャーナリストにはまるきり理解できないのである。スターリンには実際の犯罪事実だけで十分なのだ。

彼はゴーリキーの状態を注意深く見守っていた。そして、あるいは、その速やかな死を望んでいたかもしれない。ゴーリキーが実際に彼に手向かい始めていたということはあり得ないことではないから。だが、ここでは、アレクサンドル・ソルジェニーツインに同意した方がよいと思われる。彼は述べた――ゴーリキーは三七年も賛美しただろう。臆病などでなくて、他に代わるやり方がないため。当人が自らを出口のない立場へ追い込んでしまった。ただ最後までファシズムに抗してスターリン主義を掲げて行き、ますます声高に、血まみれた悪党とその仲間を摘発するほかない。彼に少なくとも一貫性で敬意を表わせよう。スターリンは病気のゴーリキーを三回（六月八、十、十二日）訪れた。ここにもまた、胡乱《うろん》な、ナンセンスな話が沢山ある——一九三四年五月十一日の夜のような（そのときは、ゴーリキーは、彼の息子が死にかけていた間、スペランスキーと実験医学や不死について話をしていた）。ゴーリキーはスターリンと、女流作家たちと彼女たちのすばらしい本のこと、フランス文学のこと、フランス農民階級の状態のことについて話した。こうしたことはすべて、うわごとに似ている。もしかしたら、彼は実際、うわごとをいったのだ。別の問題がある。なぜスターリンは三回、ほんの少しの間隔で彼のもとを訪れたのかということである。死を早めようとして？　そうとは思われない。ゴーリキーのもとに自分から顔を出して、あらぬ疑惑をわが身に招かないでも、死を早めるための十分多くの手段が彼には使えたから。生き続けさせたいとして？　周知のことだが、六月八日、彼の出現は実際にゴーリキーを救ったのである。彼は呼吸困難となり、すでに真っ青だったが、しかし、スターリンとヴォロシーロフが現われると、著しく元気になった。ゴーリキーはなおスターリンに必要であり得た——必ずしも、彼の出番があるかもしれなかった、見せしめ裁判のためでなく、西欧のエリート知識人とソヴィエト政権との橋渡しとして。生けるゴーリキーは死せるゴーリキーよりも必要だった。まして、スターリンの任務に進んで奉仕し、その路線を是認することを、彼は何度か実証したのだから。スターリンはある種の不審を見せて、ゴーリキーを一九三五年の平和擁護者会議には行かせなかった。だが、ゴーリキーもそこへ行こうとはせず、『サムギン』を完成させることを望んだ。自分の余命はいくばくもなく、とりわけ、一九三五年春、自分が大変衰弱しかかっていると感じたのだった。「主人」

——ますます頻繁に、そう呼ばれるようになった——の真の意向を判断するのは困難だが、しかし、ゴーリキーが一九三七年の裁判を行なうのを妨げていたと語るのは、少なくとも奇妙である。他ならぬゴーリキーの生命と健康の配慮をヤゴーダの排除で説明できるかもしれないからである。つまり、保護が不十分だったからマクシームを死に至らしめたと——、ゴーリキーもこの説を受け入れただろう。他でもない、それが彼自身からマクシームに対する罪を晴らしてくれただろうから。

スターリンの訪問は助けにはならなかった。死の前日、ゴーリキーはリーパ・チェルトコーヴァ[25]にいった、「私はいま神といい争った……ああ、何ていい争ったことやら！」

一日後、六月十八日、彼はこの論争を永遠に止《や》めた。あるいは、個人的に論争しつくすべく去った——まあ、お好きなように取られたし。

十五

死後、彼は最終的に聖別されて、クレムリンの壁に葬られ、学校の学習プログラムに導入され、かつて生存したロシアの作家の中の最大の作家、新しい、ありとあらゆる芸術方法の最良のものの建設者と喧伝された……。こうしたことはすべて、彼のまじめな研究も、相応した解釈も、読者の愛好も促進しなかった。たしかに『サムギン』の研究はロシア・インテリゲンチアについて、そして、総じて、革命前の心情について、真摯に会話できる少数のばあいとして

▼25　看護婦。晩年のゴーリキー一家と親しく、その臨終を看取った。回想記がある。

残ったが。ペレストロイカ以降、基底の社会の力が表面に躍り出て、レフ・アニンスキーの表現によれば、一九一七年同様の迅速さと権限で――、彼に対する態度が一八〇度回転した。彼は圧制の歌い手、サトラップ、そして、ほとんど老いぼれと叩かれた。世紀の狭間ではじめて明らかになったが、ロシアで、相も変わらず勝利したのは、自由ではなく、新たな、より洗練されたタイプの抑圧だった。暴政に対する戦いは、実際は、エントロピーの勝利のための戦いだった。このエントロピーはゴーリキーに決着をつけて、革命思想それ自体をそしり、いかなる社会改造の夢も、結局のところ、破局とおびただしい流血に行きつくこと、人間は自己完成に努めて超人になるべきでなく、なるべく沢山、ものを消費し、そのさい、なるべく考えないようにすべきであることを是認した。自由にかこつけた、この退廃はゴーリキーの新しい人間（恐れを知らず、自由で、人間離れした知的・身体的能力を有する）の夢を葬り、汚しているように思われる。

［訳者付記：右に使われている「エントロピー」は「異質なものの同質・均一なものへの解消、あるいは、平穏、均等、無事の傾向の増大」程度の意味だろう。（ゴーリキーのような）奇異な人物、思想、行動は否定され、平穏・無事の生活、思想、行動が肯定される。こうした状況をブイコフ氏は「崩壊、退廃」と批判する］

だが、明らかになったのは、エントロピーは革命に劣らず、破滅的だということである。多くの点で、それはいっそう悪い。革命にはそれでも、その理想主義者、その聖人がいるが、崩壊と退廃には、そうした人間はいない。それだけではない。理想の拒否の結果は、平穏なブルジョア的生存でなくて、穴居生活への急速な墜落である。石油の安定度はたかが知れている、野蛮化が完全に進行している。中世の教会のドグマチズムの復権、無知と怠惰の凱歌は、少なくともスターリン主義よりましだとなっている。たしかに、投獄はより少ないが、しかし、それは元通りにできることであり、安定はテロには支障にならない。「生きることがより良くなった。生きることがより楽しくなった」という言葉は、他でもないスターリンが、他でもない一九三七年にいったものである。やはり安定があった。

ここでわかるのは、ゴーリキー（そのミズナギドリと正義愛好者の風貌にもかかわらず、美的センスに恵まれず、友人関係に無定見で、虚栄心があり、しばしば過ちを犯し、うぬぼれと虚言癖の傾向があった）の夢見ていたものは、それなくしては人類が生存できないものであり、新しいタイプの人間――力と文化、人間らしさと決断、意志と同情との結合した――だった。そして、彼の作品が、この人間の納得できるタイプを我々に与えることができていないとしても、かくあるべきでない人間については、作品は十分に語っている。

彼は我々が今日「民族の母型」の名で神格化しているロシアの生活を暴いてみせた。彼は我々が今日、自分たちの民族の特質と考えているものに立ち向かったのだった。彼は和解せず、妥協せず、立ち止まらずに、要するに、今日、長年の動乱と混乱のあと、大変気持ちよく思われる泥沼からはい上がることを教えたのだ。

ゴーリキーの自らの道が行きどまりだったといって、まったく何ひとつ結論が出たわけではない。ただし、大勢のサムギンたちは彼の人生の破局を喜ぶことができる――蛇の見事な言葉

「飛ぼうが這おうが、結果はわかっている」を繰り返しながら。飛ぼうと努めるなら――、二十回も海に飛び込むことになっても、二十一回目に飛べるかもしれない。だが、一生、這っていたら、すばらしいものに何ひとつ行きつかない。

まさしくこれゆえに、今日、ロシア史の行程の、例によっての変換期に、奇妙でむらのある、強靭な作家マクシーム・ゴーリキーを思い出し、読み、そして、再読すべきである。

ゴーリキーはいたのかと、自問するのはもう沢山。

彼は――いた。

訳者あとがき

1 『収容所群島』の影

ゴーリキーがいない

平成十九年末に開館した我が区内で一番新しい図書館のロシア文学の棚で、場所をひとり占めならぬ、ふたり占め（?）しているのがドストエフスキーの本、チェーホフの本だ。いまの日本――ロシア文学ではこの二作家のみ人気が落ちないからだろう。他の本は残りの隙間に押し込められ、身動きもならない有様なものもある。そうした本の中に、小冊子『ロシア文学への扉』（慶應義塾大学出版会、二〇〇七）がある。本文百五十ページ足らずながら、図書館の開館と同年に発行された、わりと新しい「ロシア文学入門書」だ。目次を見ると、三章構成で、第1章は中世から十八世紀まで、第2章は十九世紀ロシア文学、そして第3章は二十世紀ロシア文学となっており、それぞれ時代を代表する作品が取り上げられている。第2章ではたとえば

『現代の英雄』レールモントフ、第3章ではたとえば『巨匠とマルガリータ』ブルガーコフといったように。そして、初心者にもわかるように作品の内容を解説し、読み手にロシア文学の魅力を知らせることを目的にしているらしい。結構なことである。

しかし、何か違和感がして、小冊子の目次を改めて見た。ゴーリキーが載っていない！　たしかに、従来の「ロシア文学案内」のたぐいでも、ゴーリキーにふれずじまいの本があった。それはゴーリキーが台頭し、ロシア文学のリーダー格となったのは世紀のはざまだったから、「十九世紀ロシア文学」はチェーホフで擱筆《かくひつ》し、「二十世紀ロシア文学」は、とりわけモダニズムに的を絞るばあい、ゴーリキー以降から起筆したからである。しかし、小冊子とはいえ、『ロシア文学への扉』のような「通史」のばあい、トルストイやチェーホフ同様、ゴーリキー（その好悪・賛否は別にして）に相当のスペースを当てるのが通例だった。『ロシア文学への扉』には索引があり、「ゴーリキー」もあった！　ただし一か所――ブーニン（日本人の大好きな「ノーベル賞作家」）の項に「ゴーリキー主宰の文集云々」とあるだけ。ともあれ、前にも後にも、この箇所以外に、ゴーリキーの名前は『ロシア文学への扉』に出てこない。すなわち、ゴーリキーはいないのだ。

どうして、そうなってしまったのだろうか？

『収容所群島』の衝撃

一九七三年パリで刊行された、ソルジェニーツィンの『収容所群島』第一巻は、日本では翌七四年木村浩訳で公刊された。読みづらい本で、この一冊だけでも読み通した人は少なかったのではないだろうか。ただし、筆者緒言ぐらいは読んだろう。そして、その末尾「この書物の資料はまた、ロシア文学においてはじめて奴隷労働を讃美した《白海運河《ベロモルカナル》》に関するあの恥ずべき本の著者たる**マクシム・ゴーリキー**を筆頭とする三十六人のソビエト作家たちからも提供してもらった」（木村訳）という三行は読者に強い衝撃であったに違いない。当時のアカデミズムの諸権威がいかなる考えを表明し、いかなる対応をしたのか、遠く離れた在野にいた私には与り知らないことだった。ただし『収容所群島』の公刊以降、一般の読者、少なくともロシア文学愛好家にとって、ゴーリキーは許しがたい行動を取った、糾弾されるべき文学者であり、偉大なロシア文学の一隅すら占めさせるべき資格を失ったのであった。それでも、『収容所群島』以降、ゴーリキーが批判にさらされた対象であるあいだはまだよかった。批判、糾明も一段落ついたところで、彼は偉大なロシア文学から、ほうり出され、忘れられてしまった。

こうして、二〇〇七年の『ロシア文学への扉』では居場所がなくなってしまったのであろう。

アナトーリー・シクマン『ロシアの現在・過去の人名録』（モスクワ、二〇〇三）

七百項目に及ぶ、この独自な『人名録《フーズフー》』に「ゴーリキー」は載っている。ところが、項目の参考文献として、二つが記され、その一つがソルジェニーツィン『収容所群島』（第二巻）である。項目の末尾は「生涯の終りまでスターリン時代の犯罪を受け入れ、己の権威により擁護した。巨大な悪事に〝気づくことなく〟、ソロヴェツキー修道院を訪問した。白海運河の建設を賛美した」とある。『収容所群島』の論調の肯定、踏襲であり、現代ロシアにおいても、『収容所群島』がゴーリキーの権威を失墜させたのは明らかである。

2　ゴーリキーの再評価をめざして

ドミートリー・ブイコフ『ゴーリキーは存在したのか？』

『人名録』の五年後、『収容所群島』の論調に必ずしも同調しない、ユニークなゴーリキー評伝が刊行された――本書である。筆者はゴーリキーに対するやみくもな論難を批判し、かえってそこに、現代ロシア社会の無志向、享楽、均質性、退化の進行を見た。

ゴーリキー生誕百四十年を迎えて、モスクワのテレビ局でゴーリキーをテーマとした映画番組の企画が生まれ、依頼を受けた、気鋭の文学者ドミートリー・ブイコフは全力を注いでシナリオ作成に当たった。結果は、相当の部分がカットされるなど、作者にとって不本意に終わったが、作者はひるむことなく、本来、映像化されるべく執筆した全シナリオを公刊した。すなわち『ゴーリキーは存在したのか？』（モスクワ、二〇〇八）である。ここで留意してほしいことがある。この本はもともとテレビ番組の台本であって、学問的著作ではないということである。ブイコフの著作には、かなり難解なものもあるが、これは一般読者向けにわかりやすく書かれている。ブイコフは教育・啓蒙活動に熱心であり、そのことに真にやりがいを感じている文学者である。

以上「まえおき」を終えて、本書の内容に入ろう。

3 『ゴーリキーは存在したのか？』

「著者緒言」には本書が世に出たいきさつが、現代ロシアのゴーリキー評価ともども明快に述べられている。大変、わかりやすいから、内容にふれる必要はないだろう。それで、直ちに本文に入ろう。本書は四部構成で、一応、ゴーリキーの評伝のかたちをとってはいるが、いたるところで、興味津々の問題、新鮮な話題がいわばまな板にのせられ、見事に捌かれるさまは爽快ですらあり、評伝につきものの平板、単調はまったくない。なお、太字は本書からの引用（途中、省いたところあり）である。

第一部　放浪者

作家の出生から――、乱雑の極みの家庭環境により、とどのつまり、放浪者となった若者が、一八九八年『実録と短編』二巻を引っ提げて登場、方向転換を迫って、十九世紀の伝統的ロシア文学の前に立ちはだかる、そのあたりまでが扱われている。自伝三部作の世界で、とりわけ、母方の「**祖母、アクリーナ・イヴァーノヴナ――全ロシア文学中、最も魅力ある女性のひとり**（**大柄で、丸々して、太って、低音で、団子鼻で、お話・歌・迷信の汲めども尽きぬ蓄えがあ**

り、行きずりの誰にでも根っから愛想がよくて、ヴォトカが大好き、物乞いのように温和だった）――」を『幼年時代』から引用するあたりは感銘深い。もっとも、どこを読んでも面白い。

　しかし、著者がとりわけ強調して取り上げているのは、ゴーリキーがロシア文学にもたらした新機軸である。若い作家はロシア文学の正統的人物（トルストイの農民カラターエフやドストエフスキーのペンキ職人ニコールカ）を拒否し、短編『コノヴァーロフ』で、この**「本物のロシア人……に感動するのを断固拒否して、あらゆる手段で相手の奴隷的、家畜的従順がどこまで及んでいるのか、意地悪く示そうと決心した。彼のコノヴァーロフは監獄で首つり自殺した――……何のために彼の生活全体はあったのか――作者はまるで理解できなかった。ここに、ゴーリキーとロシア文学との相違点がはっきり現われた**」のである。そして、この短編から、例の二巻物の作品集の初巻が始まっているのももっともなことである。

「**まず何よりも彼は興味津々、つぼを押さえて書いた。主題に生気がなく、事件のないロシアの散文の前では、これはまさしく革命である。そこでは以前は事件が起きたとしても、生気がない。解雇されたり、離婚したり、純潔を失ったりの日常茶飯事、そして、それだけのこと。トゥルゲーネフのバザーロフ――この最も強力な人物さえ、何ひとつやらない。一度、決闘で撃ちそこない、それから死んでゆく。ゴーリキーのばあい、しょっちゅう、何かが起こっている。殺人、殴打、逮捕、宿命的な情欲、嫁・舅《しゅうと》の不倫、父と子の殴り合い、破産、自殺、火事、偽造……、すべて粗暴だが、肝心なことは鮮明なことだ。鮮明――恐らく、彼の初期散文を語るばあいのキー・ワードである。……自分の主題を彼はぞんざいに組み立て、上品な趣向など**

まったく考慮しないが、しかし主題を展開させると、この上なく堅い木塊から突如、芸術が出現する（それほど高い品質ではないにせよ）。水彩画の繊細さはないが、効果はまずまずだ」。「二十世紀の前夜とその初年はゴーリキーを中心として過ぎた」のである。

第二部　亡命者

一八九五年、ゴーリキーはコロレンコの勧めにより、サマーラに移った。このサマーラ時代から——一九〇五年二月の第一革命により折角獲得された「自由」が翌年には早くも潰え、派手な行動をしたゴーリキーの逮捕を恐れた、レーニンなどの左派の指示により、彼は「亡命生活」に入ることになり、一九一三年末、ようやく祖国に帰還するまでが扱われている。まず、アメリカ——市民妻の女優を伴い、ほどなく、このピューリタンの国で袋叩きに遭って、イタリアはカプリ島へ（一九〇六年十月）。ただし、彼が国外に出た時期、彼の名声は早くも下落していた。

第二部では、ゴーリキーの生活・文学活動の論述よりも、ブイコフのロシア革命論が興味深い。この時期の最大の文学現象『どん底』（一九〇二年十二月初演）の成功を、ロシア革命の原因と連動させて述べているあたりである。

「それ［一九〇五年のロシア革命］は勿論、マルクス主義の［革命］でも、共産主義の［革命］でもなくて、ただ非常に小規模なプロレタリアの［革命］だった。そして、総じて、その原因は、多数の人々——このばあい、圧倒的な——が、自分たちの送っていた生活、そして、仕えてい

た国家を憎悪したことにある。この憎悪は非常に強く、一方、ロシアの社会制度の矛盾と愚かさがあまりにも長いことたまり過ぎ、一時しのぎの治療のしくみがあまりにも長いこと見え見えに破棄されていたので、ロシア社会には、社会的破裂が焦眉の問題になったが、誰もその結果についてしかるべく思考をしなかった」。

つづきも引用したい。

「我々はつとに知っている。すべてのかような破裂の結果たるや、従来の帝国の再興——ただし、縮小し、簡素化し、そして悪化した様相での——に過ぎなかった。その原因は明白である。ロシアの文明と思想の複雑さおよび豊かさが、国家制度の貧弱さと解決できない矛盾に達して、シュロが温室の天井をぶち抜くように、国家制度を破裂させる。このあと、シュロはめでたく枯れ、以前の温室の場所に、新しい、前よりも低くて、簡素なのが建てられる。しかし、社会的高揚がつづいている間は、住民はどんなあいまいな社会改造でも支持し、自らの潰瘍のあらゆる描出に歓喜する——潰瘍が血まみれで、嫌悪すべきものであればあるほど、社会的歓喜は一層激しいから」

第三部　逃亡者

ロマーノフ家三百年祭恩赦によりゴーリキーは一九一三年十二月、ペテルブルクに帰った。出版活動に力を入れ、祖国の前途に希望を感じた。プロレタリアは賢くなり、数も増えていたからだ。だが、その希望を一九一四年の戦争がくじいた。参戦・反戦をめぐって、ロシア社会は分裂した。ロシア帝国は弱体化が進み、一九一七年二月の革命によって崩壊したが、ゴーリキーは革命を歓迎しなかった。**「専制政治打倒のために掲げられた理想、旗印、スローガンは、ロシアの専制政権が崩壊するや、踏みにじられ、忘れられた。……周辺でなされていることは、彼が二十年間、資金や言葉で手助けしてきた社会民主党員に対して、きわめて批判的な態度を彼に取らせる」**のだった。

　十月二十五日のクーデターによりボリシェヴィーキが権力を掌握したあと、ロシア社会はいっそう混迷の度を強め、首都のインテリゲンチアは生活のかてを失った。「レーニンの僚友」ゴーリキーは彼らの救援に奔走し、彼らの仕事（収入）を確保した。だが、ゴーリキーはボリシェヴィーキの行動に批判を止《や》めなかった。双方に不穏な空気が生まれた。これを懸念したレーニンの強い要請により、ロシアの「飢饉飢餓者救済募金の要請」を口実にして、あるいは治療のために一九二一年八月、ゴーリキーはロシアを出立した。

　ブイコフは、この第三部の中でも「ロシア革命」についての見解を明瞭に述べている。

「革命、その他の大変動は、原則として、内的に破綻し、落胆した人々に、熱烈に歓迎される。彼ら自身の悲劇が世界のものと共鳴し、絶えざる不安は最後には社会暴動となって解決されるのである。ロシアでは、その生活が大方家畜並みの状態のため、そうした人間は概して多かった。だが、少数の健全な人々は革命をきちんと――由々しい危険事、世界秩序の破綻、文明にとっての脅威として――理解する。一九一七年の革命に対するゴーリキーの態度は、モスクワ蜂起に歓喜した一九〇五年のときよりも、このときは精神的にはるかに健全かつ正常であった

ことを示している。ただし、さらにひとつの理由がある。ロシアは別のものになっていた。一九〇五年の革命は巨大な社会的高揚の結果だったが、一九一七年の革命は、通常忘れられているが、かつてない衰退の結果だった。一九〇五年の革命は革命家――プロパガンディスト、プロレタリア、知識人――が行なった。一九一七年の革命を大方行なったのは状況だった。革命には、それを推進する階級がなかったのである。ロシアが崩壊したのは、ボリシェヴィーキと自称する、一握りの亡命分子の結集した努力の結果ではなくて、おのずからの事態の進行による。［一九〇］五年の革命は大衆の創造的努力のたまものだった。しかし一七年に起きたのは、厳密にいうと、いかなる革命でもまったくなかった。変革もなかった。あったのは進行する無政府状態で、あるいは権力の簒奪によって、あるいは外部からの国の占領によって、解消できるものだった。こうした状況で、ボリシェヴィーキ――単に他に先駆けて組織を作った――が勝利したのである」

一九二二年、ゴーリキーは『ロシアの農民階級について』を刊行した。それはロシアでは八十年間、禁書だった。彼はその中で、ロシア人の残虐性を指摘したが、これを根絶するためには、同じく残虐であるが、ボリシェヴィズムに加担する他はないという信念に到達したと思われる。

「ボリシェヴィズムは同じ嫌悪すべき残虐性の方向に進んでいるが、しかし、それには、閉ざされた環を破り、ロシアを何か別なものに変える歴史的チャンスがある。恐らく『ロシアの農民階級について』は、ゴーリキーにとっての総決算の書、ロシア革命についての彼の久しい思

索の結果、そして、要するに、それ［革命］**を、――まったくのところ、国にとっての最小限の悪として――受容する精神的覚悟の証明である**」

最後の第十五節で、ブイコフは「ロシア的なもの」と「ボリシェヴィズム的なもの」のかかわりを追求する。その内容は示唆に富むが、ここでは、その結果として、ゴーリキーの信念が再確認されていることを指摘しておく。

「**こうして一九二二年のゴーリキーの論考『ロシアの農民階級について』はロシアとの決別の行為ではなく、帰還の礎《いしずえ》であり、ボリシェヴィーキ――その無条件の恐るべき悪徳にもかかわらず――が祖国の原初からの野蛮性と獣性を処理することのできる唯一の権力であるという固い信念の証明であった**」

第四部　囚われ人

ゴーリキーは一九二七年には帰国の意思を固めた。新生の祖国におけるジャーナリズム作りに参加したくてならなかったからだ。一九二八年五月末帰国、大歓迎を受けた。帰国後、彼が強い関心を示したのは、ソ連における「新しい人間作り」の試みだった。教育家マカレンコの浮浪児教育コロニー訪問、ソロフキへの旅行はそこに「新しい人間作り」を実感するためだった。

「**最もしばしばゴーリキーが非難されるのは、一九二九年ソロヴェツキー群島で過ごした二日間（一九二九年六月二十日および二十一日）の成果により書かれたルポルタージュ『ソロフ**

キ』、同様に、白海運河の書物（ソルジェニーツインが「**奴隷労働を賛美した、ロシア文学の最初の本**」と呼んだ）**の編集である**」。ゴーリキーのソロフキ訪問の箇所の、ソルジェニーツインの『収容所群島』の記述は、収容所の「伝説」（虚構）を含んでいるが、それは別として——「**奴隷労働を賛美した**」と単純にいい切ってよいのか、「**あらゆるものを十分目にし、ロシアの現実を完全に理解しているから、ゴーリキーは、ロシアを強制なしに再建できるとは、新しい人間の形成が外科的処置なしにできるとは、思っていなかった。一九一八年には彼を嫌悪させた残忍が、このときは、逆の見方から——彼には是認されるものに思われるのだった。一九三五年の手紙で自分の当時の立場を書いているが、それはもっともなことだ。ソ連へは、西欧の嫌悪すべき生活体験のあと、やってきたが、このことからして、ここの変革を評価したと。いわく——乞食の教授も、宿無しの音楽家も、『尾羽打ち枯らした、ブルジョア文化の物書き』も目にした。これに取って代わるものが残酷であるにせよ、強制力なしにはすまないにせよ、いずれのばあいも歓迎せざるを得ないのだ。亡命体験は多くの人々にとって、ソヴィエトの忌まわしい事々の是認となった。ゴーリキーが真実を虚偽と区別しなかったということはほとんどなかった。むしろ彼はかかる真実と妥協する覚悟だった**」

しかし、帰国した作家はソ連体制の囚われ人だった。彼はロシアの文学者の大部分の生活から非常に離れたところにいた。彼は厳重に監視され、情報は新聞からしか得られず、自分は天国にいると思い込んでいた。若い作家たちに天国の描写を要求したのも、無理からぬことである。

帰国後、ゴーリキーが終生の大作として執筆しつづけたのが『クリム・サムギンの生涯』——ロシアの二十世紀を理解したいと思う、どんな人にも不可欠な、偉大な長編小説である。「サムギンはロシアの革命前の現実の中心的人物、俗物で、すべてについてすべて知っているが、何ものにも熱中せず、すべての人間を非難し、ひそかに軽蔑しているがしかし、何ひとつできない……何ひとつ、熱中にすっかり身を任せることはない」。サムギンはソビエト社会へも組み込まれ、その中で幅を利かせただろうが、デモのとき、たまたまいた労働者に殺害された。生きていたら、サムギンは居残ることも、亡命することもできただろうが、しかし、内面的には微塵も変わらなかっただろう。ソビエト上層部の大部分はサムギンたちから成っていた。彼らはインテリゲンチアの間でのみ繁殖したのではないのだ。

さて、「ゴーリキーは存在したのか？」。ペレストロイカ以降、彼はすっかり忘れ去られた。そして、エントロピー（均一化・同質化の広まり）が進行している。それは「革命思想それ自体をそしり、いかなる社会改造の夢も、結局のところ、破局とおびただしい流血に行きつくこと、人間は自己完成に努めて超人になるべきでなく、なるべく沢山、ものを消費し、そのさい、なるべく考えないようにすべきであることを是認した」。

「エントロピーは革命に劣らず、破滅的だということである。多くの点で、それはいっそう悪い。革命にはそれでも、その理想主義者、その聖人がいるが、崩壊と退廃には、そうした人間はいない。それだけではない。理想の拒否の結果は、平穏なブルジョア的生存でなくて、穴居生活への急速な墜落である。石油の安定度はたかが知れている、野蛮化が完全に進行している」。

この時期こそ、「**奇妙でむらのある、強靭な作家マクシーム・ゴーリキーを思い出し、読み、そして、再読すべきである**」。

「ゴーリキーは存在したのか?」、勿論、「彼は存在した」。

『ゴーリキーは存在したのか?』は中味のぎっしり詰まった本で、「要約」にはなじまない。好色家だった作家の女性遍歴、よく話題に上がる「ゴーリキー毒殺事件」の真相（ゴーリキーの著作をほとんど読まず、興味津々の事件に満ちたゴーリキーの生涯のうち、ただこの一件のみに興味を示す人々が多いと、著者は皮肉っているが）、文学面では、『どん底』、その最も魅力ある登場人物のルカについての著者の新鮮な解釈、また、ゴーリキーに限らず――トルストイ、ドストエフスキー以降、ロシアの作家に長編小説（価値のある）が書けなくなった理由、等々、要約には触れてない。しかし、そうした事柄は、読者が直接本文に当たればよいことである。

4 チゥコーフスキーのゴーリキー論

本書にはチゥコーフスキーという名前がしばしば出てくる。第一部第三節には「コルネイ・チゥコーフスキーの論文『ゴーリキーの二つの心』[▼1]はゴーリキー研究の古典的論文であるが、これはロシアを、血なまぐさい専制的なアジアと、活動的・思索的なヨーロッパとに分割した、

▼1　拙訳『二つの白鳥の歌』（東京図書出版、2013）所収。チゥコーフスキーについては同書の「訳者まえがき」および「付録 一九一七年以降のチゥコーフスキー」参照。

ゴーリキー自身の論文『二つの心』への応答である」（本書十三ページ）とあり、さらに、次の第四節では『ゴーリキーの二つの心』の冒頭部分が引用され、それらに基づくチゥコーフスキーの結論に対する著者の批判的見解が示される。だが、以降は、チゥコーフスキーは本書の展開の途上で端役を演じる程度で、その『ゴーリキーの二つの心』がゴーリキー研究の古典であるということなど、どこかへいってしまったみたいである。いずれにせよ、わが国の一般読者は多分チゥコーフスキーを知らないし、『ゴーリキーの二つの心』など聞いたこともなかろう。

チゥコーフスキーの『ゴーリキーの二つの心』はこれまでに書かれた「ゴーリキー論」の最も優れた論文である。今後もこれを凌駕するものは現われそうにない。この「あとがき」は本書『ゴーリキーは存在したのか？』の解説・補足のためのページであって、チゥコーフスキーの『ゴーリキーの二つの心』に言及する場ではないが、本書をよりよく理解するためには、この「ゴーリキー論の白眉」のおおよそを知っておくべきだろう。ところが、サイズでいうと本書『ゴーリキーは存在したのか？』の四つの部のどれ一つよりも多少ページ数が多い程度の小冊子にすぎない『ゴーリキーの二つの心』を、おおざっぱにもまとめて紹介するのは至難の業である。各ページ、ところによっては数行ごとに貴重な指摘、分析がつづき、まとめるどころのさわぎではない。第一部第三節を例示しよう――

人々はあわれだ。人々は悪い生活をしている。彼らがもっとよい生活をするようにせねばならない。これこそゴーリキーのすべての短編、長編、詩、戯曲の唯一の単純なモチーフで、先になればなるほど多く反復される。

以前、ゴーリキーは無情な作家だった。だが、革命前、彼はあわれみを喧伝し出した。彼の最近の諸書では、**あわれ**という言葉がいたるところにあるので、読むのが変でさえある。本当らしいにもかかわらず、まるで事前に打ち合わせたみたいに、ゴーリキーの登場人物たちは次々と**あわれ**ということばをくりかえす。そして彼らがこの言葉をいわない間は、ゴーリキーは彼らをページから去らせない。結局のところ、こうした単調な誇示はひどくわざとらしく思われる。だが、ゴーリキーがあわれを表示する執拗さ、頑固強さは明瞭である。

戦時、彼は『幼年時代』の続編、自伝的中編『世間で』を刊行したが、そこでもほとんど毎章、このあわれが繰り返される。

パーシカ・オリンツォーフ――イコン画家、まるい頭の若者が床に横たわって、泣いている。

「どうしたのだ?」

「おれはみんながとてもあわれなのだ……。すごくおれにはみんながあわれだ、ああ」(『世間で』、第十四章)

ゴーリキーの祖母――彼と森をさまよい、そっくり繰り返す。

「人々のことを思うと、みんながとてもあわれになる」(第六章)

――〔以下、九人の人間のせりふが紹介される〕

九人の人間が異口同音にいう――**みんな**、あわれだ。彼らにはひとりふたりがあわれでなくて、みんながあわれなので、全世界をあわれんでいるのだ。平民の中では、これは大変まれな気持ちである——世界への、全人類への同情は。庶民のあわれみは具体的である。あれこれ悩んでいる者——いま現在、目の前で悩んでいる者に対しての。だが、ゴーリキーの主人公たちは次々に繰り返す——**みんな、この世のすべて**があわれだと。彼らの人生の特別な瞬間——彼らが世界のためにともに磔にかけられているみたいなとき、彼らを人類愛の歓喜がとらえる。

ゴーリキーには、この言葉——**みんな、あわれだ**——は大変貴いものだったから、彼はあらゆる口にその言葉を押し込めず、選び抜いた、この上なくよい、自分のお気に入りの主人公の口にのみ、この言葉をはめ込む。ここに、彼は彼らの至上の美を見ている——彼らはすわっておしゃべりしているが、急にすべての者に対する並はずれた、抑えきれない愛に輝くということに。ゴーリキーは自分の中編『世間で』で、全人類に対する、かかる突発的なあわれみの霊感を自分に帰している。

……ゴーリキーはうんざりさせることを恐れない。彼の創造時期それぞれに、彼には何かしら一つのお気に入りの言葉があり、それを恐ろしく単調に、彼は呪文のように何回も繰り返すのだった。あらゆる場合、ページからページに、小説から小説に、とめどなく、彼は我々に、我々にとって有益だと彼の考える、一つのことを押し込もうとし、それが我々の趣向に合っているかどうかなど、彼はまるきり考慮しようとはしない。

難癖をつける読者には、多分、思われるだろう——彼は惰性によって、何度も同一の言い回しで、まるで暗誦の課題みたいに、同一の、おなじみの公式をくり返さずにはすまされないのだろうと。だが、我々は感じる。ここに彼の貴重な特質――彼の頑固な意志が現われたのだったと。他の世界の改良家たち、何が何でも人間を幸せにしようと望んだ人々、フーリエやロバート・オーエン同様に、彼は、以下に見るように、自分の感情と、彼には唯一の救済策と思われる、思想の喧伝に天才的に頑固であり、そうしたものを再三喧伝する可能性を決して看過しない……。〔『二つの白鳥の歌』二十三～二十九ページ〕

この辺にしておこう。ただし、ほとんどすべてのページ、ほとんどすべての行がかような作品分析にあふれ、読者はひたすらそれを追っていくしかない。「ゴーリキー主義の出現」、「幸福を求める者」、「ロシアの疾患――残忍と、運命への奴隷的服従」、「思想家としての発言と芸術家としての発言との分離」等々についての見事な分析、指摘がどこまでも続く。ところが、チュコーフスキーの見事な分析・指摘のあとを追っていた読者の眼前に、それまでのすべての分析の結果を総括する文章が出現する。

ゴーリキー自身、すべての自分の創作において、村と町の間にある。村から離れたが、町には着いていなかった。どんな場所にもところを得ない。町人でも百姓でもない。それだから、彼は決まった生活習慣から切り離され、村とも町とも無縁の、放浪者、浮浪者をいたく愛しているのだ。これらの切り離された、地上におのれの落ち着きどころを見出さなかった者どもに、ゴーリキーは老齢まで、身近なものを感じている。彼自身、彼らしきものである。彼は旦那でも、インテリゲンツィヤでも、労働者でも、ブルジョワでも、農民でもない。彼は形成された社会グループの中の一つにも避難所を持っていない。彼は住所のない人間だ。彼は二つの世界の境目にいる。その一つはすでに解体しはじめ、もう一つはまだ出来上がってはいなかった。それだから、彼には二つの心があり、それだから、彼の直感と彼の自覚との間には、あゝも甚だしい分裂があるのだ。すべての彼の直感、無意識的な志向、共感、趣向は一方の世界に、すべての彼の自覚は別の世界に属している。それだから時評家ゴーリキーは芸術家ゴーリキーに似ていない。ロシヤには彼が根を張らしたような社会層はない。どんな層も彼を仲間と呼ぶことはできない。すべての自分の主人公——根から、土壌から切り離された——を、彼は自分の姿、似たもの通りに創造するのである。かような人々——身のおきどころのない者たち——のみ、彼にはうまくいく。すでに形成されていて、強固な生活習慣を作り上げた、何らかの社会層を彼が描写しようと試みるとき、彼の才能は彼の意のままにならない。彼が中編『夏』で土地に愛着を持った百姓、あるいは、中編『母』で工場に愛着を持った労働者を描こうと試みると、結果は悲惨なものとなった。時評は時評のままで、詩に具現化はしないのだった。当人はどちらにも愛着を持たない。アジヤを拒絶したものの、西欧人ともならなかった。村を呪詛したが、しかし、町にも身のおきどころを見出さなかった。インテリゲンツィヤに近づいたが、しかし、内面的に、それとは無縁のままだった。終生、彼は道の岐路にいる。〔同書百三〜

［百四ページ］

中途半端で申しわけないが、これ以上、チゥコーフスキーの論文にかかずらうことはやめる。要するに『ゴーリキーは存在したのか?』に物足りない読者がいたとしたら、それは本書にチゥコーフスキーの論文にある作家ゴーリキーの本質についての分析・指摘が見当たらないからである。逆に、チゥコーフスキーの論文に見当たらず、『ゴーリキーは存在したのか?』にあるのは、現代におけるゴーリキーの存在意義の解明である。それは申し分なく果たされている。

著者について

ドミートリー・リヴォーヴィチ・ブイコフは一九六七年十二月二十日、モスクワで生まれた。両親はほどなく離婚し、幼児は母（ロシア語・文学教師）が養育した。モスクワ大学ジャーナリスト学部卒。

ブイコフはモスクワの二つの中学で文学・ソヴィエト文学を教え、二つの大学で世界文学・文化を講義している。「こうした仕事はジャーナリズム活動より意味があり、きわめて有益である」と、彼は考えている。

一九八五年以来「サベセードニク（対話者）」紙の同人となり、一九九一年以来ソヴィエト作家同盟員である。

ジャーナリズム、文学研究、および、論争にかかわる論文の著者で、それらは多くの雑誌・新聞に掲載された。

多くの文学賞を受賞しているが、とりわけ、ボリス・パステルナークについての、独創的・個性的な著作により「国民ベストセラー」賞、「偉大な書物」賞を授与された（二〇〇六年）。二〇一三年二月現在、ブイコフは三つの長編、さらに、「偉人伝シリーズ」のためのマヤコーフスキーの伝記（二〇一五年十一月現在未刊行）を執筆中である。

ラジオ、テレビ（一九九二年以来）に精力的に出演しており、政治・社会的活動では反プーチンの立場をとり、集会・デモ等に積極的に参加・発言している。

夫人のイリーナ・ルキヤーノヴァ（教師、作家、ジャーナリスト）との間に二人の子どもがいる。夫人の提起した論題「子どもには生きがいのある国が必要だ」（内容は子どもの自殺の流行）で、夫妻はディスカッションを行なっている（「ノーヴァヤ・ガゼッタ」紙二〇一二年三月二日）が、ブイコフ氏はロシア文学者らしく、チェーホフ、ブーニン、ソログープ、ゴーリキーなどの若者の自殺を取り扱ったロシア文学作品に言及しながら、文学はとっくに問題のありかをはっきり提示したが、あからさまに、その救済策のあれこれを急いで示唆しようとはしない、などと述べている。

ブイコフは現代ロシアの最も著名なといってよい文学者であるが、いまのところ、わが国には一編の作品も紹介されておらず、日本語のネットで検索しても「ドミートリー・ブイコフ」は出てこないから、思いもよらないだろうが、ロシア語のネットは「ドミートリー・ブイコフ」であふれている。

ドミートリー・ブイコフの活動は多面かつ広範であるが、とりわけ熱心なのは教育・啓蒙活動である。中学と大学――双方で文学を講じており、近年の著作『ソヴィエト文学』（ソヴィエト三十人の作家、および、一つの作家グループ、二つの思想・文化活動についての小講義集。モスクワ、プロザイク、二〇一三）はモスクワの中学での授業、および、МГИМО（ムギモー。モスクワ国立国際関係大学）での授業・講義に基づいている。ブイコフにとって、中学の教師はすばらしい職務であり、それから離れる意向などさらさらない。

過去のロシア文学者と同じく、ブイコフにとって、ロシア人は大方いまだに蒙昧であり、啓発しなければならない対象である。テレビ・シナリオに基づいた本書『ゴーリキーは存在したのか？』も啓蒙書であり、すでに通読した読者には明瞭に理解できたはずである。

【著者・訳者略歴】

ドミートリー・リヴォーヴィチ・ブイコフ（Dmitry Lvovich Bykov）

1967年モスクワ生まれ。両親はほどなく離婚し、幼児は母（ロシア語・文学教師）に養育された。モスクワ大学ジャーナリスト学部卒。1985年以来「サベセードニク（対話者）」紙同人、1991年以来ソビエト作家同盟員。パステルナークについての、独創的・個性的な著作により2006年に「国民ベストセラー」賞、「偉大な書物」賞を授与された。1992年以来ラジオ、テレビに精力的に出演しており、政治・社会的活動では反プーチンの立場をとって、集会・デモ等に積極的に参加・発言している。

斎藤徹（さいとう・とおる）

1934年東京生まれ。早稲田大学第一文学部露文科卒業。一橋大学社会学研究科修士課程修了。その後、ロシア文学を離れ、私立女子高校の教諭として定年まで勤務。退職後、ロシア文学に戻る。訳書に、コルネイ・チュコーフスキー『チェーホフについて――人間、そして、巨匠』、チュコーフスキー＆コロレンコ『二つの白鳥の歌』（以上東京図書出版）、ヴラジーミル・ガラクチオーノヴィチ・コロレンコ『コロレンコ短編集』、同『わが同時代人の歴史』（以上文芸社）。

ゴーリキーは存在したのか？

2016年7月25日初版第1刷印刷
2016年7月30日初版第1刷発行

著　者　ドミートリー・ブイコフ
訳　者　斎藤徹
発行者　和田肇
発行所　株式会社作品社
〒102-0072 東京都千代田区飯田橋2-7-4
TEL.03-3262-9753　FAX.03-3262-9757
http://www.sakuhinsha.com
振替口座00160-3-27183

装　幀　小川惟久
本文組版　前田奈々
印刷・製本　シナノ印刷株式会社

ISBN978-4-86182-590-3 C0098